하얀 무덤

이해선 소설집

청어 도서출판

작가의 말

　나이를 먹었다는 건 돌이켜 볼 일들이 많아졌다는 의미로 해석해도 무리는 아니겠다. 예순 나이를 넘기고 보니 다가올 시간보다 지나온 날들이 더 많아졌다는 생각에 마음이 좀 씁쓸하다. 사실 바쁜 일상에 쫓겨 어제를 곱씹거나 내일을 운운하고 할 시간이 있는 건 아니다. 동서남북을 두루 둘러보며 살지는 못하더라도 좌우로는 목을 좀 돌려보곤 해야 했다. 나름대로 목표지점을 세워놓고 참 열심히도 달렸다. 돌이켜보면 어느 한 순간도 나태한 적은 없었다. 다만 목표점이 앞에만 있다고 믿었다는 사실이 어리석은 후회로 다가오는 것이다.

　오래 전에 글쟁이로 등단했다. 글을 쓴다는 건 나름대로 보람된 일이었다. 아픔을 글로 한풀이할 수 있어서 좋았다. 남의 아픔을 내 것인 양 착각할 수 있어서 더욱 좋았다. 이곳 진주로 이사 온 지 15년이 되어가고 있다. 10년 가까운 시간동안 글을 쓸 엄두도 내지 못했다. 스스로 어린아이들을 사랑하는 마음이 남다르다고 여기고 있던 터여서 그 마음을 기반으로 민간 어린이집을 시작했는데 만만찮은 일이었다. 한마디로 온갖 일을 다 겪었다고 해도 과언이 아니었다. 그런 시간들의 누적이 가슴의 응어리로 굳어져 글로 신들리기에 이르렀다.

이윽고 장편『오늘의 저편』을 경남일보에 연재하면서 글쓰기를 재개했다. 이어 민간 어린이집을 운영하면서 겪었던 다양한 일들을 담은 소설집『남녀칠세부동석』과 수필집『바다 해海 신선 선仙』을 출간했다.

이번에 10번째의 소설집을 출간하게 되었다. 표제작인「하얀 무덤」은 20대 초반에 발표한 처녀작으로,「하품」,「어머니의 죽음」과 함께 내 나이 풋풋하던 시절에 쓴 단편들이다.「공범」,「가벼운 일탈」,「가출」,「어떤 도피」,「갈 데가 없어」 등의 단편은 어린이집을 운영하면서 아프게 부딪혔던 일들을 재구성하여 글로 한풀이를 한 것이다. 중편인「오늘의 야곱」에는 생명의식을 담고자 했다. 반목과 대립으로 불신과 이기심이 팽배해지고 있는 현실에 즈음하여 설 자리를 잃어버리는 청년들에게 따뜻함을 선사하고 싶기도 했다.

고달프지 않으면 삶이 아닐까. 글쟁이인 이상 고단한 우리들의 인생사에 신들리지 않을 수 없는 노릇이다. 소설로 한풀이를 하며 언제까지나 동행할 것이다. 그리하여 내 곁에는 늘 소설이 있을 것이다.

2020년 겨울에

이해선

하얀 무덤

하얀 무덤*

새하얀 눈이 탐스럽게 내리고 있었다. 방금 전까지만 해도 아까운 쌀가루 같은 것이 바람에 조금씩 흩날리고 있었다. 철없는 아이들은 하늘에서 흰 것만 내려오면 뭐가 그리 좋은지 뭉치로 만들어 던지고 이리저리 뛰고 하면서 난리들을 해댔다.

'공치게 생겼네. 오늘은.'

소리 없는 한숨과 함께 내 입에서 튀어나와 버린 말이었다. 방문을 열고 선 채 물끄러미 바깥을 내다보고 있다간 재빨리 몸을 굽혀 신발을 집어 들었다. 하마터면 눈에 완전히 파묻힐 뻔했던 그것을 방 안에 들여놓으며 문을 닫았다.

부엌으로 나가는 샛문을 열었다. 비어 있는 물동이를 채워놓아야 했다. 높은 지대 탓인지 가는 물줄기로 치사하게 찔끔거리던 우리 집 수도는 일찌감치 물을 닫아버렸다. 발 내릴 곳에 나란히 앉아 있는 두 개의 물동이를 양손으로 집어 들며 손바닥보다 비좁은 부엌으로 나갔다.

---

* 원제 「눈덩어리」. 1975년 순문예지 『紀元』의 크리스마스 특집 발간에 발표했던 문단 데뷔작. 이번에 상당 부분 수정했음.

'뭐야 또 눈이야?'

심선이의 얼굴이 눈앞에서 크게 돋아났다. 일주일째 집이 들어오지 않고 있는 그녀는 번번이 그렇게 말하면서도 눈을 잘도 집어먹곤 했다. 이전에는 하루걸러 집에 들어오지 않고는 했다.

이곳 B동 산동네는 먹고 살기에만 급급한 우리들의 보금자리였다. 밝히지 않아도 S시의 대표 빈촌으로 이미 소문이 날대로 나버린 곳이었다. 무허가로 시작된 동네였는지는 모르지만 집들을 점고해보면 슬레이트 지붕으로 눈비를 피할 수 있거니와 시멘트 벽돌로 벽체를 쌓고는 해서 바람이 어지간히 지랄을 해대도 쓰러질 걱정 같은 건 하지 않아도 되는 것이었다. 이토록 튼튼한 집들은 리어카 한 대 너비로 내리뻗은 언덕길의 양 옆으로 미로처럼 구불거리는 골목길을 끼고는 옹기종기 잘도 얽혀 있었다.

행정구역으로 표시되는 주소는 엄연히 있었다. 발음하기에 정겨운 달동네로 잘 통하는 건 아무래도 좀 높은 곳에 있어서일 터였다. 덕택이라고 표현하면 콧방귀 세례를 받게 되겠지만 목만 들면 하늘이 바로 눈에 들어오곤 했다. 정작 우리들은 눈길을 위쪽으로 긋고는 할 마음의 여유가 없었다.

우리 집은 맨 위 꼭대기에 떨어져 있었다. 윗집과 옆집이 없어서 외톨이인 셈이었다. 아래로 이어지는 비탈길 첫발에 면하여 있어서 구석진 느낌은 들지 않았다. 방문만 열면 좀 사는 찻길 맞은편의 아랫동네가 훤히 내려다보였다. 이제 곧 발아래의 그쪽이나 이쪽이나 하얀색에 파묻히고 말 것이었다.

넝마주이인 내게 있어서 눈은 좀 곤란한 축복이었다. 쓰레기장의 휴지나 거리에 쏘다니는 때 묻은 종이들을 죄다 묻어버리고 있어서였다. 난처한 마음으로 바라보긴 해도 원망하지는 않았다.

생긴 건 이래 우중충하게 보여도 흰색을 좋아했다. 색감이 깨끗해서 무작정 마음이 끌리는 것이었다. 내가 태어났던 그날도 눈이 참 많이도 왔단다. 눈을 바탕으로 붉은색이 한눈에 돋보였던 그 일만 생각하면 별안간 마음이 뒤숭숭해지곤 했지만 생기는 것도 없는 판에 복잡하게 생각하고 할 필요는 없는 것이었다. 별것도 아닌 이 원리를 마흔이 넘은 나이에야 불현듯 깨달았다.

똑똑한 사람들은 눈 속에 무슨 불순물이 들어있다고 먹지 말라고 했다. 눈을 먹고 탈이 난 적은 없었다.

눈은 또 공짜라서 좋았다. 마음대로 집어먹어도 세금 내라고 쪽지 보내는 사람이 없으니 안심하고 포식할 수 있었다. 심선이도 공짜로 주웠다고 한다면 표현이 어찌하여 이 모양인지는 모르겠다.

해가 다섯 번 바뀌었으니 오 년 전 겨울이었다. 그날도 넝마에 가득 주워 담은 것들을 몇 푼의 돈으로 바꾸고 집으로 향하는데 그녀가 길거리에 쓰러져 있었던 것이다. 머리를 얼마나 세게 볶아댔는지 큰 바가지에다 곱슬곱슬한 가발을 씌워 놓은 것 같았다. 양미간을 찌푸리며 일단 그냥 지나쳤다. 내 집이 있는 언덕길로 기어오르는데 눈발이 날리기 시작했다. 눈에 파묻히고 말 그녀의 모습을 떠올리며 발길을 그곳으로 돌리고 말았다.

도무지 정신을 차리지 못하는 그녀를 업고 집으로 향했다. 어깨너머로 술 냄새가 끼쳐왔다. 아랫목에 뉘고 보니 흐트러진 화장자국 등으로 온통 얼룩덜룩해진 그 얼굴이 너무 어려 보였다. 어린 것이 무슨 술을 떡이 되도록 마셨는지 여간 괘씸한 것이 아니었다. 얼굴을 수건으로 닦아주고 있는데 신음소리 비슷한 것이 입술 사이로 새어나왔다.

"여기가 어디야?"

눈을 뜨자마자 반말지거리로 나를 빤히 보았다. 무슨 목적이 있는 잠꼬대였는지 모르지만 눈을 도로 감아버리는 것이었다.

"으, 으응? 우리 집."

엉겁결에 대답부터 했다. 잠든 그녀의 모습을 물끄러미 지켜보고 있었다. 정신을 제대로 차리면 나이부터 물어볼 작정이었다. 이기지도 못할 술을 함부로 마시고 다니지 말라는 말도 한마디 정도는 따끔하게 해주어야 했다.

피로에 지친 몸을 방 윗목에 펼쳤다. 잠버릇이 어지간히도 나쁜 그녀는 자꾸만 내 곁으로 바짝 다가왔다. 한쪽 다리를 남의 배 위에 버릇없이 올려놓기도 했다. 갓 마흔에 처음 느껴보는 여자의 허벅지였다. 싫지는 않았지만 어린 것에게 홀려 좋고 어쩌고 하는 그런 느낌에 충실할 순 없는 노릇이었다. 조심스레 제자리에 옮겨놓곤 했다. 적극적으로 버릇이 없어지고 있어서 후다닥 일어나 앉고 말았다.

"은혜 좀 갚으려고 했더니 피이, 바보."

발딱 일어나 앉더니 말도 안 되는 소릴 종알댔다.

"너 몇 살이니?"

까불지 말라는 소리까지는 하지 않았다. 눈대중으로는 열일곱 열여덟 정도로 보이고 있었다.

"몰라. 그런 걸 내가 어떻게 알아?"

"헛, 네 나이를 네가 모르면 누가 알겠니?"

어이없이 웃고 말았다.

"몰라. 정말 몰라. 그게 뭐가 그리 중요해?"

대들 듯 말하곤 드러누워 버렸다.

"술을 그렇게 마시고 다니면 못쓴다."

좀 가다듬은 목소리로 말해주곤 자리에 누웠다. 날이 밝는 대로 집으로 가라는 말도 빼놓지 않았다.

다음날 아침 일찍 일어나 버릇처럼 방문부터 열었다. 눈이 많이도 쌓여 있었다. 어린것에게 밥은 먹여서 돌려보내야 할 것 같았다. 난처하게도 해질녘이 되어서야 부스스한 얼굴로 일어나는 것이었다. 아침나절에도 깨웠고 점심때도 그 몸을 흔들어댔지만 도무지 꿈적도 하지 않았던 것이다.

"어머! 근데 난 점심밖에 안 먹어."

밥상 차려놓은 것을 보는 순간 그녀는 감동부터 했다. 낡아빠진 밥상에 고작 된장국 하나 달랑 올려놓았다. 뭘 보고 그토록 가슴이 벅차다는 표정을 하는지 알다가도 모를 일이었다.

"그래 빨리 가봐라. 길이 미끄럽다. 조심하고."

그냥 나가려는 그녀를 보면서 유감없이 문을 열어주었다.

"있잖아? 바보 씨, 나 아주 가는 거 아냐. 또 올 거야."

"뭐? 헛! 왜? 뭐 때문에? 누구 맘대로?"

어이없는 마음이 두서없는 낱말조각에 실려 마구 터뜨려지고 있었다.

"내 맘대로. 갈 데가 없어."

어린것이 계산은 밝아야 한다고 주장하더니 점심 한 끼 먹는 밥값과 재워주는 방값은 아주 조금씩이라도 내겠다고 덧붙였다. 왕대포집에서 술

따르는 일을 한다고 아주 떳떳하게 밝혔다.

"왕대포집?"

엉겁결에 눈을 홉뜨고 말았다. 심하게 뽀글거리는 파마머리를 보고 대충 눈치는 채고 있었다. 단 한 번도 생머리를 한 적이 없었던 어머니의 모습이 어린것의 얼굴 위로 겹쳐지고 있었던 것이다. 별로 떠올리고 싶지 않던 모습이었다. 철수라고 하는 평범한 내 이름이 있는데도 툭하면 '웬쑤야'라고 부르던 그녀의 소원은 아버지의 얼굴로 모르는 이 아들을 대학공부까지 시키는 것이었다. 낮잠으로 낮 시간을 보내다간 해가 질 무렵이면 슬금슬금 일어나 일을 하러 나가는 어머니의 입에선 늘 술 냄새가 났다.

"왜 실망했어? 근데 참 눈치도 없다. 설마 요조숙녀가 길바닥에 퍼져있었겠어? 후후후, 진짜 바보 씨라니깐. 그러니까 내 직업이 뭐냐 하면 색시야 색시. 이제 알겠지? 응?"

입을 쏙 내밀며 약을 올리듯 웃기도 하다간 밤늦은 시간까지 일을 해야 하기 때문에 아침밥은 늦잠으로 거르고 저녁은 매상을 올려주기 위하여 굶어야 한다고 잘도 지껄여댔다. 가게 하나 갖는 것이 꿈이라는 말까지 알차게 덧붙여 마무리했다.

"허 참, 어린것이, 허 참, 가게를 갖겠다고? 허 참……."

할 말을 잃어버리고 말았다. 하루 세 끼 밥만 굶지 않으면 된다고 생각하던 나였다. 철딱서니 없고 당돌하게만 보이던 어린것은 가게 하나 갖고 싶다는 것이었다. 우선 여간 야무져 보이지 않는 것이었다. 어찌하여 가엾도록 대견하게 여겨지기까지 하는지 제바람에 눈시울이 뜨거워지고 있었다.

"내 가겔 가지면 그땐 술을 쬐끔은 줄일 수 있을 거야."

어린것이 직업상 어쩌고저쩌고 하면서 아직은 술을 많이 마실 수밖에 없다고 변명 비슷한 소리까지 지껄여댔다.

직업상, 그러했다. 어머니도 제발 술 좀 마시지 말라고 하면 색시라는 사실을 콧방귀로 들먹이며 입만 씰룩거렸다. 간절한 희망사항이 있었다면 그녀가 술을 좀 적당히 마시는 것이었다.

처음부터 내겐 꿈이 없었다. 언덕 위에 사는 주제에 그런 것을 갖는다는 사실이 허무맹랑하게 여겨지곤 해서 감히 마음먹지 못하고 있었다. 비로소 알았다. 하찮은 인생도 그런 것을 품을 수 있는 일이었다. 나이 마흔에 별안간 그런 것을 갖는다는 건 아무래도 어색했다. 차라리 비가 새지 않는 내 집을 하나 가지고 있었으니 이것으로 꿈을 이루었다고 스스로 만족해하면 될 터였다.

"기특하다. 해낼 수 있을 거야."

즉석에서 어린것을 도와주어야겠다고 마음을 딱 정했다. 꿈을 갖는다는 건 정말 좋은 일이라고 입에 침이 마르도록 칭찬해주었다. 나이를 폭로하진 않았지만 그녀는 틀림없이 나이 어린 여자였다. 꿈을 일궈나갈 수 있는 충분한 시간이 있었으니 더없이 기꺼운 것이었다.

"고마워, 바보 씨. 근데 난 죽어도 공짜는 싫어."

이른바 방값과 밥값 같은 걸 받지 않겠다고 하자 어린것이 발끈했다. 이름이 심선이라고 밝히며 두 번 다시 어린것으로 취급하지 말라는 말과 함께 그렇게 부르지도 말라고 톡톡 쏘아대고 있었다.

"허, 허, 그래 알았다."

오지랖이 넓은 척을 좀 하려다간 앉은자리에서 그렇게 항복하고 말았다.

밤 10시가 막 지나고 있었다. 눈이 오는 날엔 늘 그래왔듯 여느 날보다 한 시간 빨리 방문을 열고 밖으로 나갔다. 눈은 그쳐 있었다. 눈앞에 펼쳐지는 새하얀 세상이 쥐죽은 듯 고요하기만 했다. 실없이 웃음을 빼물다간 들고 나온 신발을 눈 위에 내려놓고는 발을 넣으며 내려섰다. 나가면서 부엌은 집의 왼쪽 벽면에 붙어있었다. 그곳 입구에 세워 두었던 빗자루를 들고는 발밑부터 쓸어나가기 시작했다.

심선을 마중 가는 길이었다. 버스 정류장이 있는 언덕길 아래의 인도까지 눈을 치워두어야만 하는 것이었다. 쌓인 눈의 양에 따라 다르지만 보통 한 시간 정도는 잡아야 했다. 내리막길을 따라 내려가면서 집들이 다닥다닥 붙어 있는 오른쪽의 눈을 집들 사이로 공터가 조금씩 있는 왼쪽으로 밀어붙이면서 길을 터나갔다. 미로인 골목 안의 눈에는 빗자루를 넣지 않았다.

낮 시간 내내 내리는 눈을 멍하니 바라보거나 하면서 빈둥거리고 있었다. 하루 이틀 맛보는 것은 아니었지만 몸을 움직이면 가라앉아 있던 몸과 마음이 한꺼번에 들뜨이곤 해서 좋았다. 심선이를 위하여 하는 일은 더욱 즐겁고 신이 났다.

"번번이 고맙소."

언덕길의 눈을 다 치우고 허리를 펴는데 앞집에 사는 박 씨가 내게 허리를 꾸벅해 보였다. 우린 서로 이웃하고 있긴 해도 평소에 일부러 오고가며 이야기를 나누고 하지는 않았다. 얼굴이 부딪치면 그냥 거리낌 없이 아는 체를 하는 정도였다. 결혼은 하다 말았는지 아니면 아예 꿈도 꾸지 않았는지 알 수가 없었지만 마흔 후반으로 여겨지는 그는 현재 혼자 살고 있었다.

"예, 아뇨 고맙긴요?"

좀 멋쩍어서 입가에 미지근한 웃음을 그렸다.

"형씨 아니면 눈 오는 날엔 집에 갈 꿈도 꾸지 못하는걸요."

익숙한 발걸음으로 언덕길을 올라가다 말고 박 씨는 슬쩍 뒤돌아보았다. 더욱 어색해지는 마음을 싱거운 웃음으로 감추며 그를 올려다보았다.

'엄마, 누가 그랬어? 누구야? 가만 안 둘 거야?'

중학교에 들어가던 그 해 두 주먹을 불끈 쥐며 씩씩거렸던 내 목소리가 속귀 깊은 곳에서 되살아나고 있었다. 밤중에 돌아온 어머니가 턱이며 손바닥과 이마에 피를 흘리고 있었던 것이다. 빨간 그것에 놀란 나머지 무턱대고 누군가에게 구타를 당한 것이라고 판단한 터였다.

'가만 안두면 네가 다 먹어치울래?'

낱말을 내뱉을 때마다 여느 때보다 몇 배나 더 지독한 술 냄새가 어머니의 입에서 훅훅 내뿜어져 나왔다. 밖에 눈이 오고 있다는 말과 함께 비탈길에 발을 올려놓다가 바로 미끄러졌다는 것이었다. 앞으로 넘어졌는데도 상판대기가 멀쩡해서 얼마나 다행인지 모르겠다고 했다.

'정말 눈 왔어?'

비로소 눈이 내렸다는 사실을 알게 된 나는 방문부터 열었다.

'이 웬쑤야, 지금 달밤에 체조할래? 저 놈의 눈 때문에 다친 이 엄마 꼴이 보이지도 않니? 염병할 놈.'

어머니가 뒤에서 내 옷을 잡아당겼다. 그러고 보니 한밤중이었다.

말이 나오는 대로 상스러운 말을 너무 쉽게 사용해 버리는 그런 어머니의 모습은 역시 다시 생각하고 싶지 않았다. 이미 마음은 어수선해지고 있었다. 남몰래 작은 한숨을 내쉬었다.

버스 정류장으로 향하는 보도엔 벌써 눈이 길바닥에 눌어붙어 있었다. 비질이 잘 될 턱이 없었다. 사람들은 빙판이 되어버린 그 길을 아슬아슬한 자세로 걷고 있었다. 그들의 발길이 닿지 않은 보도 양쪽 가장자리의 눈을 길 가운데로 몰았다. 사람들은 눈이 트이는 그 길로 묵묵히 오고갔다.

"이런, 정신 나간 사람을 다 봤나? 눈을 치우려거든 저쪽으로 치워야지 사람들이 다니는 길 가운데다 눈을 몰아놓으며 뭘 어쩌겠다는 거야? 일머리가 저래 돌아가서야 뭘 해먹고 살려나, 쯧쯧."

가로등 불빛으로 어림잡아 오십은 더 되어 보이는 남자가 담벼락을 가리키며 화를 냈다간 쌓인 눈을 보며 혀를 찼다. 넓지도 않은 길이 삼등분되어 있었으니 다니기 불편한 모양이었다.

"죄, 죄송합니다."

무조건 사과했다. 길 가운데의 눈을 양쪽으로 나누기를 하지는 않았다. 미끄러운 길보다 불편한 길이 나을 것 같았던 것이다.

통행금지가 시작되는 자정이 코앞으로 다가오고 있었다. 방금 전 비질을 끝낸 난 버스 정류장에 꼼짝없이 서 있었다. 사람들을 한가득 실은 지친 버스가 발 앞에 와서 멈추곤 했다. 설레는 가슴을 몰래 누르며 문이 열리기도 전에 한 명씩 불거져 나올 여자들의 얼굴에다 심선의 모습을 떠올리곤 했다. 기다림 이것도 내겐 큰 낙이기도 했다.

주위가 한산해져가고 있었다. 기사양반과 안내양만 태운 버스가 몸이 가벼워져 좋은지 서지도 않고 그냥 달려댔다. 눈앞을 스쳐가는 그 버스를 넋을 놓고 바라보고 있었다.

'지금이 몇 신데 바람난 마누랄 기다려! 냉수 마시고 정신 차려요, 정신.'

언젠가 그만 통행금지에 걸리고 말았을 때 파출소 순경이 내 얼굴을 빤히 들여다보며 잘난 체를 한 것이었다.

'냉술 마시면 정말로 정신이 번쩍 듭니까? 그렇다면 냉수 같은 것은 마시지 않을 작정입니다. 마누라! 히히히…… 심선이는 절대로 바람난 것이 아닙니다. 가게 하나 내보겠다고 가엾도록 죽을힘을 다해 일할 뿐입니다.'

속으로만 줄기차게 되풀이했던 말이었다. 감히 그녀를 바람난 여자 취급하는 것은 분통이 터질 지경이었다. 마누라라는 그 말은 되씹을수록 까닭모를 웃음이 입가에 나붙었다. 우리 둘은 신랑각시하자고 손가락을 걸고 약속하고 하는 그런 거추장스러운 절차를 거치지는 않았다. 있는 그대로 표현해서 그냥 같이 살고 있는 것이었다. 자정이 넘은 길거리에서 어정거리다가 그만 법을 어기고 말았으니 이런저런 사정들을 들추어가며 설명할 수도 없었다.

이제는 남의 집 뒷담에 세워두었던 빗자루를 들고는 집으로 돌아가고 있었다. 우리 동네로 오르는 언덕길로 접어들면 통행금지에 걸릴 걱정 같은 건 하지 않아도 되었다. 달동네까지는 그런 단속의 손길이 미치지 않았다.

사람으로 미어터지던 그 버스에서도 끝내 심선은 내리지 않았던 것이다. 꾸벅꾸벅 졸고 있을 그녀의 모습을 떠올리며 브레이크가 고장 나 버린 차처럼 질주하던 텅 빈 그 버스 차창을 단말마적인 눈초리로 훑기도 했다. 양어깨가 한사코 땅으로 늘어지고 있었다. 어제도 이랬고 그저께도 이러했다. 이제 내가 할 수 있는 일은 내일 새벽을 기다리는 일이었다.

'통행금지에 걸렸지 뭐야? 많이 기다렸어?'

새벽 4시가 지나서야 집에 들어올 때면 심선이는 입버릇처럼 그렇게 말했다. 눈물겹도록 명랑한 그녀의 이 말을 되새기며 여러 나날들의 내일 새벽을 기다려왔다. 아무튼 내일이 있으니 성급하게 맥이 빠져 있을 수는 없었다. 그 내일이 오늘의 시간으로 무르익으면 또 마중을 갈 수 있으니 더욱 좋았다.

"빠, 빠알리 안 오고 뭐 뭐 씨이 뭘 끄으렇게 꾸물거리고 있는 꺼어요?"

머리 위로 떨어진 혀가 꼬부라진 소리였다. 목소리의 주인은 양복을 즐겨 빼입고 다니는 이 씨였다. 모 회사에 다니는데 거의 매일 술을 마시고 귀가했다. 평소에는 말수가 적은 사람이 술만 입에 댔다 하면 아무나 붙들고 인심을 써대고는 했다. 막차에서 불거져 나오는 것을 목격하는 순간 시선을 은근슬쩍 옆으로 따돌리며 못 본 척했는데 내 집을 저만치에 두고 들키고 말았다.

"예. 댁으로 어서 들어가셔야죠."

대충 대꾸해 주면서 지나쳐야 했다. 십중팔구 한잔 하자고 하며 내 팔을 자기 집으로 끌고 갈 것이었다. 초등학교에 다니는 딸아이와 부인이 있는 그였다. 고된 삶에 악만 남은 그의 아내는 이 씨가 누굴 달고 들어가면 몽당비를 들고 달려 나오곤 했다. 억지로 끌려들어간 이웃에게도 앞뒤사정을 가리지 않고 욕설을 마구 퍼부어대곤 하며 쫓아냈다.

술 한 잔에 대한 유혹 같은 건 애초부터 일어나지 않았다. 오히려 무조건 술이 싫었다. 사람의 혼을 있는 대로 다 후리는 그런 것들은 죄다 끌어 모아 어딘가에 갖다버리고 싶은 충동이 일어나기는 했다.

"여기서 한잔 하자니이까 되게 비이싸게 그랬쌓는기이요."

이 씨는 형편없이 비틀거리며 내게로 다가왔다.

"많이 늦었어요. 그만 들어가세요."

다가가는 척하다간 옆으로 살짝 몸을 피했다.

"씨이이이팔, 사람 무시하지 마아쏘. 이래에뵈도 상앙무, 술상무란 말이
요. 누군 뭐 태, 태어날 때에에부터 술꾼인 줄 아아아쑈? 흐흐 흑흑
흑……."

내 옷자락이라도 붙잡으려고 몸을 휘청거리던 이 씨는 그만 힘없이 풀썩
넘어지고 말았다.

"좀 적당히 마시고 다니세요. 네?"

혐오감을 자극하는 울음소리에 질려 도리 없이 몸을 돌리고 말았다. 갈
증이 나는지 눈을 핥기 시작하는 그를 우선 일으켜 세웠다. 그의 집까지
부축해 가는 동안 내게 몸을 의지한 채 얌전하게 흑흑거리기만 했다. 처음
듣는 말이 아니었는데도 '술상무'라고 하던 그 말이 오늘따라 내 마음을 후
벼 파고 있었다.

'술 그딴 거 안 마시면 되잖아? 왜 맨날 마시는데?'

집 앞에서 구토를 해대는 어머니를 발견할 때면 난 무조건 짜증이 났다.

'흥, 나도 그딴 거 정말로 안 마시고 싶다. 불쌍한 울 엄만지 돈독 오른
년인지 한테 한 번 물어봐라. 매상을 누가 올려줘야 하는지. 어쩌겠니? 매
상, 그 놈의 매상을 올려야 하는데.'

처량한 목소리로 한탄하듯 그렇게 말했다. 그러니까 어머니는 울 엄마라
는 여자가 가엾어서 술을 마시지 않을 수 없다는 것이었다. 도대체 누군지
알 수 없는 그녀가 궁금증을 툭툭 치고는 했다. 어머니에게 엄마라면 내게
는 외할머니가 되겠지만 절대로 그렇지 않다는 것 정도는 눈치로도 대충

알아차릴 수가 있었다. 돈독이라는 낱말은 사전을 찾아보고 난 다음에야 알았다. 무작정 씩씩거리며 두 주먹을 불끈 쥐었다.

어김없이 오늘의 새벽이 밝아오고 있었다. 방금 전에 확인했던 시계를 또 보며 4시가 되기만을 기다렸다. 밤새 껴안고 있었던 심선이의 베개를 이제 곧 돌아올 주인을 위하여 제자리에 놓아주었다. 어리석은 꿈으로 끝날 수도 있었다. 기대감으로 가슴이 들뜨고 있어서 이렇게 이런 시간을 버틸 수 있는 것이었다. 엄연히 남자인 내게는 기다려야 하는 여자가 틀림없이 있는 것이었다. 심선이의 존재, 그녀를 기다린다는 사실 이런 것들이 내 삶의 버팀목인 것이었다.

차들의 바퀴에 시달리다 제바람에 열이 나버린 찻길의 눈은 얼지도 못하고 꺼먼 슬러시가 되어 질컥거리고 있었다. 인도는 간밤에 내가 눈을 치워둔 덕택에 발밑의 촉감이 미끄럽지 않았다. 버스 정류장에 우두커니 선 채 심선이를 태운 버스가 달려올 그 왼쪽으로 눈을 고정하고 있었다. 차들은 어쩌자고 새벽부터 그렇게 바쁜지 서지도 않고 달아나곤 하는 것들이 있었다. 지저분한 액상의 그것이 차들의 바퀴에 깔리곤 하면서 내게로 질퍽거렸다. 아랫도리로 찬 느낌이 휘감겨왔다. 이제 곧 예전처럼 그녀를 업고 우리 집으로 향하는 비탈진 길로 천천히 오르게 될 것이었다.

'자기, 힘들지 응? 근데 업혀가니까 난 너무 좋다아.'

내 등에 업힐 때마다 심선이는 너무 얄밉게 속삭이곤 했다. 사실은 그녀를 업고 마구 달릴 수도 있었다. 등으로 느껴지는 뭉클한 가슴의 촉감과 깍지 낀 손에 닿는 그 궁둥이의 느낌을 은근히 즐기기 위해 발걸음을 여유 있게 세면서 올라가고는 했던 것이다.

떠오르는 해를 등으로 받으며 도리 없이 혼자 집으로 오르고 있었다. 귓전을 맴돌고 있는 그녀의 목소리에 마음이 간지러웠다.

등 뒤로 인기척이 느껴졌다. 정확하게 표현하면 난데없는 왝 소리에 이어 여자의 신음 같은 것이 귀에 와 닿았던 것이다.

"심선아!"

쪼그리고 앉은 그녀를 향하여 앞뒤 가리지 않고 숫제 컹 짖었다.

"누~우~구세요?"

쪼그리고 앉은 채 구토를 하던 여자는 목만 이쪽으로 돌리며 반문했다.

"아, 미 미안합니다."

목소리만으로도 심선이가 아니라는 사실을 바로 알아차렸다.

"그냥 가? 아저씨. 자, 잠~안~깐~안~만아안."

슬그머니 몸을 일으키더니 금방이라도 넘어질 것만 같은 비틀걸음으로 다가왔다.

"난 바빠서 그만."

몸을 돌려 발걸음을 재촉했다. 다른 여자와 말을 섞는다는 것 자체가 심선이에게 죄를 짓는 것만 같았던 것이다. 알 수 없는 은근한 두려움이 일어나는 것도 감당해낼 자신이 없었다.

"책임지라는 말은 안할 테~에니까 저어기 저기 우리 집에만 데~에려다주고 가."

말하는 투가 여간 뻔뻔한 것이 아니었다.

"흥, 책임? 무슨 책임? 내가 왜? 자기 몸뚱이는 자기가 책임을 져야 하는 거야. 어디서 잔뜩 퍼마시고 와선 지나가는 사람을 붙잡고 시비야 시비가."

이미 여자의 일상을 알아차리고 있던 나는 까닭 없이 벌컥거렸다. 화가 치밀어 오르는 이유를 도무지 알 수가 없었지만 왠지 속이 아주 조금은 후련해지고 있었다.

직업상 술을 어쩌고 하는 말이 등으로 와서 달라붙고는 했지만 절대로 뒤돌아보지 않았다. 뒤가 지독하게 조용했다. 전신으로 싸한 느낌이 일어났지만 단단히 작정하고 돌아보지 않았다. 우리 집이 눈앞으로 다가오고 있었다. 빨리 안으로 들어가 버려야 한다는 너무 당연한 충동이 가슴을 눌렀다. 발걸음이 더 이상 앞으로 당겨지지 않았다. 섬뜩한 느낌이 이마로 몰리는가 싶더니 일순간 머리끝이 쭈뼛해지고 있었다.

왜? 무엇 때문에 몸을 뒤로 돌렸는지는 알 수가 없었다. 그냥 뭔가에 최면술이 걸려버린 사람처럼 아래로 달려가고 있는 것이었다. 스스로를 저지하고 싶은 마음은 모기눈물만큼도 없었다.

"에잇, 씨이. 대체 왜 이래? 어디 아픈 거야? 아프면 병원엘 가야지. 이 지경이 되도록 왜 퍼마시는데?"

죽으라고 소릴 질러댔다. 목소리는 입 밖으로 나오지도 않았다. 두 눈에서 줄줄 쏟아져 나오는 눈물 때문에 난처하기만 했다. 하필이면 여자는 내 비질이 지나가지 않은 좁은 골목입구의 눈 위에 엎어져 있었다. 눈이 아리도록 빨강이 선명한 피가 그녀의 입가에서 시작하여 하얀 눈을 물들이고 있었다.

여자를 번쩍 안았다. 골목길을 따라 가면 사는 집이 있겠지만 어딘지 알 수는 없었다. 우리 집으로 갈 수밖에 없었다.

"고마워요. 아저씨."

가까스로 정신을 차린 그녀가 맥없이 눈을 뜨고 있었다.

"죽지는 마라."

허연 얼굴로 몸을 일으키는 그녀에게 무작정 일침을 놓았다. 오지랖이 넓기는커녕 그런 것은 애초부터 씨도 없었는데 자꾸만 뭔가 울컥거리고 있어서 또한 여간 난처한 것이 아니었다.

대꾸 대신 방 안을 휘 둘러보던 여자는 벽에 걸린 심선의 옷을 보곤 서둘러 방문을 열었다. 들릴락 말락 하는 콧방귀가 여자의 입에서 세어 나왔다.

"지겨, 지겨. 또 눈이야."

날리기 시작하는 눈발에다 대고 여자는 신경질을 냈다.

우두커니 앉아 있었다. 급기야 여자가 닫아주고 간 방문을 도로 활짝 열었다. 눈 위에 쓰러져 있었던 어머니의 모습이 너무 생생하게 눈앞을 가리고 있었다. 툭하면 술을 토하곤 했다. 급기야는 피를 토하고 있었다.

그런 몸으로도 어머니는 오후만 되면 얼굴에다 분을 찍어 발라댔다. 옷자락을 붙잡고 늘어지며 나가지 말라고 사정했다. 나이를 속여 가며 일하는 것도 한계가 있다고 하며 한 살이라도 젊었을 때 돈을 벌어야 한다고 우겼다. 제발 술이라도 마시지 말라고 했다. 그나마 매상을 팍팍 올려주지 않으면 올 엄마라는 여자한테 당장 쫓겨나고 만다고 머리를 가로저었다.

어머니 몰래 새벽 일찍 일어나 신문배달을 하기 시작했다. 내가 번 돈으로 술 깨는 약이라도 사주고 싶었던 것이다. 그런 약이라도 먹으면 길거리에서 쓰러져 버리고 하지는 않을 것 같았던 것이다.

결국 어머니는 내 곁을 아주 떠나고 말았다. 중학교 삼학년에 되던 해였고 그날은 봄눈이 내리고 있었다. 목청껏 울부짖고 싶었지만 눈물이 한 방울도 나오지 않았다. 누구를 향한 분노인지도 모를 울분이 가슴 가득 회오리치고 있었다. 더 이상 학교도 가지 않았다.

꽁치 굽는 냄새가 콧속으로 들어오고 있었다. 딸그락거리는 소리는 방금
전부터 잠귀를 건드리곤 했다. 이윽고 소리의 방향이 우리 집 부엌이라는
사실을 확신하며 눈을 크게 떴다.

"일어났어?"

부엌문을 왈칵 열자 심선이가 기다렸다는 듯 의기양양한 얼굴로 웃었다.

"으응. 언제 왔어!"

신발을 신을 겨를도 없이 부엌으로 훅 빨려나갔다. 그리고는 어찌할 바
를 몰라서 코앞에 있는 그녀를 빤히 쳐다보기만 했다.

"들어가 있어. 밥상 차려서 들어갈게."

한 사람이 몸을 움직이기에도 비좁은 부엌에서 그녀는 부드럽게 감싸 안
았던 나를 방 쪽으로 은근히 돌려주었다.

"허, 허. 이런 날도 다 있군. 밥 같이 먹으니까 좋다."

그녀가 내 밥숟갈 위에 꽁치를 얹어주며 샐샐 웃을 때 복에 겨워 주책없
이 싱겁게 웃었다.

"우리 이렇게 밥 같이 먹는 거 처음이지?"

그러면서 심선은 명함 비슷한 것을 내 앞에 내미는 것이었다. 기어이 가
게를 하나 얻게 되었다고 내겐 여전히 어린것으로만 보이는 그녀가 괘씸하
도록 잘난 체를 했다. 내부를 술맛이 나게 좀 꾸미고 하느라고 집에도 못
들어왔다고 아까운 변명도 아주 열심히 해댔다.

"해냈구나. 장하다. 그런데 왜 대포집이니? 다른 거 하면 안 되겠니?"

명함까지 만들어온 그녀에게 씨도 먹히지 않을 말인 줄 뻔히 알면서도 업종을 바꾸어 보라고 했다. 무심코 받아 쥔 그 종이쪽엔 '선심옥'이라는 글씨와 함께 'ㅇㅇ번 버스정류장 오른쪽 골목'이라고 쓴 위치 안내도 있었다. 반대편엔 그냥 하얀색이었다. 이런 것까지 만들어 가지고 나타난 그녀가 여간 대견하지 않으면서도 걱정이 앞서는 것도 어쩔 수가 없었다.

"배운 도둑이 이거밖에 없는데 어떡해? 가게이름을 뭐라고 할까 고민하다가 그냥 장난으로 내 이름을 거꾸로 한번 불러보았다. 어머, 근데 괜찮잖아. 선심옥, 어때 정말 그럴싸하지?"

가게이름을 자꾸 들먹이며 어지간히도 자랑을 해댔다. 달동네를 벗어날 때까지만 술장사를 할 것이라고 단단히 내게 약속까지 했다.

"그래 괜찮아. 그럴싸해."

도리 없이 목을 자꾸 끄덕여 줄 수밖에 없었다.

"있잖아? 자기가 나 좀 도와 줘야해."

별안간 정색을 하며 그녀는 명함 여러 묶음을 내게 내밀었다.

"뭔데? 내가 도울 일이?"

눈을 번쩍 떴다. 그녀를 도울 수 있다는 성급한 기대감이 행복한 착각으로 끝나지 않기만을 바랄 뿐이었다.

"그거 있잖아? 일 다니면서 전봇대나 담벼락 같은 데 좀 붙여줘."

빈촌과 으리으리한 집들이 있는 동네는 붙이지 말라고 그녀는 주의를 주었다.

"가난한 동네는 몰라도 부자동네는 왜?"

생각 없이 반문하면서 뭔가 직감적으로 알아차리고 말았다.

"돈이 많은 사람들은 그들만 가는 싸롱 같은 데가 따로 있어."

이미 눈치를 채고 있었는데 선심옥은 대포집이라는 사실을 강조하기도 했다.

그녀의 부탁을 받는다는 사실이 마냥 즐겁기만 했다. 속마음을 숨기지도 못하고 자꾸만 알차게 싱글벙글 웃었다. 잠든 그녀의 얼굴을 물끄러미 지켜보다간 조심스레 방문을 닫고는 밖으로 나갔다. 서둘러 넝마와 집게를 집어 들고는 여느 날보다 가벼운 발걸음으로 일터로 나갔다.

사람들이 주로 많이 다니는 곳에 우뚝 서있는 전봇대를 골라 가면서 선심옥 가게 이름이 있는 종이쪽을 붙였다. 길거리를 쏘다녀야 하는 내 직업에 대하여 단 한 번도 뭘 어떻게 구체적으로 생각해 본 적이 없었다. 처음 넝마를 짊어지고 다니기 시작하던 그때는 별로 밑천이 별로 들지 않는 일이어서 선택한 것이었다. 학교를 다니다 만 터여서 딱히 할 일도 없었다. 길거리에 있는 휴지조각 같은 것을 기다란 집게로 집어 어깨 위로 넝마에 넣을 때면 길거리를 청소한다는 은근한 자부심도 없지는 않았다.

오늘 처음으로 내 직업이 기막히도록 좋아서 펄쩍펄쩍 뛰어다니고 있었다. 배움이 들어가다 만 머리로 생각해도 심선이의 가게발전을 위하여 더없이 좋은 맞춤형이었다. 삼척동자보다 더 유치한 발상이었지만 내게 칭찬이라도 실컷 해주고 싶은 심정이었다. 콧노래가 절로 나왔다.

잘살지도 못살지도 않는 동네로 발길을 당겨갔다. 그곳의 담벼락에도 선심옥 광고 종이쪽을 붙일 작정이었다.

"아저씨, 좀 깨끗이 골라 가라구요. 나만 아줌마한테 야단맞잖아요. 어휴, 넝마쟁이만 보면 지긋지긋해."

대문 밖에 있는 쓰레기통을 뒤지는데 뚱뚱한 밥 아가씨가 머리를 쏙 내밀더니 톡톡 쏘아대는 것이었다.

"하, 빗자루를 잠깐만 내 주시면 아주 깨끗이 쓸어놓을게요."

미안한 마음을 최대한 효과적으로 표현하기 위해 허리부터 구십 도로 굽혔다. 남의 집 쓰레기통의 종잇조각을 찾다보면 그 주변이 지저분해지는 건 도리가 없었다. 집게로 집을 수 있는 건 도로 집어넣어줄 수 있지만 일 없이 딸려 나온 자잘한 밥알 같은 건 처리해줄 방법이 없었던 것이다.

"흥, 별꼴이야."

제바람에 무안했던지 상대는 빗자루와 쓰레받기를 아무렇게나 팽개치듯 내어주고는 대문을 쾅 닫았다.

비질을 하면서 또한 역시 콧노래가 나왔다.

고물상에서 종잇조각과 바꾼 천 원 지폐 두어 장과 몇 개의 동전이 내 호주머니에 들어 있었다. 꽁치를 3마리나 사고도 돈이 남은 것이었다. 지금 심선이는 출근을 했을 터였고 낼 아침엔 이것을 구워 올린 밥상머리에서 그녀와 이마를 마주할 수 있을 것이었다.

속없이 빙긋거리며 집으로의 비탈길로 오르고 있었다. 유난히도 바쁘게 뛰어다녔던 시간들을 고마워하며 불현듯 목을 크게 들었다. 하루가 빨갛게 달아오른 서쪽하늘이 한 눈에 들어왔다. 집이 하늘과 가까운 곳에 있어서 좋은 건 역시 아득히 먼 저쪽 아래에선 건물들에 가려져 보이지 않던 노을을 마음껏 볼 수 있어서 이렇듯 가슴 설레는 시간을 가질 수 있는 것이었다.

"죽고 싶으면 술병 들고 나가서 죽어. 나가 나가란 말야."

이 씨 집으로 들어가는 골목길을 지나치고 있었을 때 들려온 그 부인의 악다구니였다. 자주 부딪치고 하지는 않았지만 눈을 열 번 넘게 씻고 보아도 부드러움이라고는 찾아볼 수 없는 여자였다. 저렇게 악을 바락바락 써대는 여자하고는 무서워서 단 하루도 같이 살 수 없을 것 같았다.

얄궂게도 심선이의 얼굴이 눈앞을 가리고 있었다. 처음 만나는 순간부터 지금까지 반말을 남발하고 있는 어린것이었지만 당찬 모습을 보면 분명 여간내기가 아니었다. 내게 거친 모습을 보인 적은 없었다.

"흐, 흐, 나가 죽으면 되에잖아? 나아가라면 누우가 무우서워할 줄 아알고."

혀가 꼬부라진 이 씨의 목소리였다. 소주병을 들고 온몸을 휘청거리며 골목에서 나오는 것으로 보아 오늘은 초저녁부터 병나발을 불어댄 모양이었다. 막연한 짐작이지만 요즈음은 직장에 잘 나가지 않는 것 같았다. 그의 눈길이 내게로 그어지고 있었다. 눈빛이 영 흐리멍덩할 뿐 아니라 며칠 사이에 그 얼굴색이 황달환자의 그것처럼 싯누렇게 변해 있었다. 대뇌에서 일어난 직감적인 불길한 예감이 전신을 싸늘하게 훑어 내렸다. 서둘러 가던 길로 발길을 재촉해야 하는데 왠지 발이 떨어지지 않았다.

"이 불쌍한 인간아, 나가란다고 나가니? 이거 입에 털어 넣고 그냥 같이 죽자. 같이 죽어. 불쌍한 인간아."

눈을 허옇게 까뒤집으며 그 부인이 정신 나간 얼굴로 뒤따라 나오고 있었다. 그녀의 눈도 내게 고정되었다. 엉성하게 쥔 왼쪽 주먹손에는 수면제로 보이는 하얀 알약이 손가락사이로 삐져나오고 있었다. 노을이 붉게 스민 그 눈빛에 주체할 수 없는 슬픔이 한으로 응어리져 있었다. 야윈 양볼 위에 사정없이 붉거진 광대뼈 사이로는 피눈물이 줄줄 흘러내리고 있었다.

어이없게도 그녀가 너무 처량하게 보이고 있었다. 앉은자리에서 변덕을 부리는 것도 아니고 도대체 이런 나를 알다가도 모를 일이었다. 내게 남편의 술병을 좀 빼앗아달라고 부탁까지 하고 있었다.

"이 씨, 몸 생각을 해야지요. 안 그래요? 그거 이리 주세요."

그의 손에 있는 소주병을 잡으며 은근히 내게로 힘주어 잡아당겼다.

"몸 생각? 허허, 해야지. 이제 와서 몸 생각을. 엉엉, 흑흑흑."

별안간 술기운이 한꺼번에 달아나 버리는지 이 씨는 낱말 하나하나를 멀쩡하게 발음하며 그 자리에 털썩 주저앉더니 틈도 들이지 않고 서럽게 울어대기 시작했다. 이미 다 비워버린 술병은 내게 맥없이 내주었다.

"불쌍한 인간, 불쌍한 인간. 세상에 이런 법은 없어요. 술은 입에 대지도 못하던 사람을 이 지경으로 만들어놓고 하루아침에 쫓아내는 법은 없는 거라구요. 더럽고 더러운 세상. 아이고, 복장이야. 돈 없고 백 없는 사람은 이리 채이고 저리 채이다 꽥 소리도 못 내고 죽어야 한단 말인가요? 이 사람 불쌍해서 어떡해요? 삼 개월밖에 못 산대요. 처음부터 상무자리 준다고 할 때 알아봐야 했는데 돈 몇 푼 더 준다는 말에 홀랑 넘어갔지 뭐유? 무슨 회산지 사람 잡는 지랄개떡인지 하는 데선 사람이 다 죽게 생기니까 위로금이라고 쥐꼬리도 안 되는 걸 돈이라고 던져주곤 나 몰라라 하고 있어요. 보상을 받아야겠어요. 무슨 방법이 없을까요?"

뼈있는 말들로 횡설수설하던 그녀는 남편의 간이 굳어버리고 있는데 치료비가 없어서 속수무책으로 보고만 있다고 꺽꺽 울음을 울어댔다.

"헛! 보상은 무슨 보상? 누가 보상을 해 준대요? 자기 몸을 자기가 챙겨야지. 진즉에 작작 마시지 이게 무슨 꼴이란 말이오? 그래, 다 죽게 생긴 몸에다 계속 이걸 들이붙겠다는 거요?"

이 씨에게서 빼앗은 빈 소주병을 그의 눈앞에 들이대며 앞뒤 없이 으르렁거렸다. 화가 나는 이유를 도대체 알 수가 없었다. 눈 위에 쓰러져 있던 어머니의 모습까지 눈앞에서 돋아나고 있어서 정말로 짜증이 났다. 피하여 허공으로 목을 돌려선 눈에 걸려드는 구름을 붙잡고 무섭게 째려보았다.

집이 가까워지면서 저녁놀의 면적은 점점 넓어지고 있었다. 시간에 밀려 붉은 기운이 조금씩 사그라지고 있을 때까지 그것을 물끄러미 바라보고 있었다. 점점 가늘어지고 있는 빨간색의 한계선을 안타까이 노려보고 있었다. 사실은 함께 멀어져가고 있는 어머니의 모습을 배웅하고 있었다.

무심결에 눈을 뜨고 보니 밤 10시 30분이 조금 지나고 있었다. 저녁밥숟갈을 놓고 바로 잠이 들었던 것이다. 서둘러 몸을 일으켜 벽에 걸린 옷부터 입었다. 방문을 열자 기다리고 있던 찬바람이 전신으로 끼쳐왔다.

오늘은 무슨 일이 있어도 선심옥이 있는 그곳까지 심선을 마중가 볼 작정이었다. 입버릇처럼 잔소리를 해대고는 해서인지 요즈음은 예전처럼 술을 많이 마시지는 않았다. 어린것이라고 지칭할 나이는 한참 지났거니와 생활력이 나보다 훨씬 더 야무진 것도 사실이지만 여전히 어리게만 보이는 건 어쩔 수가 없었다.

"심선아! 숫제 환호성을 질렀다."

비탈진 길을 뛰듯이 내려가는데 저만치 아래쪽에서 올라오고 있는 그녀의 파마머리가 한눈에 들어온 것이었다. 이렇게 일찍 오는 날은 술을 입에 대지 않았을 것만 같았던 것이다.

"엉, 자기 벌써 나온 거야?"

목을 내게로 들며 그녀도 반색하고 있었다.

"또 마셨구나. 술 같은 건 이젠 아예 마시지 말라고 했는데."

술 냄새가 나고 있어서 그녀를 나무라기부터 했다. 술이라고 하는 건 입에 댔다 하면 '적당히'라고 하는 그것이 어렵다는 것을 알아버리고 만 것이었다. 습관처럼 등을 그녀 앞에 들이댔다.

"호홍, 술장사가 술을 안 마시고 어떻게 술을 팔아? 응?"

잠꼬대라도 하듯 새로 생긴 그곳으로 손님 다 빼앗기고 어쩌고 하다간 색시를 들여야겠다고 또 어쩌고 하더니 잠이 완전히 들었는지 내 등에 납작하게 달라붙은 그녀는 드디어 조용해지고 있었다.

"복 받으세요. 형씨는 복 받을 겁니다."

등 뒤로 날아온 박 씨의 목소리였다.

"아, 예. 허, 허. 복 받으면 좋죠."

몸을 천천히 돌리며 정중하게 대꾸해 주었다.

"그동안 감사했습니다. 다음 달에 이사 갑니다. 가기 전에 한 번 더 인사를 드리겠습니다."

달동네는 벗어나는 것이 소원이었는데 막상 이사를 가게 되고 보니 서운한 맘이 앞선다고 하며 박 씨는 엉터리없는 말까지 해댔다. 오래전에 헤어졌던 집 식구와 다시 만나게 되었다는 사연을 늘어놓을 땐 눈물로 코를 훌쩍이기도 했다. 아이가 있었다는 말도 이제야 털어놓았다. 자랑하는 것인지 뭔지 애매하긴 했지만 전처가 지금까지 그 아이 하나만 바라보고 온갖 고생을 다 해가며 혼자 살고 있더란다. 훌쩍 커버린 아이를 보는 순간 가슴이 먹먹해지면서 아무 말도 나오지 않더라고 열심히도 덧붙여댔다.

"아, 그러세요. 좋겠습니다. 정들자 이별이군요."

소원을 성취한 상대의 마음에 유감없이 맞장구를 쳐주었다. 또한 나에게 삶을 송두리째 걸었던 어머니의 모습이 가슴 빠근하도록 그리워지고 있었다.

"형씨도 아이 하나는 만드셔야죠."

오지랖이 너무 넓어진 박 씨의 느닷없는 발언이었다.

"허헛, 이 나이에 무슨!"

기절할 만큼 놀랐다.

"아직 늦지 않았어요."

"화, 말도 안 돼."

혼잣말로 중얼거리며 뛰듯이 집으로 달아나기 시작했다. 아이를 만들고 하는 일에 대해선 전혀 생각을 해 보지 않았다. 두려움인지 설렘인지 정확하게 구분이 되지는 않지만 가슴이 들썽거리고 있었다. 낯선 내 감정의 이런 흐름을 감당하기가 버거웠다. 흔들릴 수는 없었다. 마음의 중심을 잡으며 그냥 이대로가 좋다고 스스로에게 주입을 시켰다.

찬바람이 방문을 사정없이 흔들어댔다. 덜컹거리는 소리에 잠을 이룰 수가 없었다. 여느 때 같았으면 심선이를 마중하기 위해 언덕길을 내려가고 있었을 시간이었다. 몸을 이리저리 뒤척이기만 했다. 아닌 밤중에 살맛타령을 늘어놓는다는 건 누가 들어도 웃기는 소리였다. 삶의 의욕 어쩌고 하는 고상한 말도 쓸 줄 몰랐다. 솔직히 살맛이 나지 않았다.

삼일 전 이 씨는 갈 순 있지만 절대로 되돌아올 수 없는 그 길로 떠나고 말았다. 끝까지 소주병으로 병나발을 불어대더니 삼 개월이라고 하는 길지 않은 그 삶의 기한도 다 채우지 못하고 가 버렸다. 툭하면 나가 죽으라고 남편에게 악담을 퍼부어대던 그 부인은 목이 완전히 잠겨버렸는지 눈물만 줄줄 흘렸다. 끓어 넘치는 눈물에 잠겨버린 그 동공은 얼빠진 사람의 그것처럼 멍하기만 했다.

이 씨가 먼 길을 떠났던 그날 밤에는 좀 더 일찍 심선이를 마중하러 나갔다. 술 때문에 아무래도 걱정이 되었던 것이다. 선심옥은 버스로 세 구역 떨어진 곳에 있었다. 그 근처에서 서성이며 그녀의 일이 끝나기만을 기다리고 있었다. 흘러나오는 소리만으로도 다른 날보다 손님이 많다는 사실을 눈치 챌 수 있었다.

선심옥의 문이 열리는가 싶더니 짧은 치마의 파마머리 여자가 불거져 나왔다. 두리번거리다간 골목 같은 곳을 발견하고는 무조건 쪼그리고 앉더니 왝왝 토해내기 시작했다.

속이 메스꺼워 옴을 느끼며 얼굴을 찌푸렸다.

속에 있는 것을 죄다 다 게워냈는지 이제 여자는 몸을 일으키려고 한쪽 손으로 땅을 짚으며 몸을 간신히 움직거리고 있었다. 몸의 중심을 빨리 잡지는 못하고 있었다. 급기야는 엉덩방아를 찧듯 그대로 땅바닥에 털썩 주저앉아버리면서 가려야 할 하반신이 다 드러나고 말았다. 선심옥 문이 또 열리면서 이번엔 심선이가 불거져 나왔다.

"이년아, 벌써부터 골골거리고 있으면 뭘 어쩌겠다는 거야? 빨리 안 들어가니? 매상 올려, 매상. 나한테 진 빚이 얼만 줄 알고는 있지 이년아?"

다짜고짜 퍼더앉은 여자의 팔을 왁살스레 잡아 일으키며 심선이는 사납게 욕설까지 해대는 것이었다. 추위서인지 아니면 두려움에 사로잡혀 있을 수도 있겠다. 여자는 도살장에 끌려가는 무엇처럼 온몸으로 후들거리고 있었다.

몸을 숨긴 채 지켜보고 있던 난 집으로 잔인하게 발길을 돌렸다. 겁에 질려 있을 법한 여자에게 사정없이 퍼부어대던 심선이의 말 한마디 한마디가 내 귀를 내 가슴을 너무 아프게 찔러대고 있었다.

"형씨, 안에 계십니까?"

밖에서 들려온 박 씨의 목소리였다.

"아, 예, 무슨 일로?"

방문을 열면서 눈이 오고 있다는 사실을 바로 알았다. 덕택으로 그가 우리 집에 온 이유를 조금은 알 것 같기도 했다.

"어디 아픈 건 아닌가 하고 와 봤습니다. 이 달동네로 이사 온 이후로 오늘이 처음입니다. 형씨가 눈을 쓸지 않은 날은요. 정말 어디 아픈 건 아니죠?"

정말로 걱정이 된다는 얼굴로 재차 나의 건강상태를 궁금해 했다.

"아프긴요. 깜박 잠이 들었나 봅니다."

둘러댔다.

"오늘은 우리 같이 눈을 쓸까요?"

"아뇨. 지금은……."

그의 아름다운 제의를 단칼에 거절했다.

뜬금없는 내 단호함에 질려 마음이 상했는지 그는 좀 굳은 표정으로 말없이 몸을 돌렸다. 눈은 탐스럽게도 내리고 있었다. 인간이란 족속은 둘만 모여도 때론 시끄러운 법인데 단체행동으로 일관하는 눈은 늘 조용하기만 하다. 겹겹으로 하염없이 내리는 눈에 길이 막혀버린 바람은 어디서 주저앉아 버렸는지 흔적도 없었다. 이제 곧 세상의 온갖 더러운 것들은 새하얀 덮개 속으로 가려질 것이었다.

방문을 닫았다. 쉽게 오지 않겠지만 또 잠을 청할 것이었다. 여자에게 퍼부어대던 심선이의 독한 웅변들이 자꾸만 귀를 긁어대고 있었다. 이럴 땐 잠을 자는 것이 상책이었다. 수면만이 모든 것을 잊을 수 있는 것이었다.

잠귀에 딸그락거리는 소리가 걸리고는 했다. 틀림없이 우리 집 부엌 쪽에서 들려오고 있었다. 때 아닌 미역국 냄새까지 콧속으로 스며들어오고 있었다.

"자기 일어나봐."

기막히도록 부드러운 심선이의 목소리에 귀가 간지러웠다.

"아……."

눈을 뜰 수가 없었다. 한숨이 목구멍 깊은 곳에서 자꾸만 올라오고 있었다. 심선이와 얼굴을 마주하기가 두려웠다. 절대로 미워할 수 없는 그녀가 가까이 있는 것이었다. 들썽거리는 가슴의 파문으로 속 전체가 후들거리고 있었다.

"어디 아픈가? 눈도 안 치우고 이래 늦잠을 잘 사람이 아닌데? 자기, 어디가 아픈지 눈이라도 떠 봐. 응? 오늘 자기 생일이야."

그녀는 내 코앞에다 손을 갖다 대어 보기도 하고 어깨를 잡아 흔들기도 하고 하면서 울음 섞인 목소리로 어지간히 야단을 해댔다.

"나 멀쩡하니까 그만해라."

천천히 몸을 일으키며 애써 벽 쪽으로 얼굴을 돌리며 심선을 외면했다. 가게 하나 얻었다고 어린것이 눈에 보이는 게 없는 것 같았다. 어쭙잖은 나만의 기준을 세워두고 있는지는 모르지만 최소한 사람이라면 하늘 무서운 줄은 알고 살아야 하는 것이었다.

"안 멀쩡한 거 같은데? 얼굴 좀 돌려봐. 아픈 거 맞지?"

그녀의 목소리엔 염려가 잔뜩 곁들어져 있었다.

"밥 먹자. 뭘 이렇게 많이 했니?"

눈을 밥상에다 고정하며 밥을 입안에 퍼 넣기 시작했다. 생선구이에다 통닭까지 올리어져 있어서 제대로 갖추어진 생일상이었다. 죄도 없는 음식을 타박할 수는 없어서 이것저것 반찬을 골고루 입에 집어넣고는 열심히 씹기도 했다. 도무지 맛이 느껴지지 않았다.

"무슨 일 있지? 응? 말해봐."

이제야 심선이는 내게서 이상기류를 느낀 모양이었다.

"내 말 잘 들어."

편한 마음으로 말을 꺼낼 수는 없어서 우선 정색을 했다. 뜸을 들이고 할 줄도 몰라서 선심옥 근처에서 우연히 목격하고 만 그것을 바로 들추어내면서 색시한테 너무 그러지 말라고 타일렀다. 미리 준비해둔 말도 없어서 사람이 있고난 다음에야 돈도 있는 것이라고 평소의 생각을 있는 대로 예를 들어 누누이 설명도 했다.

"난 또 뭐라고."

콧방귀를 날렸다. 비싼 몸값 주고 데려온 년이 술 몇 잔에 왝왝거리곤 해서 돌아버리겠다는 말도 아무렇지 않게 나불거렸다.

"심선아, 이건 아니다."

더는 아무 말도 할 수가 없었다. 다른 사람에겐 모질고 독하게 굴어도 최소한 내 말엔 귀를 기울여줄 줄 알았다. 뭔가 막막해지고 있었다.

"흥, 아니라고? 뭐가 아닌데? 난 더 지독하게 당했어. 이 머리 꼴 좀 봐. 왜 맨날 뽀글뽀글 볶고 다니는지 알기는 해?"

그녀는 느닷없이 목을 내 앞으로 숙이는가싶더니 양손으로 정수리의 머리칼을 가르는 것이었다.

차라리 목을 돌려버렸다. 머리 밑이 엉성하기도 하거니와 한꺼번에 뭉툭뭉툭 빠진 자국도 있었다. 그녀의 표현을 그대로 옮기자면 울 엄마라는 그년은 매상이 오르지 않으면 색시들의 머리털을 잡아 흔들며 화풀이를 해댔다는 것이었다. 그러니까 머리숱을 부풀리기 위하여 머리털을 볶아대야만 하는 것이었다. 일단 부풀려 놓으면 머리칼이 뽑혀나간 머릿속의 그 맨살 자국도 숨길 수가 있었다.

씩씩대던 그녀는 갑자기 말을 바꾸어 엄마 년이 색시들 몸뚱이엔 절대로 상처를 내지 않는다고 했다. 그 이유까지 제바람에 들추어내고 하다간 앞뒤 없이 울음을 터뜨렸다. 세상 모든 인간들이 몰라주어도 나만은 자기의 서러운 사정을 알아줄 줄 알았다고 하며 넋두리를 늘어놓기 시작했다.

"그렇다고 어떻게 그럴 수가 있니? 사람한테."

더는 들어줄 수가 없었다. 다른 사람을 보고 있는 것만 같았다. 선심옥 간판을 내거는 그 순간부터 그녀는 예전의 심선이가 아니었다. 목을 절레절레 흔들었다. 그녀를 미워할 수는 없었지만 동정할 수도 없었다. 얼굴을 마주하고 있을 수가 없었다.

딴사람이 되어버린 심선이의 넋두리 속에 어머니의 죽음이 있었다. 이씨의 죽음도 있었다. 그리고 또 다른 사람의 죽음이 일어나고 있는 것이었다. 벌떡 일어나고 말았다.

"아까운 밥을 왜 남기는데?"

내 옷자락을 붙잡으며 그녀도 일어났다. 나갈 때 나가더라도 큰마음 먹고 산 고기반찬과 미역국은 더 먹으라고 하며 방문을 딱 가로막고 서는 것이었다.

색시한테 지독하게 굴던 그녀의 모습이 바로 눈앞에 있었다. 그렇게 번 돈으로 내 생일상을 차린 것이었다. 속이 울렁거리기 시작했다. 몸을 재빨리 부엌 쪽으로 돌려 그 샛문을 열고 밖으로 뛰쳐나갔다.

물동이를 잘못 밟았다고 느끼는 그 순간 좁은 부엌바닥에 나동그라지며 물을 흠뻑 뒤집어썼다. 몸을 일으켜 필사적으로 달아났다. 또 하나의 물동이를 뒤엎는 소리가 등 뒤로 따라왔다. 마음이 한층 더 급했다. 푹신하던 발밑의 촉감이 무릎을 차가이 감싸며 올라왔다.

새하얀 내리막길이 코밑에 늘어져 있었다. 밟아버리기엔 너무 아까웠다. 위쪽으로는 가보지 않았거니와 가는 길도 없었다. 갈 데가 없었다. 아무 데로나 달아나야 했는데 내겐 그 어디조차 없었다.

급기야 무릎으로 무너져 내리며 머리를 눈 속에 푹 파묻었다.

이제는 언덕길 아래로 데굴데굴 구르고 있었다. 내가 좋아하는 흰색만 보이고 있어서 더없이 좋았다. 이토록 새하얀 눈 속에 언제까지나 숨어 있고 싶었다. 졸음이 몰려왔다. 기꺼이 눈을 감았다.

드디어 큼직한 눈덩어리가 언덕길 아래로 내려앉았다.

뒤이어 또 하나의 눈덩어리가 그 옆에 나란히 내려앉았다.

하품

하품

　무엇인가에 쫓기어 달아나고 있었다. 내 몸은 나아가지 못하고 두 다리의 필사적인 달음질은 제자리걸음으로 허우적거리는 꼴이었다. 온몸의 진이 다 빠져버린 채 오직 살아남기 위해 발버둥을 치다 끝내 맥을 놓는 한 마리의 연체동물이 되어 물크러지듯 그 자리에 풀썩 주저앉았다.

　앞뒤 없이 아버지의 무덤을 파고 있었다. 그의 마지막 모습이 괭이를 힘껏 내리 꽂을 때마다 전광판의 화면처럼 번쩍이며 나타났다가 사라지고는 할 뿐 행위에 대한 거리낌은 없었다. 괭이 끝에서 관의 소리가 '쩡' 하고 울리는 순간 전신이 후끈 달아올랐다. 식은땀이 시간차공격으로 전신을 냉각시켰다.

　상황이 흐지부지해지면서 두 눈을 감싸고 있는 눈꺼풀 위로 검은빛이 얼핏얼핏 느껴지기 시작했다. 이윽고 눈을 뜨자 각성이 확실해졌고 어둠이 완벽한 흑색으로 시야를 가렸다. 엎드려 누우며 머리맡에 있을 담배를 찾아 더듬었다. 어둠 속에 길을 트는 허연 연기의 면적을 따라 내가 파헤쳤던 아버지의 무덤이 선명하게 나타났다. 그의 마지막 모습은 초점을 강요하며 명시거리에서 돌아났다. 담배 맛이 역겨웠다. 가슴을 받쳤던 베개를 도로 머리 쪽으로 밀어올리곤 몸을 뒤집었다. 눈을 감았지만 예의 모습이 조명등이 되어 따라왔다.

'자네도 영 지워지지 않는 모양이군.'

'천만에⋯⋯.'

일찍이 '건방진 자신'이라고 명명해 두었던 왼쪽 가슴을 향하여 엉겁결에 반박했다. 흑색이 엷어지고 있음을 인식함과 동시에 현재시각에 대한 궁금증으로 이어졌다. 늘 같은 자리에 있을 탁상시계를 집기 위해 반듯이 누운 채 배영으로 팔을 뻗었다. 새벽 4시를 조금 지나고 있었다. 내 일터이자 밥줄인 S전자 회사의 연두 브리핑이 있는 날이었다. 직속상관인 부장이 교통사고를 당하여 입원중인 까닭으로 우리 개발부의 보고는 차장인 내가 하도록 되어 있었다.

낮의 일과 속으로 재빨리 추월해갔다. 지난 연도의 총결산 보고부터 차분히 연주했다. 전주곡에 이어 발표할 주제곡은 전기밥솥의 혁신적인 개발을 위한 아이디어 즉 신안이었다. 제바람에 두근거리는 가슴을 누르며 벌떡 일어났다.

사장은 회사 발전의 주안점을 신제품 개발에 두고 있었다. 무슨 회의가 있을 때마다 '우리 모두 아이디어맨이 됩시다.'라고 구호를 외치며 항상 새롭고 또한 더욱 기발한 착상만을 하도록 강요해서 아무리 머리를 쥐어짜도 뾰족한 생각 하나 나오는 것이 없는 사원들은 남들보다 열심을 다하여 기획하고, 광고하고, 영업하고, 자제관리하고 그리고 기타 등등으로 회사를 위해 정열을 바쳐 일해도 제바람에 발이 저리다 못해 때로는 눈칫밥을 먹어야 할 정도였다. 대신 참신한 고안과 함께 신제품 개발로 이어지게 한 사원에겐 파격적인 특진 내지는 특별 보너스도 아끼지 않았다.

계속되는 불경기로 운영난에 시달리고 있는 국내의 여러 기업체들은 자구책의 하나로 식구 줄이기 작전을 펼치고 있었다. S사도 예외는 아니어서 요 몇 년 사이에 명예퇴직자와 조기 퇴직자가 속출하는 바람에 사내(社內)의 분위기가 한층 가라앉아 있는 판국이었다. 인정을 받기에 앞서 우선 살아남기 위해서라도 사장의 그런 구미에 의식의 렌즈를 딱 맞추어 두고 대뇌를 혹사하지 않을 수 없었다.

나의 초점은 특진과 특별 보너스에 고정되어 있었다. 특히 특별히 진급하고 싶은 욕구가 더 많이 가슴을 압박하고 있었다. 다행히도 두뇌의 창의성이 남들보다 생산적인 편이어서 그동안 사장의 입맛을 무리 없이 돋우어 주었고 회사의 이윤 추구에도 이바지했고 덕택에 동기들보다 빨리 진급할 수 있었다.

이번에는 기회가 더없이 좋았다. 예년의 경우를 보면 연두 브리핑의 후속 프로처럼 인사이동이 단행되고는 했는데 올해도 예외는 아닐 것이었다. 이러한 때에 직속상관이 잠시 자리를 비우고 있었다. 초점을 먼산바라기로 비워 둘 수 없었으며 그의 의자를 차지해 버리기 위해 군침을 흘리지 않을 수도 없었다.

'아아아홈······.'

느닷없이 상하 입술이 얼굴 근육 위에 활짝 만개하면서 효과음까지 옥타브로 발성해 버렸다. 흠칫 놀라며 주위를 두리번거렸다. 아버지 때문에 비롯된 하품에 대한 일종의 조건반사인 셈이었다. 먼동의 기운이 창에 드리워진 커튼의 옅은 무늬를 엿보며 방 안의 기물들을 하나 둘 돋아나게 하고 있을 뿐 포착되는 건 없었다.

평생을 쓰레기와 함께 하였던 아버지였다. 직업이 불과 얼마 전까지만 해도 청소부로 지칭하던 환경미화원이었기에. 철이 들면서부터 너덕너덕한 그의 옷차림이 수치감을 자극했고 양복을 말쑥하게 차려입은 친구의 아버지라도 볼 때면 공연히 주눅이 들어버리기 일쑤였다.

명문대학 수석졸업이라는 영예와 더불어 S사에 특채되던 날 아버지한테 정중히 부탁했다. 앞으로는 이 아들이 잘 모실 테니 일을 그만두고 취미생활이나 하면서 여생을 편안하게 보내라고. 효를 실천하겠다는 건 명분일 뿐 청소부 아버지를 두었다는 사실 때문에 나 자신의 체면을 더는 구기고 싶지 않았던 거였다. 내 속셈을 정확하게 꿰뚫어보았는지 아버지는 쓰디쓴 표정으로 뜻 모를 웃음을 지으며 얼굴을 저쪽으로 돌려 버렸다.

그랬다. 아버지는 쓰러지는 그 순간까지 묵묵히 맡은 일에 열심을 다했던 한 사람의 성실한 청소부였다.

그의 임종을 지키면서 내 가슴은 영별의 순간에 대한 뼈에 저리는 안타까움과 스멀거리는 홀가분함으로 양분되고 있었다. 홀가분한 기분의 정체, 그것은 치욕감을 안겨주던 골치 아픈 안면 위의 큰 종기를 이제 비로소 깨끗이 수술해 버릴 때의 그런 기분이었다. 부끄러운 환부가 치료되었으니 앞으론 거리낄 것이 없었고 얼굴을 한층 더 꼿꼿하게 들고 다닐 수가 있지 않겠는가.

문제는 왼쪽가슴에 자리를 잡고 있는 '건방진 자신'이었다. 젖이 덜 떨어졌는지 아니면 아버지에게 피와 살을 받을 때 그와의 원형질 분리가 확실하게 이루어지지 않았는지 여전히 그에게 연연해하고 있으며 특히 마지막 모습을 깊이 사랑하고 있었다.

강조하지만 아버지는 열흘 전에 분명코 이 세상을 떠났다. 어머니를 일찍 여윈 터에 아직 미혼이어서 끝없이 넓은 이 땅 위에 혼자 달랑 남게 되었다. 슬픔을 암술로 한 공허감 내지는 쓸쓸함에 잠겨 있을 만도 하지만 내 의식의 무게중심은 지극히 현실적인 오늘의 브리핑에만 잡혀 있었다.

예외 없는 정장차림으로 거울 앞에 섰다. 차림새에 허점이 보이면 자칫 얕보일 수도 있으며 실없는 사람으로 오인될 수도 있었다. 모든 면에서 완벽을 추구하고 싶은 나는 학생들의 복장을 서슬이 시퍼런 눈으로 검사하는 훈육주임처럼 단정한 자신의 옷차림을 깐질기게 훑어보고 뜯어보고 그랬다.

S사의 정문은 긴장의 큰 아가리가 되어 입을 벌리고 있었다. 그 입속으로 오너들의 각종 승용차들이 출근을 서두르며 꼬리에 꼬리를 물고 미끄러져 가고 있었다. 나도 그랜저의 앞 유리로 반짝이며 부딪쳐오는 눈부신 아침 햇살의 애무를 받으며 무리 없이 안으로 진입했다.

만나는 사람마다 '좋은 아침'을 인사말로 건네며 목표지점인 내 자리로 향했다. 두 눈이 자철광에 끌려가는 쇠붙이가 되어 텅 비어 있는 부장의 자리를 한사코 퉁겨졌다. 어젯밤 전화로 그는 나에게 점심시간에 병원으로 잠깐 와 달라고 했다. 초조감이 잔뜩 배어 있는 그의 목소리를 생각하며 자신도 모르게 코웃음을 쳤다.

보고의 첫 출발선은 기획부에서 끊을 예정이고 보면 우리 부서의 순서는 오후쯤이 될 터였다. 그가 날 부르는 이유야 뻔했다. 자기를 대신하여 연두브리핑에 임하게 될 나를 위해 상사로서 이러저러한 사항과 실수 없이 잘 하라고 하는 당부의 말을 빼놓을 수 없을 터였다. 이미 모든 준비를 완벽하게 해 놓았다. 따라서 그의 지시 따위는 자질구레한 잔소리에 지나지 않을 것이며 염려 또한 쓸데없는 노파심으로 여겨질 뿐이었다.

혹시 또 모르겠다. 나의 새로운 승진 작전을 눈치 채고 은근히 견제하기 위해 호출했는지. 만약에 그렇더라도 행동반경이 병원이라고 하는 특수한 장소에 한정되어 있는 사람이 무슨 수로 나를 당해내겠는가.

앞뒤 없이 눈을 홉떴다. 초점을 곤두세우고 있는 빈자리에 총무부의 차장인 김수윤이가 보란 듯이 앉아 있었기에. 놀란 눈을 사정없이 껌벅거리고 나자 가까스로 환영은 사라졌다. 총무부 쪽으로 눈길을 넌지시 그었다. 예의 그는 자동판매기에서 뽑아온 커피를 마시며 오늘의 일과를 시작하려는 듯 서류를 넘기고 있을 뿐 별다른 움직임을 보이지 않고 있었다. 까닭 난해하기도 여유 있는 그 태도가 오히려 괘씸했다.

그는 차장 등급 중에서도 제일 연륜이 높은 사람이었다. 그런 만큼 나의 직속상관 자리로 승진해 올 가능성이 제일 유력시되고 있는 실정이었다. 사실 얼마 전부터 나는 부장이 병가(病暇) 기간 내 귀환하지 못하면 그가 그 자리에 앉게 될 것이라는 남모르는 불안감에 시달리고 있었다. 불난 집에 부채질이라도 하듯 '건방진 자신'은 당연히 그가 그 자리의 새 주인이 되어야 한다고 주장하고 있었다. 이런 남의 속도 모르고 사내의 족집게들은 나를 향해 그럴싸한 점괘들을 내놓고 있었다.

실력도 대단하겠다.

기회 또한 기가 막히게 좋겠다.

틀림없이 또······.

그러나 이번에는 뭔가 쉽지 않을 것 같았고 절대로 포기할 수는 없었고 기어이 신제품에 대한 아이디어를 머리에서 구해 내고야 말았다.

보고 자료들을 충분히 준비했음을 과시하듯 내 책상 위의 서류들은 유난히 두두룩했다. 배를 책상에 바짝 밀착시켰다. 자료들을 한 장씩 넘기며 재점검하기 시작했다. 보고할 내용이 지난해 상반기부터 차례로 머릿속에 일목요연하게 저장되어 있거니와 눈을 감고도 줄줄 외울 정도인 그것을.

한참 후에야 등을 등받이에 넓게 폈다. 나의 신안(新案)을 재검토해 보았다. 주걱장치가 부착된 전기밥솥에 관한 것이었다. 그러니까 일일이 뚜껑을 열지 않고도 보온통의 손잡이를 젖히거나 누르거나 하여 물을 빼 먹듯 그런 방법으로 밥도 풀 수 있는 밥솥을 만들어 보겠다는 아이디어였다. 나름대로 획기적인 착안이라는 생각이 들었다. 그런 신제품이 탄생하기만 하면 주부들에게 주어질 이점은 한두 가지가 아니었다.

식사 때마다 전기밥솥의 뚜껑을 일일이 여닫고 하는 번거로움이 없었다.

열 손실도 막을 수 있었다.

시간도 절약할 수 있었다.

노동력을 절감할 수 있었다.

밥의 수분 증발을 방지함은 물론 구수한 그 향기를 오래 보존할 수 있었다.

손잡이를 한 번 누를 때마다 일인분의 밥을 자동으로 떠낼 수 있다면 밥솥으로서 완성도를 거의 다 이룬 셈이 되지 않겠는가. 만족스런 미소를 지을 사장의 모습이 눈앞으로 확대되어 왔다. 입에 제멋대로 벌어졌다. 소스라치게 놀라며 급히 상하 입술을 맞붙였다.

'하품하는 것이 당연해.'

'건방진 자신'의 비웃음이었다.

나도 가만히 듣고 있지만은 않았다. 아버지처럼 살지는 않을 것이라고 때문에 하품으로 발효되는 것이라면 내 하품의 불씨는 아버지한테 있는지도 모른다고 반박했다.

초등학교 5학년 때의 일이었다. 급우 몇 명이 모여 아파트에 사는 친구 집에 놀러간 적이 있었다. 아파트 상가 건물을 막 돌아가는데 난데없는 악취가 콧속으로 습격했다. 무심코 친구들과 같이 악의 없는 농담으로 고약한 그 냄새에 대해 불평하고 있던 나는 남몰래 화들짝 놀랐다. 마침 악취의 발신지인 쓰레기통이 눈앞으로 다가왔고 쓰레기차를 대 놓은 채 오물을 치고 있는 환경 미화원 중에 아버지의 모습이 있었던 것이다. 얼굴이 확확 달아올랐다. 다행히도 급우들은 쓰레기꾼들에겐 전혀 관심을 두지 않았지만 아버지의 너덕너덕한 모습이 그들에게 탄로 날까 봐 눈앞이 다 캄캄했다.

그날 밤 나는 처음으로 아버지한테 쓰레기 치는 일을 그만두라고 졸랐다. 어이없다는 눈초리로 물끄러미 바라보더니 한참만에야 입을 뗐다.

우리 식구 밥을 굶게 된다고.

공장 같은 데에 취직하면 된다고 했다…….

이 애빈 아는 것도 배운 기술도 없다.

이제라도 기술을 배우면 되겠다.

급기야 말문이 막혀버린 아버지는 허허거리며 담배를 빼어 물며 벽 쪽으로 얼굴을 돌렸다. 따라가선 그의 얼굴 앞으로 내 얼굴을 들이밀었다. 천장을 향해 담배연기를 휴우 내뿜으며 목을 저쪽으로 했다. 또 따라갔다.

솟구치듯 몸을 급히 일으키는 것으로 보아 밖으로 나가 버릴 기세였다. 발딱 일어나 앞을 가로막았다.

이놈아, 애비는 쓰레기 치는 일을 천직으로 삼고 있어. 다른 일은 애초부터 할 꿈도 꾸지 않고 있으니 건방진 소리 작작해.

나를 옆으로 밀어붙이곤 문을 쾅 닫고 나가버렸다.

멍청히 서 있는데 힘주어 말했던 '천직'이라는 그 낱말이 기분 나쁘게 되씹혔다. 처음 듣는 낱말인 까닭에 정확한 뜻을 알 턱이 없었는데 막연하게나마 아버지가 그것에 스스로 발목이 잡히고 있어서 현재의 일을 버리지 못하는 것이 아닌가 하는 생각이 든 거였다. 국어사전을 뒤적거리기 시작했다. 천직(天職)과 천직(賤職) 그리고 천직(遷職) 이렇게 세 가지가 나와 있었다. 풀이해 놓은 것을 차례로 자세히 읽고 또 읽은 후에야 아버지가 첫 번째의 그 낱말을 빌어 이야기 했다는 사실을 알 수 있었다. 차라리 절망을 느끼며 주먹을 불끈 쥐었다. 아버지의 생각을 바꾸어 놓을 방법이 도저히 생각나지 않았던 나는 스케치북을 한 장 뜯어내어 방바닥에 펴 놓고는 글씨를 큼직큼직하게 그리기 시작했다.

나, 이성철의 소원은 아버지가 천직(賤職)을 버리고 천직(遷職)하는 것이다.

학교 문턱도 밟아보지 못한 아버지가 낱말 뜻을 모를 것 같아서 전자는 천한 직업이며 후자는 직업을 바꾸는 것임이라고 작은 글씨로 토까지 친절하게 달아두었다. 하나밖에 없는 아들이 소원이라고까지 하는데 안 들어주겠는가. 밖에서 돌아온 아버지가 한눈에 볼 수 있도록 윗목에 펴놓고는 잠이 들었다.

다음날 아버지는 여느 때와 마찬가지로 나갈 준비를 서두르고 있었다.

그의 유니폼은 때에 찌든 옷과 각종 쓰레기만 만지다 지친 검버섯투성이가 된 고무장갑과 깨어진 유리조각에 발이 찔리지 않기 위해 신는 편상화였다. 스케치북의 글씨에 대해선 완전히 무관심을 보이며 내가 눈엣가시처럼 여기는 환경미화원의 그 제복을 다 갖추고는 기어이 출근했다.

시도 때도 없이 아버지한테 일을 바꾸라고 했고 들은 체도 하지 않았다.

앙심을 품었다. 아들의 소원을 무시해 버리는 아버지의 고집에 대하여. 달라지는 것은 아무것도 없었다.

그에 대한 불만의 화살을 나 자신에게로 돌렸다. 멋있는 옷을 입고 고급스런 학용품을 쓰며 잘난 체를 하고 싶었지만 내 힘으로는 해결할 수 없었기 때문인지 우선 먼저 학업성적이 신경에 거슬렸다. 반에서는 늘 상위권을 유지하고 있었지만 만족할 수가 없었다. 멋진 미래의 자화상을 위해 전교 1등을 새로이 목표지점으로 정해 놓고는 죽으라고 공부했다.

고독한 소년의 피나는 노력을 담임이 알 턱이 없었다. 월말고사 때마다 산출되는 만점에 가까운 나의 평균점수에 놀라 다만 경이로움을 감추지 못하고 머리를 쓰다듬어주고는 했다.

회의실에 마주앉은 각 부서의 부장들은 사장이 왕림할 시각이 다가오자 공연히 넥타이의 삼각부분을 매만지고는 했다. 피아니시시모의 '음, 흐' 소리로 능숙하게 목을 가다듬기도 했다. 나는 비록 처녀 출연했지만 그런 그들의 흉내조차 내지 않고 묵묵히 앉아 있었다.

드디어 기획부에서 보고의 막을 올렸다. 지난 연도의 실적 보고 및 전반에 걸친 업무 결과가 착착 보고되었다. 보고자는 회사의 모든 면을 계획하는 부서의 우수한 실력자답게 체계적이고 조리 있게 언어력을 구사했지만 그러한 완벽한 보고 매너가 경기 침체였던 지난해를 호경기로 둔갑시키지는 못할 것이었다. 올해는 불경기 극복의 해로 정하고 더불어 기발한 안건을 내놓아야 할 터였다.

우리는 외제 홍수 시대에 살고 있다. 같은 단군의 자손끼리 한마음으로 뭉쳐서 우리 상품만을 향하여 돋보기라도 들이대야 할 판국에 너나없이 입으로 소리내기는 '우리 상품, 우리 상품' 하면서 정작 손으로는 남의 땅에서 굴러온 제품부터 어루만지고 있는 실정이다. 우리 회사의 주된 상품인 전기밥솥만 해도 그렇다 경제적인 독성이 강해서 이웃사촌이라고 표현하기조차 껄끄러운 섬나라의 것을 자존심 상할 정도로 선호하고 있다.

'외제병'을 타파할 방법은 간단했다. 소비자들의 마음을 확실하게 사로잡을 수 있는 그런 신상품을 개발하자는 그것이다.

기획부에서는 개발을 위한 뾰족한 안건이 나오지 못했다.

거듭 강조하지만 나에겐 좋은 아이디어가 준비되어 있지 않은가. 내심 득의에 찬 미소를 지으며 나의 신안을 넘겨받게 될 설계 파트의 풍경을 그려보고 있었다. 먼저 도면 위의 구조, 크기, 생김새 등을 머리를 맞대어 의논한 후 아주 정밀하게 설계할 것이다. 네모난 밥솥 어쩌고 하며 기껏 겉모양을 조금 변화시켜 주부들의 말초신경이나 자극하려 했던 것과는 달리 편리하고 실리적인 전기밥솥을 탄생시키기 위하여.

드센 날숨이 입술을 상하로 분리시키려 했다. 콧숨으로 조금씩 내보내며 놀란 동공을 은밀히 굴리었다. 총무부의 보고로 이어지고 있을 뿐 내가 하품할 뻔했다는 사실에 대해선 아무도 눈치를 채지 못한 것 같았다.

'흥, 나까지 속이지 못할 거야.'

'건방진 자신'의 비아냥거림을 무시해 버리며 보고자에게 초점을 고정했다. 보고 내용은 귀에 들어오지 않고 화려하게 등반할 나의 모습만 머릿속에 그려졌다.

입이 또다시 찢어질 것만 같아 수비를 강화하듯 손가락으로 주먹을 말며 입 가까이로 넌지시 가져갔다.

'차라리 그 원인을 제거하는 것이 낫지 않겠어.'

깐죽거렸다.

'아버지 흉내 따윈 내지마.'

왼쪽 가슴을 꾹 눌렀다.

하품의 성격을 굳이 이야기해본다면 시와 때와 장소를 가리지 않고 나오는 우발적인 날숨…… 정도가 되겠다. 아버지는 과욕에 의해 시간과 휴식을 혹사당한 육체의 하소연이라고 했다.

중학교 2학년이 되었다. 학기말 고사가 끝나던 날 저녁 정답의 여부가 애매하던 두어 문제의 해답을 찾아보고 있었는데 수학 문제 하나의 정답이 잘 나오지 않아 애를 먹어야 했다. 분명 방정식 활용에 관한 문제라고 판단했고 그 공식에 맞추어 풀고 또 풀었지만 번번이 보기에도 없는 수치가 그 답으로 불거지고는 했다. 나중에는 보기의 정확성을 의심하면서도 영 찜찜해서 시험지를 덮어둘 수가 없었다.

졸음이 눈꺼풀을 누르기 시작했다. 아버지는 내일 학교에 가면 금방 밝혀질 것이라고 그만 자라고 했다. 내 뒤를 바짝 따라붙고 있는 김명우의 얼굴이 눈앞으로 확대되어오고 하는 바람에 마음 편히 잠자리에 들 수가 없었다. 총점 관리를 까닥 잘못하다간 친구에게 1등자리를 빼앗기게 될지도 몰랐다.

그 방정식을 다시 붙들고 늘어졌다. 정답 대신 하품이 나왔다.

아버지는 양미간을 찌푸렸다.

방정식을 노려보다간 통째로 삼켜버릴 듯이 크게 하품했다.

언성을 조금 높여 말했다. 하품하지 말고 그만 자라고.

나는 또 , 또 하품했다.

빨리 자지 못하느냐고 호통을 쳤다.

잠이 시뻘겋게 물든 눈을 부릅뜨며 엉겁결에 아버지한테 간섭하지 말라고 짜증을 냈다. 급기야 아버지는 회초리를 들고 왔다. 학업성적을 높이기 위해 평소에 열심히 노력하고 꾸준히 공부하는 것은 칭찬하겠다. 시험 때만 되면 1점이라도 더 얻기 위해 머리털을 흡사 싸움닭의 볏처럼 곤두세우곤 하는 건 정말 보기 싫다. 스스로를 위해 공부하는 것이 아니라 시험 그것만을 오직 잘 치르기 위해 공부에 목매는 꼴이 되기 때문이다. 점수와 등수의 노예가 되지는 말아라. 노예의 삶에서 무슨 행복이 있을 수 있겠으며 편히 쉴 수 없는 삶을 통하여 얻을 수 있는 것은 하품밖에 더 있겠느냐. 앞으론 절대로 하품하지 마라. 적어도 이 애비의 눈에 가장 추하게 보이는 것은 입을 있는 대로 다 벌리고 하품할 때의 모습이니까. 그렇게 말하며 종아리를 매섭게 치기 시작했다.

하품 하는 것이 뭐가 그렇게 대단히 나쁩니까. 다른 부모들은 자식의 학업성적을 높여주기 위해 고액 과외도 서슴지 않고 시키는 판입니다. 그것

뿐이겠습니까. 다달이 성적표가 날아갈 때마다 몇 점과 몇 등에 초점을 곤두세우며 지난달보다 조금이라도 잘했으면 외식을 시켜준다 용돈을 더 준다는 등의 온갖 푸짐한 혜택이 다 주어지는데 아버진 일등만 하는 저한테 피자 한 조각 사준 적이 있으며 공부하다 어려운 문제에 부딪쳐 혼자 끙끙거려도 과외공부 한번 시켜 준 적 있습니까. 혼자 공부하려니까 몇 배나 더 힘들고 따라서 하품을 남달리 많이 하게 되는 것을 점수의 노예니 일등의 노예니 하며 매질이나 합니까. 마음속으로 실컷 대들며 아픔보다 맞는 것이 더 억울해서 소리 내어 울었다.

그 후부터 아버지 앞에서는 하품을 자유로이 할 수가 없었다. 날숨에 의해 느닷없이 입을 열리어지기만 하면 무조건 내 얼굴색이 누렇다는 말을 서두로 건강의 중요성을 피력했다. 물론 하품의 특효약은 휴식이라는 말을 빼놓지 않았다.

원가 절감, 생산성 향상 노사문제의 원만함 등 올해의 총무부의 업무계획도 의례적인 것들만 발표된 후 끝났다.

점심을 다른 날보다 일찍 먹자 부장의 병문안이라도 갈 것이라고 믿는지 '건방진 자신'은 행복한 착각에 빠졌다.

병원으로 가지 않고 곧장 내 자리로 돌아왔다. 눈을 감으며 등받이에 등을 넓게 폈다. 오전에 나의 신안에 대한 설계파트의 작업까지 구상해 보았다. 이제 내 머리 속에는 최종단계로 들어가 완성된 설계도면이 제조분야로 넘어가고 있는 장면이 그려졌다. 그곳에서는 도면대로 제품을 신중하게 만들기 시작했다. 드디어 견본이 만들어지고 세계최초 주걱 표시등이 부착된 전기밥솥이 태어나게 되었다.

'그래, 정말 괜찮은 기획이야.'

시건방진 간섭이나 하며 깐죽거리곤 하던 '건방진 자신'이 웬일로 나한테 칭찬을 했다. 기분이 어색하기만 했다.

'그렇더라도 오늘 사장 앞에서는 기획안을 발표해서는 안 돼.'

'무슨 소리 좋은 아이디어를 썩히란 말이야.'

난생 처음 칭찬하는가싶더니 나름대로 꿍꿍이가 있는 모양이었다. 눈앞에 나타나기라도 한다면 한 대 먹여주고 싶었다.

'신제품 개발위원회에 바로 제공해 주면 되잖아?'

'건방진 자신'이 드디어 속셈을 드러냈다. 신안의 타당성이 인정되고 설계파트로 넘겨지고 하는 사이에 개봉이 임박한 인사이동의 뚜껑은 열리게 될 터였다. 내가 꿈꾸고 있는 신제품이 견본으로 탄생되기 전에는 사장에게 보고조차 되지 않을 것이 뻔했다.

'자네의 계획대로 하면 틀림없이 목적을 달성할 걸세. 그러나 부장의 처지는 어떻게 되겠는가.'

'……명예퇴직자의 명단에 오르겠지.'

스스럼없이 말하곤 더 이상은 '건방진 자신'과 언쟁을 벌이고 싶지 않아서 눈을 떴다. 입이 함박 만하게 벌어졌다. 식곤증 증세라고 서둘러 진단을 내렸다. 역시 눈꺼풀이 집요하게 동공을 덮어 누르기 시작했다. 부장의 빈 의자로 눈을 돌렸다. 입아귀가 찢어질 듯이 팽창하는가 싶더니 눈두덩이 일시에 동공을 덮어 눌렀다. 암흑의 포근함에 잠겼다. 귀환하는 부장의 얼굴 위로 김수윤의 얼굴까지 겹쳐졌다. 후다닥 놀라며 눈을 번쩍 떴다.

"차장님 피곤하시죠?"

우리 부서의 미스 김이 살짝 웃고 있었다.

"아, 아니……."

본능적으로 부인하는데 콧속으로 커피향이 스며들었다. 그녀에게 멋쩍은 웃음으로 답하곤 종이컵을 기꺼이 받아들었다. 목젖과 따뜻한 액체와의 여유 있는 만남을 즐기려는 찰나 '피곤하시죠.' 이 말이 문득 마음에 걸렸다. 내 얼굴색이 누렇다고 하던 아버지의 말이 동시에 떠오르며 갑자기 자신의 얼굴색이 궁금했다. 화장실로 달려갔다. 거울 속의 내 얼굴은 선잠 깬 간염환자의 핏발 선 안구 두 개가 노랑퉁이 속에 박혀 있는 꼴이었다. 이런 모양으로 브리핑에 임할 수는 없었다.

피로회복을 위한 간단한 드링크제라도 마시기 위해 자리에서 일어났다. 전화벨이 울렸다. 금속성 울림은 내 책상 위에서 나고 있는데 왠지 수화기에 손이 선뜻 가지 않았다. 서랍을 열어 무엇인가를 찾는 체 하자 미스 김이 다가와 받아선 내게로 주었다.

"전화 바꿨습니다."

"아, 김 차장."

나를 기다리다 지친 부장의 목소리였다.

"네에, 그렇지 않아도 지금 막 가려던 참입니다."

엉겁결에 둘러대곤 수화기를 찰카닥 던졌다.

그가 입원한 병원은 도보 거리에 위치하고 있었다. 무조건 기분이 나빴지만 배알할 시간적인 여유는 충분히 있었다.

'국으로 몸조리나 하고 있을 것이지 피곤한 사람을 오라 가라 야단이야.'

'연두 브리핑인데 병원에 박혀 있자니 그 심정이 오죽하겠어.'

'부처님 수제자가 따로 없군.'

'건방진 자신'에게 비아냥거리며 툴툴거리는 발걸음을 병원으로 떼어놓았다.

입원실로 직행하지 않고 극장식의 약제실 앞 의자에 앉았다. 표면적인 이유는 담배 한 가치를 태우고 난 후에 병문안하자는 것이었지만 사실은 시간을 좀 소비해 버리기 위해서였다. 여하간 그에게 긴 이야기를 듣고 싶지 않은 거였다. 호주머니에 손을 넣어 담배와 라이터를 끄집어내는데 약제실이라는 명찰 조금 위로 금연이라고 쓴 글씨가 눈에 들어왔다. 도로 집어넣었다. 약을 탈 차례가 되기만을 기다리며 앉아 있는 사람들 사이에서 나는 당장에 무료해지고 말았다.

'부장한테 빨리 가봐.'

'가기 싫어. 그리고 경고 아니 부탁한다. 이번만은 간섭하지 말아줘.'

'자넨 이미 아버지 생전부터 이번만의 상습범이었어. 이번만은 절 내버려 주십시오. 간섭하지 말아주십시오. 눈감아 주십시오. 하면서 번번이.'

나는 말문이 막혀버렸다.

'모르긴 해도 자넨 이번 등반에 성공하고 나면 앉은 자리에서 또 하품할걸.'

정곡을 찔리고 말았다.

그렇다. 대뇌는 전기밥솥의 전자동 시대를 구상하고 있었다. 가령 일정량의 쌀을 밥솥에 넣은 후 버튼 하나만 누르면 쌀이 씻기고 안쳐지고 하여 밥이 자동으로 되는 그런 상품을 말이다. 이번 등반으로 만족할 수 없겠기에 다음번에 상신하기 위해 아껴 두어야만 했다.

'알고 보니 이젠 앉기도 전에 선 채로 내일을 향해 하품하고 있군.'

잠자코 있었다. 사실은 변명할 말이 없었다.

하품에 대한 아버지의 갈등 연장전은 '이번만은' 때문에 비롯되었다. 내가 일류대학에 수석으로 합격하자 아버지는 감격의 눈물을 흘렸고, S사에 특채되었을 때는 동료 환경미화원들에게 자랑까지 하고 다녔다. 승승장구를 거듭하는 사이에 하품하는 횟수가 많아졌고 아버지에게 발각될 수밖에 없었다.

요약해 보면 그동안 아버지는 줄기차게 나의 하품에 브레이크를 걸었고 그럴수록 나는 집요하게 하품을 해댄 셈이었다.

손목시계를 보았다. 5분 정도만 더 소비해 버리기로 했다.

왼쪽에서 '하' 하는 소리가 들렸다. 부지중에 목을 돌렸다. 예닐곱 살쯤 되어 보이는 귀엽게 생긴 계집아이가 입을 동그랗게 뜨고 있었다. 자신도 모르는 사이에 입가에다 웃음을 쿡 찍으며 목으로 반원을 그렸다. 이십대로 느껴지는 말쑥한 차림새의 여자가 빨간 손톱이 장식된 손바닥을 활짝 펴선 하품을 숨기고 있었다. 목을 바로 하며 못 본 체 시치미를 뗐다. 사십대 중반으로 느껴지는 남자가 뒷머리를 내 앞으로 젖히고 있었다. 귀밑 근육이 늘어나고 있는 것으로 보아 입아귀가 상하로 찢어지고 있는 것이 틀림없었다. 별안간 등 뒤의 풍경이 궁금했다. 백발이 성성한 노인이 바야흐로 나를 향하여 목을 치켜들며 입을 확장하기 시작했다. 커지는 입과 같이 둥글려지는 시커먼 두 콧구멍과 목구멍 입구의 목젖이 나의 눈을 꼼짝없이 사로잡는 바람에 노인의 하품에선 눈을 빨리 뗄 수가 없었다.

노인의 그 하품을 분석해 보았다. 살아온 나날들에 대한 후유증일 수 있었다. 언제까지나 내일을 기획하고 있기에 발효되는 드샌 입김일 수도 있었다. 어느 쪽에 해당할까. 분명한 것은 노인의 하품은 왠지 못마땅하다는 것이었다.

'자네도 하품하면서 남의 하품 가지고 시비 하냐?'

'어쨌든 모두들 열심히 하품하고 있어.'

자신 있게 쏘아붙이곤 드디어 일어났다.

회복기에 들어선 부장은 그러나 창백한 얼굴로 나를 맞이했다. 본능적인 동정심이 머리를 들었지만 은근히 놀랐다. 초조함과 반가움이 교차하는 얼굴로 오전에 있었던 다른 부서의 보고 내용 등을 꼬치꼬치 캐물었다. 예의와 정성을 다하여 말해 주는 척하면서도 내심으론 보따리 쌀 궁리나 하라고 실컷 비웃었다.

'피도 눈물도 없군.'

왼쪽가슴을 재빨리 흘겼다.

'자 이젠 가 봐.'

부장은 문밖에까지 따라 나와선 내 등을 토닥거려 주었다.

'그럼 몸조리 잘 하십시오.'

등으로 느껴지는 그의 따뜻한 촉감이 싫지 않았다. 피하여 달아나듯 회사로 종종걸음을 쳤다.

'그래도 일말의 양심은 있는 모양이군.'

'천만에……'

자신도 모르게 뛰듯이 걸었다. 아버지가 살아 있을 때도 등반 기회가 포착되면 놓치지 않던 나였다. 양심이 조금 꿈틀거린다고 흔들릴 내가 아니며 특히 '건방진 자신' 따위의 깐죽거림에 설득 당할 내가 절대로 아니었다.

내 자리로 가지 않고 부장의 자리로 갔다.

'자네, 정말 무서운 사람이군.'

무시해 버리곤 빈 의자에 궁둥이를 넌지시 깔며 책상서랍을 열었다. 필요한 서류라도 찾는 척하며 다른 서랍도 열어보고는 했다. 사무실 안에 있는 그 누구도 나에게 이상한 눈초리를 던지는 이는 없었다. 그들은 내가 이 자리의 주인이 될 것임을 당연시 여기고 있을 뿐이었다.

'안 되겠군.'

급기야 '건방진 자신'은 아버지의 마지막 모습을 떠올렸다. 지금 이 순간만은 정말 보고 싶지 않아서 눈을 감았다. 소용이 없었다.

아버지는 임종의 호흡이 끝나기 전에 나에게 무슨 말인가를 하기 위하여 입을 크게 열었다. 입 언저리의 심한 떨림으로 전이되며 점점 다물어지고 있을 뿐 낱말은 발성되지 않았다. 귀를 아버지의 입술에 바짝 갖다 댔다. 어느 순간 '뚝' 하는 끝막음의 소리가 고막에 착 안겼다. 아버지의 안면을 향하여 얼굴을 번쩍 들었다. 목이 콱 메여 오는 바람에 목구멍에 가시라도 걸린 사람처럼 캑캑거렸다. 흑흑거림으로 순화될 즈음에야 다 다물어지지 않은 아버지의 입으로 손을 가져갔다. 정신이 번쩍 들었다. 아버지가 허연 앞 이빨을 고스란히 드러내 보이며 웃고 있었던 것이다. 윗입술은 코 쪽으로 아랫입술은 턱을 향하여 조금씩 당기어지다 공교롭게도 웃음이 연출된 것일까. 아니었다. 세상의 그 어떤 힘으로도 그런 웃음을 만들 수는 없었다. 갓난아이의 배냇짓 같은 웃음을……. 나는 손을 떨며 뭔가를 구걸이라도 하는 자세가 되어 버렸다.

이 세상의 사람들 중 생을 마감하면 웃을 수 있는 사람이 과연 몇 명이나 되겠는가. 아버지는 환경 미화원이라는 직업에 걸맞지 않는 고급스런 웃음을 남겼다.

'건방진 자신'은 아버지의 그 웃음을 하품하지 않았던 사람만이 꽃피울 수 있는 것이라고 자랑하며 '해골의 미소'라고 명명해두고 있었다. 하품하고 또 하품하는 나에게 남긴 '유언꽃'이라고 덧붙이며 마음에 깊이 새겨두라고 충고하기도 했다.

코웃음을 치며 내 자리로 돌아왔다.

오후의 브리핑이 시작되었다. 차례가 된 나는 지난해의 결산보고와 올해의 업무계획도 경험자들 못지않게 술술 잘 엮어댔다. 바야흐로 나의 빛나는 신안을 올해의 기획안으로 내놓을 때가 되었고 뜸들이지 않고 발표했다.

사장의 눈이 번쩍 빛났다.

보고를 끝내고 앉으며 남몰래 쾌재를 불렀다. 곧 이어 전기밥솥의 전자동에 관한 아이디어가 있음을 상기하며 전무이사가 앉은 쪽으로 시선을 은근슬쩍 그었다. 입이 엄청나게 크게 벌어졌다. 급히 다물자 차단당한 날숨이 비상탈출구를 찾아 코로 몰렸다. 코로 간신히 하품하고 나자 또다시 입술이 상하로 찢어졌다. 손으로 입을 막고는 놀란 눈을 부릅뜨며 눈으로 하품했다. 사람들의 시선이 나에게로 몰리는 것만 같아 온몸에 식은땀이 끈적거렸다. 이러다간 만성피로증후군 환자로 낙인찍혀 등반은커녕 사장의 눈 밖에 나기 십상이었다.

'어떻게 해야 하품하지 않겠니?'

가슴에 불이 나서 '건방진 자신'에게 묻고 말았다.

'자넨 그 방법을 알고 있어.'

'알고 있다니?'

아, 그랬다. 나는 하품하지 않는 방법을 알고 있었다.

"사장님."

충동적으로 벌떡 일어났다.

"왜 그러나?"

눈을 휘둥그렇게 떴다.

"방금 말씀드린 신안은……."

우리 부장의 아이디어였다고 그렇게 정정하곤 말끝을 맺었다.

"그래에?"

사장의 안면 근육에 웃음이 미미하게 번져갔다.

나도 덩달아 웃으며 고개를 숙였다.

아버지의 마지막 그 모습이 내 하품을 가로막고 있었다.

어머니의 죽음

어머니의 죽음

아침 햇살이 J병원 응급실의 창에 쏟아졌다. 뿌연 막처럼 창밖에 내려져 있던 짙은 안개를 순식간에 걷어낸 빛이었다. 형광등 조명 속에 창백하던 실내는 희망의 순간을 맞이하듯 환해졌다.

앞뒤 없이 머리를 들며 그녀는 놀란 눈을 크게 떴다. 의자에 앉은 채로 아들의 병상에 얼굴을 옆으로 놓고 깜박 잠이 들었다가 빛살 세례에 놀란 것이었다. 퀭한 동공은 이미 아들에게 가 있었다. 중학교 2학년 이현일(李顯日)은 아직 잠속에 있었다. 사실은 머리를 다친 녀석은 지금 사흘째 의식 불명의 상태에 놓여 있었다.

의사의 진단은 불투명하기만 했다. 며칠을 더 두고 보아야 확실한 것을 알 수 있겠다는 것이다. 깨어날 수도 있고 그렇지 않을 수도 있다고 했다.

안타까움으로 그녀의 가슴은 새까맣게 탔다. 울먹임에 지친 핏빛 망막 위로 눈물이 굵은 방울로 둥글려졌다. 방정맞게 울음부터 흩트릴 수는 없었다. 곡(哭)을 예견한 전주곡이 될까 봐 겁이 났던 것이다. 오열을 다독거려 마음속으로 돌려보내듯 눈물에 적셔진 눈꺼풀만 자꾸 껌벅이었다.

문득 그녀는 주변이 너무 조용하다고 생각했다. 목을 등 뒤로 돌렸다. 환자와 보호자들이 약속이라도 하듯 늦잠에 빠져 있었다. 새벽까지 환자들은 신음하고 보호자들은 쩔쩔매고 그랬다.

복도 쪽 창가의 병상이 그녀의 초점을 끌었다. 김기철(金技哲)의 얼굴에 얽히어 있던 산소호흡기 때문이었다. 볼 때마다 기분이 영 이상했다. 전신에 깁스붕대를 한 환자도 있었다. 허연 동상을 자빠뜨려 놓은 형상이었다. 그에 비해 팔이나 다리 목 등에 부분적으로 깁스를 한 환자는 그런대로 사람 꼴을 지니고 있었다.

이들 모두가 현일이와 같은 반 아이들이었다.

'O시 K중학교 수학여행 버스 커브길 과속 참사'

삼일 전 석간신문의 1면을 장식했던 톱기사였다. 현일이의 반 아이들을 태우고 경주로 가던 버스였다. 차는 험한 낭떠러지 아래로 굴러 떨어졌다. 많은 사상자(死傷者)가 발생하고 말았다. 중경상을 입은 학생들은 시내의 병원 몇 군데로 분산되어 치료를 받아야 했다.

운전기사는 그 자리에서 불귀의 객이 되었고 담임교사는 중태였다.

그녀는 눈앞의 사실이 터무니없는 악몽처럼 느껴졌다. 지금쯤 현일이는 옛 신라의 유적지를 다 구경했을 터였다. 조금은 지친 몸으로 적당히 덤벙거리며 산업현장인 F제철로 가고 있어야 했다.

학교와 공부로부터 해방된다는 것이 그렇게도 좋았을까. 싱거운 웃음으로 즐거움을 싱긋벙긋 거리며 집을 나섰던 녀석이었다. 그런 녀석이 집으로 돌아올 날은 바로 내일이었다. 생각할수록 기가 막히고 가슴이 무너지는 이런 꼴이 되어 병원으로 돌아올 순 없는 노릇이었다.

그녀의 속귀엔 돌아가신 시어머니의 육성이 담겨 있었다. 그 말이 자꾸만 의식 밖으로 불거지고 있었다.

'에미야, 김 보살의 말을 소홀히 여겨선 안 된다. 언제고 시간을 봐서 애비하고 같아 가자꾸나.'

4년 전 10월 25일 남편은 교통사고를 냈다. 구속되었다가 집행유예로 풀려났다. 예의 육성은 바로 그 무렵에 녹음된 것이었다. 시어머니가 김 보살행(行)을 강요하곤 했던 까닭은 있었다.

그녀에겐 시동생이 있었다. 남편보다 두 살 아래였다. 그는 군 복무 중에 교통사고를 당하고 말았다. 그를 태우고 가던 군용 트럭이 브레이커 고장을 일으켜 S댐으로 뛰어들었던 것이다. 그러니까 시어머니는 당신의 막내 아들이었던 그의 원혼을 달래주지 않으면 안 된다는 강박관념이 있었다. 이 강박증은 바로 김 보살의 의해 주입되었다.

그녀는 끝내 김 보살을 찾아가지 않았다. 시어머니의 말을 무시해서가 아니었다. 평소의 성격 때문이었다. 수학공식처럼 답이 딱 하나인 문제이거나 과학처럼 눈금으로 확인할 수 있는 것이 아니면 믿으려 들지 않았다. 더욱이 혼령이니 원혼이니 하는 것들은 도무지 아리송하지 않던가.

김 보살의 신앙 분위기도 그녀는 마음에 들지 않았다. 시어머니가 다니는 절의 보살할미라고 했다. 그러면서 집에는 불상을 모신 개인 신당을 차려놓고 있었다. 시모의 말로는 부처로부터 신통력을 얻은 영묘한 사람이지 귀신이나 섬기는 그런 무녀(巫女)는 아니라는 것이었다.

시어머니의 말을 귓등으로 들었다. 나름대로 김 보살을 불교와 샤머니즘을 동시에 즐기는 양성이라고 인식되었던 것이다. 불상 만나면 합장으로 아부하고 애꿎은 사람 찾아가면 길흉화복을 들쑤셔서 현혹하고 하는 그런 장면은 상상만 해도 혐오감이 전신에서 스멀거렸다.

지금은 여하간 의학의 힘에 매달릴 수밖에 없었다. 그녀는 그렇게 최선을 다하고 있는 의사들을 철석같이 믿고 싶을 뿐이었다. 그들을 의심한다는 것은 곧 아들의 깨어남에 대한 회의감으로 이어질 것이어서 오로지 믿기만 해야 했다. 그들이 현일이에게 당장 해주고 있는 건 링거액뿐이었는데도 그랬다.

현일이의 이마엔 여드름이 많이 돋아나 있었다. 녀석은 지금 한창 자랄 나이가 아닌가. 그것이 그녀의 가슴을 더욱 아리게 하고 있었다. 키울 때의 재미야 딸이 더 간지럽다고 하지만 현일이의 야지랑스러움에 비할 수는 없었다.

그녀의 가슴속엔 단 하나뿐인 아들의 모든 것이 담겨져 있었다.

녀석이 초등학교 5학년 때의 일이었다. 겨울방학이 시작되던 날이었다. 방학식만 하고 일찍 돌아와선 느닷없이 '엄마, 나는 포경수술 안 해?'라고 했던 것이었다. 개인사업을 하던 남편은 일 때문에 외국으로 지방으로 출장이 잦았다. 까닭으로 현일이는 갖가지의 궁금증을 그녀에게 물어보곤 했다. 답변해 주고는 할 때마다 그녀의 마음엔 상쾌한 정성이 솟구치고는 했다.

"허, 뭐? 뭐라고?"

말문이 막히고 있어서 그녀는 어이없는 웃음을 입가에 찍어댔다.

"내 친구 장원이 있잖아? 내일 포경수술한대. 엄마 나도 할래."

녀석은 이제 부득부득 우기는 것이었다. 수술 후 일주일 동안은 나다닐 수 없다는 것까지 알고 있었다. 그러므로 친구가 수술할 때 같이 해야만 나중에 '야' 하고 동시에 풀려나 롤러스케이트를 함께 타러 다닐 것이라고 신나는 계획까지 밝히고 있었다. 그리고 보니 장원이는 녀석의 제일 친한 친구였다.

"야, 이 녀석아 포경수술이 뭔지 알기는 하니?"

"해해. 몰라. 사나이다운 사나이가 되려면 하는 거래애."

그리고 보니 수술을 해줄 때도 된 것 같았다. 친한 친구와 같은 시기에 수술을 하고 싶다고 하는 녀석의 제안도 제법 그럴싸했다. 가까운 정형외과를 택했다. 현일이는 앞장서서 병원으로 들어갔다. 특유의 소독약 냄새가 확 풍겨오자 겁먹은 표정으로 돌변했다.

"엄마, 안 아플까?"

수술실 앞에서 녀석은 불쑥 물었다. 혼자 그곳으로 들어가게 생기자 별안간 두렵기도 하고 주눅이 드는 모양이었다.

"이 녀석아, 엄마가 그런 수술을 해봤어야 알지."

그녀는 무심결에 그렇게 장난처럼 말해버렸다. 조금도 아프지 않을 것이라고 태연히 웃어주었다.

수술은 삼십분 만에 끝났다. 두려움이 잔뜩 뒤엉긴 얼굴로 그녀를 자꾸 뒤돌아보곤 하면서 들어갔던 녀석이 이번엔 엉거주춤한 걸음걸이로 나오고 있었다.

집에 도착하자마자 현일이는 불편하다고 바지부터 벗었다. 바짓가랑이가 헐렁한 잠옷으로 갈아입겠다는 것이었다.

"얘, 꼭 피노키오 코 같다."

녀석의 아랫도리를 본 그녀는 그만 웃음을 터뜨리고 말았다. 수술 부위가 옷 등에 닿지 않게 하기 위하여 고추에다 종이컵을 씌워 놓았던 것이다.

"씨이, 엄만 난 아파 죽겠는데……."

별안간 녀석은 배가 아프다고 총알같이 화장실로 튀었다. 마취가 풀리기 시작하는지 배가 계속 아픈지 녀석은 화장실에서 끙끙거렸다. 아들의 통증을 안쓰러워하며 실없는 웃음을 정리했다.

아마 작년 이 맘 때였던 것 같았다.

"엄마, 나는 왜 소년중앙에 털이 안 나?"

샤워를 하고 나온 녀석이 불쑥 내뱉은 말이었다.

"뭐? 허, 소오년 중앙…… 털……?"

현일이의 속옷을 꺼내다 말고 그녀는 기가 막혀 소리를 질렀다.

녀석은 쉬할 때의 모양새로 고추를 잡고는 이리저리 살펴보고 있었다. 중학교에 들어가면서 덩치만 부쩍 커졌지 고추는 아직 하얀색 그대로였다.

"빨리 옷이나 입어. 날 때가 되면 나겠지."

속옷을 던져주었다.

"우리 친구들은 정글이던데."

옷을 입으면서도 녀석은 혼잣말로 중얼거렸다.

그녀는 머리를 갸웃거렸다. 이제 현일이는 중학생이었고 분명 사내아이였다. 아무렇지 않은 얼굴로 고추를 내놓고 하는 건 왠지 좀 자연스럽지 못하다는 생각이 드는 것이었다. 정신연령이 좀 늦되는 것이 아닌가 하는 염려 섞인 의혹도 뇌리를 스치고 있었던 것이다.

"현일아, 너 엄마 앞에서 고추를 막 내놓고 그래도 창피하지 않니?"

넌지시 물으며 그녀는 아들의 눈치를 살폈다.

"응. 안 창피해. 왜? 누가 창피하대?"

녀석은 어깨를 으쓱해 보이기까지 했다.

그녀는 그냥 피식 웃고 말았다. 동창모임이 있어서 친구들을 만났다. 현일이 또래의 아이들이 있는 그들을 통하여 자연스레 알게 되었다. 요즘 아이들은 거의 가 성(性)에 대하여 노골적으로 표현하고 적극적으로 알려고 한다는 그것이었다. 심지어 체구가 좀 작은 아이는 고추에 털이 나지 않는다고 호르몬주사를 놔 달라고 떼를 쓰기도 한다는 것이었다.

샤워를 하고 나올 때마다 현일이는 고추를 관찰하고는 했다. 털이 나는 정확한 부위를 가르쳐 주었다. 고추 그 자체가 아니고 털 밭은 불두덩이라는 것을 인식시켜준 것이었다.

"엄마, 내 잣대 좀 봐."

어느 날 드디어 녀석이 환호성을 지른 것이다.

"왜 그러니?"

"털이 났어."

"그래? 정말이니?"

덩달아 그녀도 놀란 눈을 크게 떴다. 동시에 잣대의 의미도 바로 알았다. 정말로 뽀얗기만 하던 녀석의 고추에 갈색이 끼기 시작하면서 그 두덩엔 터럭이 한 두어 가닥 나오고 있었다.

"엄마, 진짜 털 맞지?"

"그래, 맞다. 맞아. 이 녀석아."

대견하고 얄미워서 그녀는 녀석의 머리를 살짝 쥐어박았다. 그 후로 녀석은 그녀 앞에 고추를 잘 내놓지 않았다. 아이들이 고추에 털이 나기 전까지는 '소년중앙' 싹트기 시작하면 '잣대' 무성해지면 '조오지'라고 표현한단다. 이른바 녀석의 고추도 '잣대' 과정을 거쳐 '조오지'가 되어가는 모양이었다.

"의사, 의사를 좀 불러줘요."

다급한 목소리가 응급실 공기를 뒤흔들었다. 아이의 얼굴에 산소 호흡기를 한 병상의 어머니였다. 달려온 의사는 아이의 얼굴 위에 들러붙어 있던 그 물체를 걷어내고 그 가슴을 푹푹 눌러댔다. 각 아이의 부모들은 약속이라도 한 듯 긴장과 두려움과 안타까움이 뒤엉킨 눈초리로 그쪽을 바라보고 있었다.

그녀의 가슴이 마구 뛰었다. 대상을 알 수 없는 그 누구에게 화가 솟구치기도 했다. 더는 볼 수 없어서 동공을 눈꺼풀로 꾹 눌러대기도 했다.

'현일아, 미안하다. 미안하다. 현일아.'

급기야 뭔가에 홀려버린 얼굴로 그녀는 주문을 외듯 중얼거렸다. 밤길을 걷다가 자신의 그림자를 보고 놀라듯 그 독백에 움찔 놀랐다. 현일이에게 미안해하는 이유는 딱 한가지 밖에 없었던 것이다. 김 보살을 찾아가지 않았다는 그것이었다. 현일이의 사고와 정말로 무슨 연관이 있는 것일까. 머리와 가슴이 동시에 다 시끄럽고 혼란스러워지고 있었다.

삶을 통하여 돌발사태 같은 건 일어나지 않았으면 좋을까. 남편이 예의 교통사고를 유발하지 않았더라면 모르긴 해도 시동생의 죽음이 다시 거론될 일은 없었을 터였다.

남편의 거래처는 D시에도 있었다. 급한 볼 일이 생겨 남편은 늦은 오후

쯤에 그곳으로 떠났다. 용무가 끝나는 대로 밤늦게라도 돌아오겠다고 했던 사람이 다음 날 아침에야 침울한 목소리만 전화로 보냈다. 소재는 D시의 경찰서라고 했다. 인감증명 1통을 떼라고 간단히 용건만 말하고 전화를 끊었다. 보험회사 제출용이었다.

하늘과 땅과 바다에서 정말이지 다양한 사고가 발생하고 있던 터였다. 교통사고는 사고의 메뉴라고 표현해도 될는지 모르지만 아무튼 빈번하게 일어나고 있었다. 막상 남편이 그런 사고를 야기했다고 하자 그녀는 가슴이 두려빠지는 것만 같았다.

인사 사고가 아니면 구속까지 되지는 않았을 터였다. 피해자의 상태는 어느 정도일까. D시로 내려가면서 그녀의 머릿속은 복잡한 추측들로 뒤엉겨 있었다.

사고는 일을 끝낸 남편이 D시를 벗어나면서 유발되었다. 고속도로 진입로에 채 못 미치어 주유소가 있었고 남편이 D시에서 올라올 때이면 꼭 거기서 차에 기름을 넣고는 했다. 40킬로 주행 표시가 바퀴 밑으로 깔리어 들었지만 늦은 시간이라 그런지 도로는 텅 비어 있었다. 60킬로로 달렸다. 주유소가 시야에 막 들어올 무렵이었다. 2차선에서 3차선으로 차선을 바꾸는데 오른쪽 앞문에서 퍽 하는 소리가 터졌다. 반사적으로 브레이크를 밟았다. '사고다'라고 하는 직감이 뇌리에 번쩍하면서 불안감이 전류처럼 전신을 휘감았다. 의식 속에선 먼지바람과 같은 혼란이 어지럽고 탁하게 일어났다. 온몸이 부들부들 떨릴 뿐 아무런 생각도 떠오르지 않았고 할 수도 없었다. 혹시 꿈은 아니었던가 하는 어리석은 희망이 가슴속에서 빠르 작거렸다. 소리 났던 곳으로 눈을 흘깃 던져보았다. 유리에 거미줄처럼 금이 엉키어 있었다. 그 거미줄 모자이크 밖으로 피해자가 뒤로 벌렁 넘어진 자세로 그림자처럼 누워 있었다. 그 순간 남편은 자신도 모르는 사이에 헤드라이트를 껐다. 가로등이 없는 곳이어서 3차선의 피해자는 저절로 어둠 속에 감춰졌다.

간지(奸智)가 '목격자는 없어.'라고 속삭였다. 그러나 남편의 동공 두 개는 서치라이트가 그 자체가 되어 피해자를 환히 비추고 있었다. 문을 열고 운전석에서 몸을 빼내려다 말고 남편은 다시 주저앉았다. 거래처 정사장과 저녁을 같이하면서 소주를 곁들이지 않았던가. 소량이었지만 음주 운전이었다. 피해자는 무단횡단이었고 또 차 옆에서 뛰어들었다. 까닭으로 모든 뒷수습은 보험회사에서 책임질 것이었다. 음주운전의 경우에는 보험 혜택이 말소될 뿐 아니라 당장에 구속이었다.

남편은 액셀을 힘껏 밟았다. 고속도로에 진입하고 나니까 J시 쪽에서 내려오는 차들이 많았다. 굴러가는 바퀴들이 대열에 섞여 앞서거니 뒤서거니 하며 남편은 그야말로 질주했다.

삼거리 휴게소로 숨이라도 돌리기 위하여 진입했다. 사람들이 붐비는 안으로는 얼굴을 들이밀지 못하고 남편은 한쪽 구석진 곳에 있는 자동판매기에서 커피를 뽑았다. 뜨거운 액체는 자꾸만 목젖에 걸려 꿀쩍거렸다. 어쩌다 목구멍 안으로 흘러든 커피는 양심 실족자의 의식을 불침질로 일깨우는 내시경이었다. 차를 D시로 돌려야 했다. 육체의 자유보다 마음의 자유가 그렇게 절실할 수가 없었던 것이다.

피해자는 그 자리에 없었다. 막막했다. 피해자의 소재도 파악하지 못한 채 경찰서로 가야 했다. 마침 그때 주유소에서 누군가가 오고 있었다.

"아이쿠우우 사장님이셨군만유우우!"

평소에 안면이 있는 주유소의 김 군이었다. 그는 남편에게 D대학병원으로 가보라고 했다. 지나가는 영업용 택시가 피해자를 발견하곤 그곳으로 실어갔다는 것이었다. 경찰에 신고해 달라는 말까지 하더라고 하며 신고한 지는 5분 정도밖에 되지 않았다고 강조했다. 경찰보다 먼저 병원에 도착해야만 뺑소니로 몰리지 않는다고 덧붙였다. 안면이 좀 있다는 그 이유 하나만 가지고 열심히 흥분했다. 그러나 그의 말 한마디 한마디가 남편에게 희망이었다.

이미 경찰은 병원에 도착해 있었다. 예의 영업용 택시기사가 경찰관에게 뭔가를 열심히 설명해대고 있는 중이었다.

피해자는 양명업(梁明業), 22세 D대학교 2학년에 재학 중이었다. 그는 사고현장에서 뇌진탕으로 사망했다고 했다. 중앙분리대가 화단으로 되어 있어서 함부로 횡단하고 할 궁리를 할 수 있는 곳이 아니었다. 어쩌자고 달리는 차에 뛰어들었는지 따져묻고 싶었지만 불귀의 객이 되어 버렸으니 그럴 수도 없었다.

'애빈 다치지 않았냐? 전생에 우리하고 무슨 원수가 졌다니? 가는 차 앞으로 왜 뛰어들었다니? 왜? 왜? 내 새끼 신세 망치려고 작정을 해도 유분수지.'

사고의 내용을 알고 만 시어머니의 넋두리였다. 노인네는 그렇게 구속되어버린 아들 걱정에만 사로잡혀 있었다.

남편은 특별가중처벌법의 대상이 되어 버린 것이었다. 그 자리에서 바로 피해자를 바로 병원으로 옮겨가야 했던 것이다. 사고현장으로 되돌아갔을 때 피해자가 그곳에 있었더라도 뭔가 좀 달라질 수는 있었다.

그녀의 의식은 미로에 갇혀버렸다. 얼굴도 모르는 피해자에 대한 안타까움이 가슴을 짓누르지 않는 건 아니었다. 남편을 빨리 구제해야 한다는 강박관념이 마음을 더욱 옥죄고 있었던 것이다. D시라면 일가친척이 전혀 없는 완벽한 객지였다.

남편은 애써 침착한 표정으로 거래처 정사장에게 상황을 알리라고 했다. 그가 D시의 터줏대감인데다 발도 넓은 편이어서 검찰에도 아는 사람이 있을 것이라고 했다. 피해자의 가족에겐 요구하는 대로 다 들어주라는 말도 했다.

그녀가 사는 O시에서 D시까지는 차로 2시간 30분 거리였다. 집과 그곳으로 오가며 이른바 남편 구출작전을 펼치기 시작했다.

정사장의 성격은 말 그대로 사통오달이었다. 자기에게 연락하길 잘했다는 말을 거듭 강조하며 검찰 문제는 자기에게 맡기라고 했다. 법원 브로커를 조심해야 한다고 일러주기도 했다.

경찰서로 갔을 때 정사장은 보이는 사람에겐 무조건 허리를 굽혀대며 능숙하게 인사치레부터 했다. 남편은 지하 유치장에 있었다. 그곳 담당형사로 여겨지는 사람에게 그는 지나치게 아는 체를 하며 달라붙는 것이었다. 그녀는 그것이 특별면회를 부탁하기 위한 제스처라는 사실을 조금 후에야 알았다. 다른 면회신청자들은 그녀도 처음에는 그랬던 것처럼 면회실로 호명되어 갔다. 이번에는 남편이 그녀가 있는 곳으로 왔다. 예의 형사가 배려해준 소파에 남편을 가운데로 하고 정사장과 그녀가 영 옆에 붙어 앉았다. 정사장이 남편의 귀에다 대고 무슨 말인가를 부지런히 쏟아넣고 있었다. 남편은 사뭇 진지한 표정으로 듣기만 했다.

이른바 검찰에 가서는 진술을 번복하라고 하는 내용이었다. 자수했다고
는 하나 뺑소니로 기소가 되면 쉽게 풀려나기 어려울 것이었다. 까닭으로
삼거리 휴게소까지 갔던 사실을 없었던 것으로 해야 했다. 피해자가 제3자
에게 발견되는 그 순간 남편은 단골이었던 그 주유소에 있어야 하는 것이
었다. 그렇게 되면 남편은 사고현장이라고 하는 범위 안에 있었던 셈이었
다. 신고자도 김 군이 아니라 남편 자신이 될 수 있었다. 덕택으로 남편은
특가법에서 제외될 수 있었다. 구속적부심사에서 풀려나거나 최소한 보석
으로 해방될 수 있었다.

그녀는 금방이라도 남편이 풀려날 것만 같은 행복한 착각에 빠졌다.

사람처럼 교활한 동물은 일찍부터 없었다. 남편의 문제가 그 해결의 실
마리가 풀리지 않았을 땐 피해자에게 마음을 쓸 여유가 없었다. 오히려 사
고를 유발한 그 학생이 원망스럽기만 했다. 남편 구출작전이 성공적으로
진행될 조짐이 보이자 비로소 그녀는 그 나이가 너무 아깝다는 생각과 함
께 졸지에 자식을 잃어버린 그 부모 마음도 가슴에 아리도록 와 닿는 것이
었다. 달리 그들을 위해 할 수 있는 일은 없었다. 그냥 합의금을 원하는 대
로 해주는 도리밖에 없었다.

"에미야, 나다. 시방 버스터미널이다. 나 좀 데리러 와라."

시어머니가 기어이 D시로 온 것이었다. 시골에 있던 노인네는 요즘 현
일이 밥 챙기고 하기 위해 O시에서 지내고 있었던 것이다. 며느리인 그녀
로부터 아들의 상황을 매일 보고받고는 있었지만 직접 아들의 얼굴이라도
봐야 했던 것이다.

"어머니, 어디 좀 앉아 계세요."

칠순을 훌쩍 넘긴 노인네가 병이라도 날까 봐 그녀는 걱정이 되었다. 구속되어 있는 아들을 보면 그 자리에서 쓰러질 것만 같아서 그동안 천천히 만나는 것이 좋겠다는 방향으로 만류해오고 있었다.

"애빈 정말로 안 다쳤지? 그렇지?"

경찰서 앞에 도착하자 노인네는 아들이 정말로 멀쩡한지 또 묻고 있었다. 막상 아들의 얼굴을 보려고 하니 두려움으로 가슴이 미어지는 것이었다.

"네, 어머니. 애비한테 눈물은 보이지 마세요."

그녀는 약한 모습은 보이지 말라고 거듭 당부했다.

아들과 상면하는 노인네의 두 눈에선 도리 없이 눈물부터 푸르르 끓어넘쳤다. 그나마 아들은 털끝하나 다치지 않았다는 사실을 확인한 후에야 조금은 안심하는 표정이 되었다.

"시방 밥이 목구멍으로 넘어가겠니?"

아들을 유치장에 남겨두고 나오자니 또 목이 콱 메는지 요기를 좀 한 후에 D시에 올라가 있으라고 하자 노인네는 목을 가로저었다. 김 보살을 찾아가 보아야겠다고 하며 터미널로 데려다 달라는 것이었다.

"그 사람은 왜요?"

염려가 퉁명스런 목소리로 튀어나왔다. 요기를 하지 않으려는 노인네의 마음을 이해하지 못하는 건 아니었다. 연로한 사람이 식사를 챙기지 않고 다니다 병이라도 얻을까 봐 마음이 영 편하지 않았다.

"애비가 빨리 나올 수 있는 비방이 있는지 물어봐야겠다."

김 보살에게 부적을 받은 사람은 죄다 효력을 보았다고 시어머니는 덧붙였다.

　노인네의 그런 심정을 그녀도 이해할 수는 있었다. 맞장구를 칠 수는 없었다. 적부심사니 하는 어려운 법률용어는 이해하지 못할 터였고 해서 당신 아들이 금방 풀려날 수 있을 것이라는 사실만 거듭 강조했다.

　"제가 어머님께 왜 없는 말씀을 드리겠어요?"

　그녀는 자신 있게 말했다. 아들이 금방 풀려날 것이라는 그 말에 귀가 번쩍 뜨인 노인네는 몇 번이나 정말이냐를 반복해댔던 것이다. 조금은 안심이 된다는 표정으로 D시로 먼저 올라갔다.

　정사장과 함께 그녀는 검찰청으로 갔다. 그곳의 수사계장을 만나기 위해서였다. 번복한 진술을 인정받고 또 변호사를 소개 받으려면 그를 잘 구워 삶아야 하는 것이었다. 그의 호주머니를 정사장은 돈 봉투로 찔렀다. '음, 흐흐' 하는 헛기침과 함께 꿀떡 잘도 삼켰다. 그리고 정사장은 속닥거렸고 수사계장은 목을 끄덕였다. 덕택으로 즉석에서 김 변호사도 소개받았다. D시의 변호사들 중에서 판검사들과 제일 유대관계가 깊은 사람이라는 것도 은근히 말해주었다. 피해자 측과는 형사합의를 보았는지 그런 것도 굳이 그녀에게 물어보았다.

　변호사는 의뢰인의 위하여 열심히 말하는 사람, 그녀는 평소에 그렇게 생각하고 있었다. 다른 변호인들은 모르지만 김 변호사 그는 도무지 말을 아끼는 사람이었다. 태도 또한 뜨뜻미지근하기만 했다.

　애가 탄 정사장은 피해자 측과 원만히 형사합의를 보았다는 이야기부터 꺼냈다. 뺑소니 사실이 삭제될 수 있도록 검찰에 손을 써 놓았다는 말도 있는 그대로 말해주었다. 아울러 남편을 구속적부심사에서 나오게 해주면 최고의 선임비용을 지불하겠노라고 우리의 요구조건을 내놓았다.

　김 변호사는 우선 듣기만 했다. 이윽고 검사장 백이 있어도 그건 불가능하다고 딱 잘라 말했다.

　그녀가 김 변호에게 매달리며 보석금 신청해서 나올 수 있지 않겠느냐고 제의했다. 꼭 나오게 해 달라는 말로 사정도 했다.

　김 변호사는 그녀의 아래위를 향하여 눈알만 굴리었다. 한참만에야 남편이 그 주유소에 있었다는 사실을 증명해 줄 증인이 있어야 한다는 것이었다. 증인만 있으면 보석으로 풀려날 가능성이 아주 없지는 않다는 말도 비로소 했다.

　그녀는 주유소로 달려갔다. 자세한 사정을 알게 된 김 군은 갈등 없이 그러겠다고 했다. 남편 석방의 길이 확실히 열린 셈이었다. 김 변호사도 보름 안에 풀려날 것이라도 했다.

　정사장은 이제 자기 역할은 끝났다고 하면서 남편이 나오는 날 꼭 연락해 달고 하며 자기의 일상으로 돌아갔다.

　남편의 면회를 간 그녀는 이러한 사실들을 그에게도 전했다. 물론 시어머니에게도 아들의 얼굴을 곧 집에서 볼 수 있을 것이라고 상세하게 설명도 했다.

　김 군이 증인으로 출석할 날을 하루 앞둔 날이었다. 그날따라 시어머니는 심기가 불편한지 혼자 군소리를 하기도 하고 내용을 알 수 없는 소리로 투덜거리기도 했다.

　"어머님. 이제 며칠만 더 기다리시면 돼요. 애빈 이제 곧 나올 거예요."

　"옛다. 이걸 어떻게든 넣어주도록 해 봐."

예기치 않았던 시어머니의 노성이었다.

그녀 앞에 내놓은 건 부적이었다. 며칠 전 김 보살한테 받아왔다는 것이었다. 아무 탈 없이 나오도록 하기 위해선 그것을 꼭 아들에게 넣어주어야 한다는 것이었다. 조금은 어이가 없어진 그녀는 노인네의 심정을 이해할 수는 있어서 무어라고 말을 할 수가 없었다. 그냥 잠자코 듣기만 했다. 답답해진 노인네는 당신 가슴에다 묻은 막내아들의 근황을 들먹이기 시작했다.

현일이에게는 삼촌인 그의 영혼이 우리 주변을 떠돌고 있다는 것이었다. 가엾은 그 넋을 위하여 천도해 줄 의무가 우리 식구에겐 있었다는 거였다. 우리는 무심했고 넋은 앙심을 품었고 기어이 형인 남편에게 재앙을 내린 것이라고 했다.

이러한 사연은 김 보살이 늦가을에 개봉한 납량특선의 해설이었다. 시어머니는 무조건 믿는 눈치였다.

그녀는 콧방귀만 날렸다. 시동생이 하필이면 남도 아닌 형님의 일상을 헝클어뜨리겠느냐는 저항감이 솟구쳤던 것이다.

시어머니 앞에선 부적을 차입하겠다고 약속했다. 지키지는 않았다. 부적 같은 것이 남편의 석방에 효험이 있을 것이라고 믿지도 않았을 뿐더러 증인이 있는 이상 보석되리라는 확신이 있던 터였다.

변수가 발생할 가능성은 모든 일의 복병처럼 도사리고 있는 것이었다. 사람의 마음만큼 가변적인 것도 없을 것이었다. 흔한 말로 김 군이 심경의 변화를 일으키고 만 것이었다. 엉겁결에 중인이 되어주겠다고 약속했었다가 검찰에 출두할 날짜가 다가오자 위증죄에 대한 두려움이 새록새록 일어나는 모양이었다. 비록 보잘 것 없는 인생이지만 양심을 속일 수 없다는 것을 표면적인 이유로 내세웠다.

하여간 김 군의 마음을 돌려놓아야 했다. 끄덕도 하지 않았다.

보석 신청은 기각이 되고 말았다.

그녀는 암울한 나락의 구렁텅이로 떨어지는 기분이었다.

시어머니는 자신의 기구한 팔자를 한탄했다. 김 보살의 신통력을 의심하기도 했다. 별안간 그녀에게 가시눈을 뜨며 부적을 아들에게 정말로 넣어주었는지 추궁하기도 했다.

그녀는 부적 때문에 일이 틀어졌다고 믿지는 않았다. 다만 노인네를 속였다는 그 사실만 가슴이 뜨끔했을 뿐이었다. 바른대로 이실직고할 수는 없었다. 아예 부적 나부랭이가 당신 아들의 석방에 필요한 특효약이 아니라는 것을 증명하기 위해서라도 꼭 넣어주었다고 거듭 속일 수밖에 없었다.

"인제 애빈 어떻게 되는 겨?"

"재판을 받게 되고 그럼 풀려날 거예요?"

"재판 그거 언제 열리는데?"

특별가중처벌법 대상은 합의재판을 받아야 했다. 합의제는 기소된 날로부터 3개월 만에 열리도록 되어 있었다.

그녀도 변호사를 통하여 알게 된 이러한 사실을 시어머니 앞에 알기 쉽도록 설명했다.

"뭣? 3개월씩이나? 이 모질고 독한 것. 그런 말이 어찌 그리 술술 나오니? 갇혀 있는 사람 심정을 털끝만큼이라도 생각해 봤니?"

노인네의 귀엔 3개월이라는 그 기간이 가슴에 못이 박히듯 한 모양이었다.

"제가 만든 거예요? 법이 그렇다는 걸 어떻게 하겠어요?"

그녀도 신경이 날카로워져 있었다. 앞뒤 없이 쏘아붙이고 난 후에야 아차 싶었다.

노인네는 옹골찬 동작으로 발딱 일어나더니 시골로 가겠다고 했다. 며느리의 속도 새까맣게 타고 있을 것이라는 것쯤은 알고도 남았다. 평소에 볼 수 없었던 불손한 그 말씨를 이해 못할 것도 없었다. 김 보살을 한 번 더 만나 보아야겠다는 일념이 솟구친 것이었다. 마음이 자글거려서 그에게 다른 방책이라도 받아야만 숨을 쉴 수 있을 것 같았던 것이다.

애교작전까지 펼치며 그녀는 시어머니의 허리를 감싸 안았다. 내일 늦게라도 돌아오겠다고 하며 기어이 현관문을 열었다. 왜소한 노인네의 뒷모습에 가슴이 찡할 뿐이었다.

12월의 거리는 아기예수의 탄생을 기리는 캐럴로 열리고 있었다. 우리나라를 일컬어 동방의 예루살렘이라고 했던가. O시와 가까운 S시 시청 앞에는 대형 트리가 밤마다 불빛을 산란하기 시작했다. 교회마다 '하늘엔 영광 땅에는 평화'라고 쓴 현수막이 십자가의 옷자락으로 드리워졌다. 사람들은 축배의 잔을 쨍강거리며 비틀거리기 바빴다. 크리스찬이 아닌 사람들은 도대체 무엇을 위하여 시간을 풀어놓으며 흥청거리는 것일까.

그녀는 술렁이는 세모의 거리에서 황량함 마음의 벌판을 느껴야 했다. 의식을 잡아매는 건 남편의 재판날짜 뿐이었다. 새해 1월 말쯤에 잡힐 예정이어서 시간을 마구 채찍질하여 그 시점을 앞당겨 놓고 싶은 심정이었다.

현일이도 부쩍 말이 없어졌다. 아빠가 무척 보고 싶은 모양이었다. 녀석은 가라앉은 분위기에 눌려 차마 내색하지 못하고 있는 것이었다.

김 변호사 사무실에서 연락이 왔다. 재판날짜가 잡혔다는 것이었다. 그녀는 단도직입적으로 남편의 집행유예 확률부터 따졌다. 만약에 변호사의 대답이 시원찮으면 판검사를 구워삶을 활동비 조로 액수를 더 지불하고서라도 이번만큼은 확실하게 해두고 싶었던 거였다.

남편은 교통사고에 대한 전과가 전혀 없었다. 관례상 처음 사고를 낸 경우에는 집행유예를 선고한다고 했다. 누가 보아도 남편의 석방은 희망적이었다. 또 첫 재판은 검사가 구형만 하는 심리였다. 선고 공판은 그로부터 2주 후에 있었다. 까닭으로 검사의 구형량을 보아 가면서 부장판사에게 매달려도 늦지 않다는 결론이 불거지고 있었다.

시어머니는 또 그녀에게 부적을 전시했다. 먼젓번과는 달리 이번엔 두 장이었다. 한 장은 아들에게 지금 넣어주어야 하며 다른 한 장은 말발굽과 함께 땅에 파묻어야 한다고 했다. 어디서 어떻게 구했는지 시각적으로 썩 반갑지 않은 그 발톱을 그녀 앞에 내놓기까지 했다. 재판이 열리는 날 아침에 구치소 옆에 묻어야 한다는 것이었다. 죽은 막내아들의 해살을 미연에 방지해야 한다고 거듭 강조하며 줄줄 흐르는 눈물을 소매 끝으로 훔치기 바빴다.

납량특선의 속편인 셈이었다. 그녀는 좀 답답했다. 이상한 물체를 땅에다 파묻고 하는 건 어디까지나 사극에서나 등장하는 곰팡내 풍기는 짓거리 정도도 여기고 있던 터였다. 노인네의 안타까운 심정이 또한 이해는 되면서도 마음은 역시 내키지는 않았다.

사실 보석신청에 희망을 걸고 할 그때에는 없는 증인까지 조작해 가면서 억짓손을 부리려고 한 것에 지나지 않았다. 이번에는 정상적인 절차에 의

해서 나오도록 되어 있는 것이었다. 김 변호사도 살만큼 살았으니 집행유예를 받게 될 것이라고 했다. 노인네를 안심시키기 위해 이러한 사실들을 상세하게 설명했다.

"흥, 변호사? 남의 돈만 몇 백씩 꿀꺽한 날도둑놈이다. 대체 그 놈이 애비를 위해 한 것이 뭐가 있냐? 먼젓번에는 보석금까지 준비하라고 하지 않았냐?"

시어머니는 당장 도끼눈을 뜨며 김 변호사를 욕하기 시작했다.

하기야 노인네의 눈에는 김 변호사가 한 일이 아무 것도 드러나지 않고 있었다. 그녀는 좀 멍청해지고 말았다. 책장에서 책을 한 권 뽑아선 겉표지와 속표지 사이에다 시어머니가 보는 앞에서 부적을 끼웠다. 그것이 빠져나오지 못하도록 그 두 장을 풀로 붙여버렸다. 표지 두 장이 감쪽같이 한 장처럼 되었다. 그동안 남편에게 책을 넣어주곤 하면서 보아왔다. 책장만 쥘부채의 살처럼 펼쳐 보았지 표지 부분엔 소홀했던 것이다.

책은 순조롭게 차입이 되었다. 곧이어 남편을 면회했다. 책을 넣었으니 읽다가 심심하면 베고 자라고 했다. 그도 무슨 눈치를 챘는지 싱긋 웃음을 보였다. 학수고대하던 재판날짜가 코앞에 있었으니 그녀도 철망 사이의 그를 향하여 웃음을 보여주었다.

1월의 땅은 얼어붙어 있었다. 그녀는 그런 땅을 모종삽으로 쿡쿡 찍고 있었다. 조금만 파도 말발굽을 파묻을 수 있겠는데 툭박진 땅거죽이 모종삽의 이만 빼먹고 있었다. 찬바람이 귓전을 할퀴며 지나갔다. 구석진 곳이어서 지나가는 사람이 있을 리는 없었지만 그래도 누군가 불쑥 나타날 것만 같아서 겨울바람에 씻긴 얼굴이 확확 달아오르고 있었다. 하는 수 없이 주변의 돌멩이들을 모아선 말발굽을 덮었다. 돌무더기를 만들어놓고 그녀는 몸을 일으켰다.

재판이 진행되면서 부장 판사의 질문이 있었다. 남편은 신상명세서를 있는 그대로 구술했다. 사람을 치어놓고 왜 도망을 쳤느냐는 물음엔 당황했다고 했다.

김 변호사는 남편이 평소에 성실했다는 점을 들어 변론했다.

검사는 무뚝뚝한 표정으로 '징역 5년'이라고 발표했다.

그 순간 그녀는 숨이 멈춰버리는 것만 같았다. 이제 집행유예의 희망 같은 건 꿈도 꿀 수 없을 것 같았다. 샛노랗게 질린 얼굴로 법원 건물 내에 있는 변호사실로 향했다.

"5년씩이나 구형을 받으면 어떻게……?"

말끝을 제대로 맺지도 못하고 그녀는 김 변호사에게 눈을 흡떴다.

"특가법의 최저형량이 5년인데요."

오히려 김 변호사는 눈을 치뜨는 이유를 알 수 없다는 표정으로 담담히 말했다.

비로소 그녀는 숨을 좀 쉴 수 있었다. 검사의 구형이 최저형량인 이상 실형을 언도받을 확률이 거의 없다는 것도 알았다.

선고공판은 2주 후 금요일에 있었다. 그 날은 곧 남편이 집으로 돌아오는 날이었다. 시어머니는 보약부터 해 먹여야 한다고 벼르고 있었다.

2월 7일이 선고공판이었다. 그러한데 5일자 신문에 전국의 판검사 인사이동이 발표되었다. D시 지방법원 부장판사의 성함도 나와 있었다. 그녀의 눈앞에 먹구름이 내리는 순간이었다. 판검사가 바뀌면 이전의 재판은 백지화가 된다고 했다. 남편의 재판은 심리부터 해야 하고 재판날짜도 다시 잡혀야 하는 것이었다.

"언제쯤 잡힐까요?"

"아직은 모르죠."

"아니, 변호사 사무실에서 모른다는 게 말이나 됩니까?"

그녀는 앙칼지게 따졌다.

"재판날짜야 사건 순서대로 법원에서 잡는 것이지 우리가 하는 것이 아니니까요. 관례로 보아 한 달은 족히 걸릴 겁니다."

다시 한 달, 그것도 선고공판이 아닌 심리였다. 수화기를 놓으며 그녀는 정신이 아뜩해 옴을 느꼈다. 눈앞에선 갖가지의 원색들이 현란하게 움직이고 있었다. 동공 위로는 걷잡을 수 없는 눈물까지 쏟아졌다.

"아이쿠우우, 이게 무슨 일야. 이틀을 못 참고. 그 이틀을……."

용수철에 튕기듯 소파에서 벌떡 일어난 시어머니는 가슴을 나무뿌리인 주먹으로 툭툭 치며 선굿을 하는 무당처럼 거실 안을 펄쩍펄쩍 뛰어다녔다. 통화 내용을 옆에서 들었으니 너무 기막힌 그 사실을 알아버리고 말았다.

영문을 모르는 아래층 사람이 인터폰으로 시끄럽다고 항의해 왔다. 아마 그러지 않았더라면 시어머니는 분노와 안타까움으로 온몸이 녹아내릴 때까지 야단법석을 했을 것이었다.

그녀의 뇌리에 불안한 미안감이 스쳤다. 주제는 말발굽을 땅속에다 파묻지 않았다고 하는 그것이었다. 보석신청에 대한 기회조차 얻지 못했던 그 이유까지 불거지면서 부적을 소홀히 했기 때문이라는 생각마저 들고 있었다. 때늦은 후회와 함께 김 보살에 대한 호기심이 꿈틀거리기 시작했다.

"있잖아요, 어머님, 김 보살 그 사람 정말 신통력이 있는 분인가요?"

그녀는 넌지시 말을 꺼냈다.

"그건 왜?"

"저도 한번 뵈었으면 하고요."

"일없다."

시어머니는 목을 저쪽으로 홱 돌려버렸다. 두 번씩이나 일이 뒤틀리지 않았던가. 부적과 말발굽에 대하여 며느리가 시행규칙을 위반한 것이었다. 사실을 모르고 있던 노인네는 김 보살에게 토라져 있었다. 철석같이 믿었던 그 신기(神氣)를 의심하면서 속았다고 앙심까지 품고 있었던 것이다.

그녀는 사실대로 털어놓았다. 시어머니의 눈이 뚱그래졌다. 곧 증오와 혐오와 원망의 눈총으로 돌변했다. 이미 엎질러진 물을 주워 담을 수는 없었다. 무조건 용서를 구하는 며느리를 눌러보며 김 보살에게 가자고 하며 앞장섰다.

김 보살은 얼굴색은 창백하리만치 하얬다. 실금처럼 주름이 내려져 있는 그 안면에선 왠지 모를 귀기(鬼氣)가 느껴지고 있었다. 그녀만의 감상인지는 알 수 없었다. 승의(僧衣)에 쪽진 머리를 하고 있어서인지 세속과 탈속의 냄새를 동시에 풍기고 있기도 했다.

"보살님, 이 일을 어찌하면 좋단 말유? 글쎄, 이틀 앞두고 또 일이 요상하게 되어 버렸다우."

시어머니는 며느리가 어기고 만 그 자초지종까지 까발리며 새로운 방책을 가르쳐 달라고 숫제 조르고 있었다.

김 보살은 조용히 머리를 가로저었다. 남편을 위해 할 수 있는 일은 이제

없다고 했다. 집행유예로 풀려나는 것은 확실하다고 하며 걱정하지 말라
는 말도 덧붙였다.

"걱정이 안 되면 얼마나 좋겠어요?"

시어머니는 다시 한 번 더 방책을 강구해 달라고 부탁했다.

"대주가 풀려나면 꼭 같이 오세요."

그렇게 말하면서 김 보살은 무슨 일이 있어도 시동생을 위로하는 해탈공
양을 올려야 한다고 강조했다. 그러지 않으면 불원장래에 그녀 가족 중의
누구 한 사람이 변을 당하게 된다고 했다.

"남도 아닌 삼촌이 형님 식구한테 해를 끼치겠어요?"

김 보살의 말이 엄포처럼 들렸던 그녀는 항의했다.

"한이 많아서 그런 걸 어쩌겠어요?"

뜻밖의 순간에 죽음과 만난 사람은 한을 품을 수밖에 없다는 것이었다.
생과 사의 갈림길에 서게 되는 그 순간 삶에 대한 엄청난 집착이 발생하면
서 가족의 얼굴을 떠올리게 된다고 김 보살은 설명을 구체화하고 있었다.
죽음을 인정할 수 없다는 억울함에 휩싸이게 되고 강한 분노로 연결되어
그만 한이 맺히고 만다는 것이었다. 그 한의 순간은 곧 고통의 극한상황이
었다. 고통의 열기는 그만 가족이라는 인식까지 녹여버리고 만다는 것이
었다. 까닭으로 가족의 테두리를 벗어나지 못하고 있으면서 가족이라고
하는 인식만 소멸되어 버리기 때문에 해를 끼칠 수밖에 없다는 거였다.

그녀는 도무지 아리송하기만 했다. 김 보살의 말이 의식을 겉돌고 있는
것은 분명했다. 마음의 중심을 교란시키는 이상한 힘이 있었다. 마력에 현
혹될 그녀는 아니었다. 어지러워진 생각환경을 정리해 보아야겠다는 의지

가 꿈틀거리기 시작했다. 본능적인 자각의지로 확산되었다.

김 보살을 방문했던 건 남편의 일 때문이었다. 석방의 길이 틀어지곤 하다 보니 피해의식에 사로잡히고 만 것이었다. 뒤늦은 판단이긴 하지만 코스라인대로 진행되고 있는 것이었다.

엄연히 뺑소니 사고였는데 보석하려고 했던 것부터 양심불량이었다. 판검사의 인사이동이야 연례행사가 아니던가. 그녀는 잠시 옆길로 빠졌던 사고의 회로를 바로잡듯 김 보살에게 정중히 '안녕히'를 고했다.

남편은 구속된 지 5개월 만에 풀려났다. 징역 1년 6월에 집행유예 5년을 선고받았다. 그의 정열은 다시 사업을 향하여 불탔고 덕택에 전반적인 불경기 추세에도 번창했다. 주위에서는 액땜을 단단히 한 덕택이라고 농담으로 진심으로 부러워했다.

'기철앗' 하는 비명이 그녀의 등을 후려쳤다. 처절한 울부짖음으로 바뀌었다. 돌아보지 않았다. 아니었다. 돌아볼 수가 없었다.

기어이 그 아이의 심장이 멎어버린 것이었다. 기철의 홍안이 흰 천으로 가려지고 급기야 영안실로 옮겨지고 있었다.

그녀는 자신도 모르게 현일이의 병상을 꽉 붙들었다. 녀석도 이대로 죽을지 모른다고 하는 방정맞은 생각이 뇌리를 훑었다. 어디가 어떻게 아프다고 신음 한 조각 엄살 한 번 제대로 피워 보지 못하고 말이다. 귀를 아들의 가슴에다 갖다 댔다. 생의 고동이 힘차게 벌떡거리고 있었다. 머리를 들고는 아들의 얼굴을 뚫어져라 보았다. 녀석의 볼에도 여드름이 나고 있었다. 자라고 있는 아들의 모습을 확인하는 것만 같아 가슴이 아리도록 뛰었다.

그녀의 뇌리에 어떤 생각이 번개같이 스쳤다. 현일이를 위한 암시였다. 그것은 전류처럼 말초신경으로 찌릿하게 흘렀다. 그녀의 전신은 순식간에 예의 생각에 감전이 되고 말았다. 아들을 힘껏 끌어안았다.

"현일아, 넌 꼭 일어나야 해. 엄마가 널 깨어나게 해주겠어. 널 위한 일이라면 무슨 짓이든 할 수 있어. 하겠어. 못할 게 없어."

그리고 그녀는 아들의 병상을 매만졌다.

국립묘지 1단지에 시동생의 묘가 있었다. 일병 이건석의 묘비 앞에서 그녀는 묵념을 올렸다. 시동생이 현일이의 의식을 빼앗아갔다고 믿는 것은 아니었다. 그의 영혼을 소홀히 대접하면 가족 중의 누군가가 변(變)을 당할 것이라고 하지 않았던가. 한 사람이고 했다. 그러니까 그녀의 의식은 변의 대상이 한 명이라고 하는 한정하는 그 숫자에 감전되어 있었다.

김 보살을 새삼스레 신뢰하는 것도 아니었다. 현일을 위한 속수무책의 늪에서 헤어날 수 있다는 것만으로도 그녀는 기뻤다. 방법이 있다면 무슨 짓이라도 할 수 있는 것이었다.

그녀는 현일이의 변을 자신에게로 정성껏 옮겨 들이기로 한 것이었다.

남을 위해선 빛을 베풀어주고 싶었다. S병원 안구은행의 문을 노크했다. 안구를 기증하겠다고 밝힌 후 해당 서류에 필요한 사항들을 정성껏 기록했다.

집으로 가선 현일이의 방문부터 열었다. 깨끗이 정돈되어 있는 아들의 학용품과 소지품을 일일이 다시 매만졌다.

안방으로 갔다. 침대에 똑바로 누웠다. 한쪽 팔을 침대 밖으로 뻗었다. 그 밑에는 작은 항아리가 놓여 있었다.

이윽고 그녀는 동맥을 끊었다. 붉은 피가 솟구치기 시작했다. 현일이가 태내에 있었을 때 모든 것을 주었듯 온 마음과 어미로서의 온몸을 현일이의 의식 속으로 수혈해 주기 시작했다.

졸음이 오고 있음을 느꼈을 때 그녀는 깨어나고 있는 현일이의 모습을 보았다. 14년 전 녀석이 유감없이 터뜨렸던 고고(呱呱)의 울음도 다시 들었다.

한 아들을 두 번 해산할 수 있다는 어머니의 여한 없는 행복이 깊은 잠과 만났다.

"엄마!"

때맞추어 현일이는 잠에서 깨어났다.

완전히 잠든 그녀의 얼굴에 미소가 떠오르고 있었다.

공범

공범

오후 일곱 시가 지나자 길어진 삼월의 해도 꼬리를 완전히 감추고 말았다. 아이들의 소리로 떠들썩하던 우리 어린이집은 약간의 고요함을 누리고 있었다.

"응, 언니, 통장에 뭐 몇 푼 남아있는지 보고 전화할게."

원장인 혜영은 귀에 붙이고 있던 휴대폰을 조금 떼며 이마에 있는 주름을 있는 대로 다 모았다. 알 수 없는 후회의 빛이 그 얼굴에 엉겼다.

"기본보육료 들어왔잖아? 바로 보내 안 그러면 이 언니 신용 다 잃어. 신용 잃으면 나 못 산다는 거 알지. 언니 그냥 죽어버릴 거야."

언니는 엄포인지 협박인지를 늘어놓고 있었다.

"헛, 말도 안 돼. 그 돈 내 것 아냐. 아이들 것이지."

내심으론 죽든지 말든지 마음대로 하라고, 아니 차라리 죽어 버리라고 되뇌며 혜영은 애꿎은 벽을 흘기고 있었다.

"아이들 것이든 어른 것이든 빨리 보내 알았지?"

그리고 언니는 전화를 끊었다.

"유미야, 또 후우움……."

휴대폰을 주머니에 넣다말고 혜영은 다섯 살배기 여자아이를 바라보며 괴성에 가까운 소리를 질렀다. 문밖에 있을지도 모를 당직의 귀가 의식되었던지 '아차' 하는 얼굴로 돌변한 그녀는 말꼬리 길게 끌기의 시간차공격으로 언어적 일탈을 수습했다. '우' 발음으로 조성된 입술은 여지없이 앞으로 쑥 내민 채 쉬이 제자리를 찾지 못하고 있었다. 아이의 호주머니에서 나온 꽃무늬 블록으로 한꺼번에 몰린 근심이 그늘진 눈빛으로 반사되고 있었다. 입을 욱다무는가 싶더니 두려움인지 분노인지 모를 애매한 심연의 흔들림이 낯빛으로 어김없이 노출되고 있었다.

'혜진이 어디 있어? 혜진이? 혜진아!'

혜영은 버릇처럼 눈을 감으며 양손 검지로 양쪽 귀를 막았다. 속귀에서 재생된 아버지의 화난 음성이 차단될 턱이 없었다.

'또 돈이 없어졌어웃?'

어머니는 옥타브를 날카로이 높이기부터 했다.

'혜영이 너 빨리 가서 언니 찾아와.'

숨을 죽이며 꽁무니를 빼고 있던 그녀의 뒤꿈치에 어머니의 무서운 명령이 떨어지고 말았다.

'혜영아 이거 먹어.'

언니는 먹고 있던 '달고나'인 설탕과자 뽑기를 동생 입 가까이에 들이댔다.

'으, 응 언니는?'

무조건 입부터 벌리고 본 혜영은 혀로 감겨드는 달달한 그 맛에 반해 눈으로 별을 튀겨내기 바빴다.

'응, 난 또 나올 거야.'

언니는 국자 안에서 보글거리기 시작하는 좀 누렇고 걸쭉한 액태의 그것을 보면서 침을 꿀꺽 삼켰다.

얼굴색이 누렇게 찌든 뽑기 아저씨는 국자에 있던 액상의 그것을 양철쟁반에 쏟아붓고는 네모난 것으로 꾹 눌렀다간 재빨리 뗐다. 연한 갈색의 달고나가 가운데 나뭇잎 모양을 하고 만들어진 것이었다. 뽑기 아저씨는 나뭇잎 모양의 그것만 쏙 뽑아내 언니의 손에 쥐어주었다.

'어…… 언니? 있잖아? 엄마 아빠가 빨리 오래.'

설탕과자를 다 먹고 난 후에야 혜영은 어머니 아버지의 무서운 얼굴이 떠올랐던 것이다. 그 순간 언니의 얼굴은 하얗게 질렸다. 두 눈동자로 내비치는 두려움과 공포는 곧 동생에게로 전이되었다.

"원장님, 유미가 또 놀잇감 가져가려고 했죠?"

볼일 보러 갔던 당직이 문을 열며 걱정으로 양미간을 곤두세웠다. 보육실의 분위기를 한 눈에 파악해 버린 것이었다. 그녀는 유미 담임으로부터 아이를 인계받을 때 아이에 대한 주의사항까지 접수해 두고 있었던 것이다.

"널 어떡하면 좋으니? 유미야 응?"

혜영은 아이의 두 눈을 향하여 동공에 힘을 불끈 주었다. 쌍꺼풀이 크게 진 동그란 두 눈동자와 정확하게 마주쳤을 뿐이었다. 잘못을 저지른 아이의 눈동자가 그렇게 예뻐 보일 순 없는 노릇이었다. 보이지 않는 막막함의 무게에 짓눌린 그녀의 두 어깨는 맥없이 아래로 축 늘어졌다.

"따끔하게 야단을 쳐야 하지 않을까요?"

바늘도둑 어쩌고 하면서 속담까지 들추던 당직은 기어이 소도둑으로 자랄까 봐 걱정이 된다는 말을 서슴없이 뱉었다.

"아직은 너무 어리잖아요? 따끔하게 뭘 어떻게?"

사적인 감정이라고는 빈대 배꼽만큼도 없는 당직에게 톡 쏘아붙인 혜영은 가슴 가득한 답답증을 다 분출해 버리려는 듯 길게 한숨을 내쉬었다. 도벽으로 발전하기 전에 혼내 주어야 한다는 생각이 들지 않는 건 아니었다. 그저께도 어제도 또 지금 당장도 그 방법이 영 생각나지 않는 것이었다.

'나 못 찾았다고 해 알았지?'

언니는 귀신보다 더 무시무시한 눈으로 혜영을 노려보는 것이었다.

'싫어. 언니 같이 가.'

혜영은 언니의 손을 붙잡고 늘어졌다. '왜 혼자 와? 언니 데려오라고 했잖아?'라고 하던 어머니 아버지의 목청에 지레 놀란 온몸이 오그라들고 있었던 것이다.

'지금 가면 엄마 아빠한테 맞아죽어. 언니 죽어도 좋아?'

'다음부턴 절대로, 절대로 안 그러겠다고 엄마 아빠한테 약속하면 되잖아?'

'이 바보야, 언니가 약속 한두 번 했니?'

언니는 이제 능글능글한 표정으로 돌변했다.

'그랬으면서 왜 또 아빠 돈을 훔쳤어? 언니는 왜 자꾸자꾸 아빠 주머니에 손을 넣는데? 응?'

조급해진 혜영은 있는 대로 악을 썼다.

'너도 먹었잖아? 달고나.'

언니는 이제 혜영에게 죄를 나눗셈하고 있었다.

'그건 언니가 줬잖아? 아빠 돈을 훔친 건 언니잖아?'

졸지에 늪에 빠지고 만 동생은 새빨개진 얼굴로 빠져나오려고 필사적으로 허우적거리는 것이었다.

'네가 달고나 먹고 싶다고 했잖아?'

어이없이 뻔뻔스러운 얼굴로 돌변한 언니는 동생에게 누명을 씌우는 것이었다.

혜영은 울면서 혼자 집으로 갈 수밖에 없었다. 공범이라는 낱말이 어떻게 생겨먹었는지도 몰랐던 그녀는 언니와 같이 가면 공범으로 몰리고 말 것만 같은 예감 때문에 언니가 있는 곳을 말해주어야 하는 것이었다.

"유미 너 당장 경찰아저씨한테 가자."

당직은 무서운 눈으로 아이의 손을 밖으로 이끌고 있었다. 새파랗게 질린 아이는 가지 않겠다고 필사적으로 버티며 울음을 쏟아내고 있었다.

멍해지는 기분으로 혜영은 아이와 당직을 바라보고만 있었다. 그 얼굴에 암담함으로 그늘진 회의감이 스치고 있었다. 처음엔 놀잇감을 집으로 가져가면 안 된다고 좋은 말로 타일렀다. 야단을 곁들여 달랬다. 가정으로 연락하며 부모를 호출했지만 번번이 아버지만 나타났고 '아직 어린애잖아요?' 라고 하는 김빠진 소리만 들었다.

"그만 두세요."

혜영은 눈앞을 딱 가로막고 있는 벽을 향하여 소리를 버럭 질렀다.

혼자 돌아오는 혜영을 본 어머니는 노기로 팔을 걷어 부치며 언니가 있는 그곳으로 발걸음을 날렸다. 이 골목 저 골목을 샅샅이 뒤지고 다녔다. 언니 친구들의 집 초인종을 차례로 울렸다. 해가 서쪽하늘 아래로 떨어지기 시작했다. 어머니 아버지의 얼굴에 이제 노기 같은 건 찾아볼 수 없었다.

'말로 타일러도 될 걸. 아직 어린아이인데 앨 잡더라. 잡아.'

근심이 어둡게 엉긴 얼굴로 어머니가 먼저 떨리는 목소리를 냈다.

'버릇되기 전에 따끔하게 혼내 줘야 한다고 한 사람이 누군데?'

후회의 빛이 무겁게 누벼진 얼굴로 어머니 아버지는 두근거리는 숨소리를 숨겼다.

혜영이의 작은 가슴에도 언니 걱정만 가득 찼다.

불빛 시야를 벗어나 있는 모든 것들이 어둠에 잠들면 어머니 아버지는 도화지보다 더 하얘진 얼굴로 번갈아 밖으로 달려 나갔다 돌아오곤 했다. 경찰서에 도움을 청해야 한다고 입을 모았다.

밤 아홉 시가 지나면 어디에 박혀 있었는지 알 수 없었던 언니는 대문 밖에 나타났고 대문 기둥 옆에 쓰러져 있는 것이었다. 어머니 아버지는 빨개진 눈으로 환호성을 지르며 언니를 업고 들어왔다.

"버릇을 고쳐야 하잖아요? 이대로 두고 볼 수만은 없잖아요? 무슨 수를 써서라도 애 버릇은 고쳐주어야 한다구요."

당직은 속이 푸르르 끓어오르는 얼굴로 숫제 하소연을 하고 있었다.

"겁을 준다고 될 일이 아니잖아요?"

"그러면 이대로 두고 보기만 할 거예요?"

"누가 보기만 한대요. 툭하면 아동학대니 뭐니 하면서 어린이집들을 들들 볶아대는 판국인데 아이를 데리고 경찰서로 가 보세요. 우리를 어떻게 보겠어요?"

혜영은 말을 하면서 스스로 웃기는 소리를 지껄이고 있다는 사실을 깨달

있다.

"제가 바본가요?"

당직은 노골적으로 어이없이 웃었다. 아이를 경찰서로 데리고 가면 아동
학대 교사로 몰릴 것이 빤 한데 그 짓을 제가 왜 하겠어요? 라고 하는 말은
차마 입 밖에 내지 못하고 있었다.

"겁주기 작전 그거 아무 짝에도 쓸모없는 거예요."

코웃음을 숨기며 혜영은 공허감이 뒤엉킨 얼굴로 중얼거렸다.

'언니 어디 있었어?'

언니의 귀 가까이로 입을 가져가며 혜영은 작은 소리로 물었다. 언니를
업고 들어온 어머니 아버지는 그때부터 씻기고 닦이고 먹이고 재우고 한마
디로 줄여서 표현하자면 잃어버린 사람을 찾기라도 한 듯 좋아했다. 무섭
게 먹어치우고 빨리 잠든 체 하던 언니는 어머니 아버지가 방에서 나가고
나면 눈부터 살며시 뜨는 것이었다.

'응, 넌 몰라도 돼.'

언니는 의기양양한 얼굴로 어깨를 으쓱해 보이며 살짝 웃기까지 하는 것
이었다.

'지금 웃음이 나와? 엄마아빠가 얼마나 걱정을 많이 했는데?'

혜영은 언니의 표정에서 낯선 사람을 발견하고 있었다. 솔직히 표현하면
무서움과 미움이 동시에 일어나고 있었다.

'흥, 넌 이 언니가 엄마아빠한테 맞아 죽었으면 좋겠니?'

내리깔았던 눈꺼풀을 번쩍 치켜들었다.

'그러니까 앞으로는 아빠 돈 훔치지 마.'

언니 팔을 붙잡고 또 사정했다.

'쬐그만한 게 까불긴. 흥, 잊었니? 달고나 사달라고 한 건 너였어.'

'내가 언제?'

숨이 딱 막힌다는 얼굴로 혜영은 언니에게 대들었다.

'먹었잖아? 흥, 먹을 때만 좋았니?'

'언니가 먼저 줬잖아? 나 달라고 한 적 없어.'

'너 솔직히 말해 봐. 먹고 싶었어? 안 먹고 싶었어?'

'먹고 싶었어. 그래도 사달라고 하진 않았잖아?'

'너 언니가 아빠 돈 훔쳤다는 거 알았어? 몰랐어?'

'알았어.'

영문을 몰랐던 혜영은 언니 눈을 뚫어져라 바라보며 대꾸했다.

'달고나 훔친 돈으로 샀다는 것도 알았지?'

'응.'

목을 끄덕이면서 혜영은 어깨 위에 무거운 뭔가가 얹히는 기분을 느꼈다. 어머니 아버지와 친척들이 입을 모아 말하는 언니에 대한 공통분모는 머리가 너무 좋다는 것이었고 자칫 좋지 않은 방향으로 쓸까봐 우려하는 것이었다. 막연하지만 혜영은 언니가 머리를 안 좋은 쪽으로 더 많이 쓰고 있다는 사실을 어렴풋이 느끼고 있었던 것이다.

'그래서 같이 훔친 거라고 하는 거야. 훔친 돈으로 샀다는 것을 알면서도 먹었으니까 같이 훔친 거 맞는 거야. 알았지? 그렇지? 그러니까 언니한테 또 왕재숫덩이 같은 소리 하기만 해. 엄마아빠한태 확 불어버릴 거야.'

주먹으로 한 대 쥐어박을 태세로 돌변한 언니는 '우린 같은 도둑이야.'라고 하는 얼굴로 혜영의 눈을 정확하게 들여다보았다. 얼굴이 빨개진 혜영은 두려움으로 달궈진 울음보를 터뜨리지도 못하고 씩씩대기만 했다. 할 수만 있다면 '달고나'를 토해버리고 싶었던 것이다.

"그렇다고 이대로 두고 볼 수만은 없잖아요? 나중에 큰집에나 들락거린 다고 생각해 보세요."

당직은 또다시 바늘도둑 어쩌고 하면서 염려로 끓인 아이의 장래를 들먹이며 얼울히 불컥거리고 있었다.

"푸우우, 하아아……. 고쳐주긴 해야죠. 그렇다고 아이 앞에서 큰집까지 말하는 건 아닌 것 같네요."

답답히 가둬 두었던 숨을 한꺼번에 터뜨리며 혜영은 소스라치게 놀랐다. '푸우우' 이것은 임종으로 호흡을 몰아가던 친정어머니가 입술 경련을 부드럽게 일으키며 발효한 소리였다. 한없이 애달픈 것은 '푸우우'가 끝나기 직전까지 어머니는 생존상황이었고 마지막 '우' 음절이 끝나는 그 순간부터 영원히 저쪽 세상 사람이 되어 버렸다는 사실이었다.

유전자를 조작한 콩이 두부 판을 치고 오직 염색체로 생이 가공되고, 사람 몸에 너무 좋은 음식이 많아서 탈이고 나쁜 음식은 더 많아서 탈이고 하면서 삶의 시간은 길어지고 있지만 단 한 번 주어지는 죽음의 기회는 절대로 비껴갈 수 없는 법이었다. 일찍 갔건 늦게 갔건 발버둥을 치다 갔건 순순히 받아들였건 엉겁결에 생을 놓았건 한 번 떠나면 되돌아옴이 절대로 허락되지 않기 때문에 남긴 말이 있으면 무조건 지켜야 하는 것이었다.

'네 언니, 언니, 어언니니 자알 보…… 오…… 언…… 니이.'

친정어머니가 생의 마지막 호흡을 몰아쉬면서 했던 말이었다. 말이라기보다 낱말만 나열한 것이었지만 혜영은 당신의 마음을 다 알아먹고 있었다. 목을 줄기차게 끄덕여 주면서 걱정하지 말라고 거듭 약속해 주었다.

학창시절의 언니는 친구 용돈을 갈취하여 쓰고 싶은 돈을 썼다. 어머니가 용돈을 충분히 주었지만 항상 모자란다고 변명을 했다. 어머니는 학교로 불러다녔고 친구 어머니들에게 용서를 구해야 했다. 툭하면 가출을 해서 어머니 아버지의 가슴을 근심걱정으로 문드러지게 했다.

가정을 이룬 후 언니는 계주가 되어 계원들의 돈을 열심히 불려주었고 자신의 돈 역시 잘도 키웠다. 집에는 흔한 말로 없는 것이 없었고 있는 것들은 다 최고급 외제였다. 혜영에겐 입다 싫증 난 옷을 보내기도 하고 새 옷을 사주기도 했다. 받지 않겠다고 하면 의류수거함에 넣어버리거나 친구들에게 나눠주라고 강요했다. 형편이 어려워진 계군이 그달 치의 곗돈을 내지 못하면 대신 내주기도 했다. 곗돈을 떼어먹었다는 이유로 경찰서에 들락거리기도 했고 번번이 어머니가 그 돈을 갚아주어야 했다.

어머니의 '푸우우' 그 호흡 이후로 언니의 물주 당번 바통은 혜영이가 이어받았다. 법인통장은 교사들 월급 나가고 나면 몇 푼 남지 않아서 다음 달 기본보육료 나올 때까지는 개인통장으로 아이들의 부식비를 대고 있는 형편이었다. 자신의 월급을 제때 제대로 가져가 본 적이 없었던 터여서 혜영의 개인통장은 늘 숫자가 가로로 길지 않았다. 보나마나 현재의 잔액은 일곱 자리 근처에도 가지 못하고 있을 것이었다. 언니는 당장 이백만 원을 송금하라고 숨넘어가는 소리를 해대지 않았던가. 언니가 사고를 칠 때마다 어머니는 입버릇처럼 '저런 년을 내 속으로 낳았던고? 전생이 무슨 죌 많이 졌기에'를 짓씹어 대며 애꿎은 가슴을 두들겨댔다.

"요 앞에 있는 파출소 입구까지만 데리고 갔다 올게요. 네?"

당직은 혜영의 귀에다 대고 떼를 섰다.

"그래요. 아이 버릇 고칠 자신이 있으면 그렇게 해 봐요."

혜영은 도리 없이 고집을 꺾어야 했다. 그 눈에 어리는 공허감 위로 기대감이 짧게 일렁거렸다.

"싫어. 안 가. 싫어, 싫어."

순경아저씨한테 가자는 말에 놀란 유미는 당직에게 잡힌 손을 빼내려고 쌕쌕거리며 악을 써댔다.

"뭐 안 가?"

아이의 반말지거리 때문인지 당직의 목청은 다분히 감정적으로 변하고 있었다.

"에잇, 씨. 악!" 하는 소리에 이어,

"아얏, 너 정말!"이라고 하는 소리와 함께 찰싹 따귀를 대리는 소리까지 처참하게 울렸다.

"어머, 말도 안 돼."

현관으로 달려 나간 혜영은 한 대 얻어맞은 얼굴로 멍하니 서 있었다.

"괴물도 아니고 세상에 무슨 저런 아이가 다 있죠?"

좀 비굴해진 얼굴로 당직은 목을 저쪽으로 돌렸다. 아이에게 폭력을 휘둘렀다는 사실이 자책의 가시가 되어 그녀를 아프게 찔러대고 있는 것이었다.

"허허허, 피 닦고 약 바르세요."

당직의 손목을 보며 혜영은 맥없이 중얼거렸다. 다섯 살배기 아이가 어른의 손목을 피가 날 정도로 물었다는 사실이 용납되지 않는 것이었다. 아이의 마음속에 가득한 표독스러움을 읽었다고나 할까.

"어머, 유미 어디 갔죠?"

약을 대충 바르다 말고 당직은 눈을 노랗게 떴다. 그 얼굴에 절망이 참담하게 뒤엉기고 있었다. 법적인 용어를 굳이 들먹이지 않더라도 그녀는 아이에게 손목을 물린 피해자이면서 또한 아이에게 따귀를 올려붙인 가해자인 것이었다. 시시비비를 따지지 않더라도 아이는 아직 너무 어리기 때문에 무조건 무죄였다.

혜영이가 염려하는 것은 당직이 아이에게 손을 댔다는 그 사실에만 집착하고 있다는 사실이었다. 불길한 예감이 직감적인 느낌으로 전이되어 뇌리를 싸하게 훑었다.

"문밖으로 나가진 않았을 거예요."

불과 몇 분도 지나지 않은 일이었지만 혜영의 기억 속엔 분명 미닫이문이 밖으로 열리는 것 같지는 않았던 것이었다.

"아, 안에 숨어 있겠죠?"

덜 익은 희망이 떨리는 목소리로 발성되는 당직의 낯빛은 빈틈없이 흙색 그것이었다.

"2층으로 가 보세요."

1층 영아용 여자화장실로 달려가는 혜영의 얼굴에도 밝은 구석은 찾아볼 수가 없었다. 남자화장실로 발길을 돌리는 그 얼굴엔 두려움이 가엾이 엉기고 있었다.

'설마 밖으로?' 일층의 3개 있는 영아용 보육실까지 다 확인한 혜영은 이제 그녀 자신의 기억을 의심하기 시작했다. 느닷없이 '절대로 그건 안 돼!'

라고 피아니시모 소리로 비명을 지르며 조리실로 달려가 가기도 했다.

평소에 조리실에는 아이가 들어갈 수 없는 공간이었다. 조리사가 퇴근할 때는 아이들 키 높이보다 높은 곳에 있는 잠금 고리를 걸어 잠가 두어야 했다. 조리기구 그것들 자체가 아이들에게 위험한 요소들을 많이 안고 있는 것이어서였다. 평소대로라면 아이의 아버지가 데리러 올 시간도 거의 되어가고 있었다. 실수로 잠금 고리를 걸어두지 않았다면 아이가 숨어들어 갈 수 있었다.

식칼이나 조리용 가위를 만지작거리고 있는 장면으로 상상을 추월해 간 혜영은 제바람에 전신을 부르르 떨었다. 열소독기 안의 식기류들을 만지다가 손을 데는 장면으로 상상력이 괘씸하게 전이될 땐 숫제 진저리를 치고 있었다.

조리실의 잠금 고리를 확인하는 혜영의 눈은 눈꺼풀로 몇 번씩이나 번쩍거렸다. 이윽고 안도감으로 진정한 가슴을 쓸어내리는 그녀의 얼굴 위로 불안초조가 시간차공격으로 재발하고 말았다. 2층으로 퉁겨지는 동공 속엔 단말마적인 생의 본능으로 머리를 든 한줄기 희망이 반사되고 있었다.

"없어요? 1층에도."

당직의 목소리가 먼저 계단에서 처량하게 울렸다. 내려오는 그 다리는 사정없이 후들거리고 있었다.

"2층에도 없어요."

당황히 반문하던 혜영은 팔로 허공을 휘젓는가 싶더니 맥없이 그 자리에 풀썩 주저앉고 마는 것이었다.

"원장님? 어떡해요?"

당직은 숫제 비명을 질러댔다.

"시시티브이이 시시티브이를 한 번 봐요. 방금 전으로 돌려가지고."

차라리 정신줄을 놓아버렸으면 상황에서 벗어날 수 있었을까. 유미를 찾기 전에는 죽어도 눈을 감을 수 없다는 얼굴로 혜영은 전신을 후들거리며 몸을 일으키는 것이었다.

"아, 아뇨 밖으로 나간 것이 분명해요."

당직은 기어이 울먹이며 현관 밖으로 몸을 빼내갔다.

"나가는 건 못 봤는데? 나갔을까?"

혜영은 이제 자기 자신을 의심하고 있었다.

3살 정도만 되어도 맹랑한 아이들은 일단 엄마 품에서 떨어져 어린이집으로 보내지면 집으로 찾아가려는 기질을 발휘했다. 바로 한 달 전 이웃 어린이집에 다니던 4살배기 수영이가 할아버지 품에 안겨 이곳으로 옮겨온 적이 있었다. 증손자를 보아도 시원찮을 나이에 본 첫손자를 어린이집에 보내려고 할 때부터 필사적으로 반대했지만 둘째 출산일이 다가오고 있던 며느리의 손을 들어줄 수밖에 없었던 거였다.

"길에서 울고 있지 뭡니까?"

이곳에 온 첫날 아이의 할아버지가 꺼낸 첫마디였다. 운동을 하기 위해 오전 10시경 집을 나서는데 아침 9시경에 노란 차를 타고 어린이집에 간 아이가 차들이 무섭게 오가는 길에서 울고 있더라는 것이었다. 놀라움으로 미친 듯이 벌떡거리는 가슴을 괘씸히 숨기며 어린이집에 전화하여 손자가 잘 있는지 물었다.

"네, 수영이 할아버님. 우리 수영이 어찌나 영리하고 적응이 빠른지요."

또한 어쩌고저쩌고 듣기 좋은 말만 골라가며 대답했던 그 원장은 아이가 없어졌다는 사실조차 모르고 있었던 것이다.

당직을 뒤따라 나가려던 혜영은 사무실로 몸을 돌렸다. 수영이 할아버지가 이곳 어린이집을 선택한 것은 원아 수가 많지 않다는 그것이었다. 운영상의 어려움 같은 건 따질 여유가 없었던 노인은 아이 수가 많으면 아무래도 아이와 아이에게 손길과 눈길이 덜 갈 것이라는 지극히 상식적인 판단을 한 것이었다.

"원장님, 크 큰일 났어요. 유미 아버님께서……."

현관문 열리는 소리와 함께 당직의 목청이 당황히 울렸다.

"어머, 그래요? 어떡하지?"

막 거머잡고 있던 시시티브이의 마우스를 놓으며 혜영은 일없이 사무실 안을 두리번거렸다. 그녀는 오로지 유미만을 떠올리고 있었다. 아이가 나타나기만 하면 아이를 위한 훈육이고 나발이고 일체 생략하고 어린이집에 있는 놀잇감을 다 주어버릴 각오도 하고 있었다.

앞뒤 없이 혜영의 입에선 '허허' 소리가 파열되었다. 이 와중에 언니를 찾아다니던 어머니 아버지의 모습이 생각나는지 그녀로선 알다가도 모를 일이었다. 언니를 발견했던 그 순간 얼굴 표정이 뜸도 들이지 않고 단번에 밝아졌던 것이다. 언니 눈치를 보아가며 시도 때도 없이 '달고나'를 만들어주기도 했다.

"흑, 원장님 저 어린이집 그만둘래요. 죄, 죄송합니다."

시뻘게진 얼굴로 극도의 두려움을 반사하며 당직은 문 쪽으로 슬금슬금 꽁무니를 빼기 시작했다.

혜영이야말로 이대로 서 있을 없다는 표정이었다. 영원히 어린이집에서 달아나고 싶은 것이었다. 이제 어린이집 일이라면 넌덜머리가 나는 것이었다. 책임감이 애초부터 병아리 눈물만큼도 없는 교사는 그만두겠다는 말을 너무 쉽게 지껄여대고 부모는 내 아이 타령만 줄기차게 해대고 있지 않은가. 운영자 입장으로 답답한 속을 주고받던 이웃집 원장은 어느 날 갑자기 음해공작을 펼치며 안면 깔아뭉개기 짓거리를 예사로이 자행하고 있었다. 이런 아이들 이리 챙기고 저런 아이들은 저리 다독거리기에도 하루가 숨이 가빠 죽을 지경인데 시군구에선 공문서 타령에 열을 올리며 회신 마감날짜와 양식 지켜달라고 그러지 않으면 지도점검대상에 우선적으로 집어넣겠다고 엄포사격을 해대고 있지 않은가. 당연히 해야 하는 그놈의 공문서 회신을 꼭 지도점검 총알 피하는 아슬아슬한 심정으로 마감 날짜에 발을 동동 굴러야 하는 것도 한 마디로 딱 죽을 맛이었다.

지은 죄가 없으면 지도 점검 두려울 이유가 무에 있겠느냐고 잘난 사람들이 반문할 수는 있겠다. 눈을 시퍼렇게 뜬 시시티브이의 감시를 온종일 받다보면 멀쩡한 사람도 죄인의식에 사로잡힐 수밖에 없는 노릇이었다. 세상의 어느 누가 죄인을 고운 눈길로 감싸 주겠는가.

피가 바짝바짝 졸아붙는 얼굴로 혜영은 오른쪽 다리 옆의 창고로 눈을 퉁겼다. 계단 밑의 공간을 활용하여 만든 공간이어서 몸을 있는 대로 오그리고 들어가면 숨을 수 있었다. 요즘 그녀는 어린이집 일을 즐기고 있었다. 즐기기로 단단히 작정했다는 표현이 더 적절했다. 오로지 아이들의 뜻없는 그 웃음에 반해 버린 마음을 끊어버릴 수가 없어서였다. 이제는 다 귀찮은 것이었다. 당장 눈앞에 벌어질 너무 두려운 상황을 이겨낼 마음의 극복 에너지가 생성되지 않는 것이었다.

"유미야!"

급기야 아이 아버지의 우렁찬 목소리가 현관문 열리는 소리와 함께 울렸다.

안쪽으로 몸을 도로 돌린 당직은 아이 아버지에게 무슨 덜미라도 잡힌 얼굴로 혜영에게 눈을 맞추었다. 달려 나가서 그를 맞이해야 하는 혜영은 벌렁거리는 가슴으로 숨을 죽이며 당직의 얼굴만 바라보고 있었다. 두 여자는 눈빛으로 서로에게 말하고 있었다. 어서 빨리 털어놓고 아이부터 찾아야 하지 않겠느냐고 하는 그것이었다.

"아빠아! 아빠아?"

너무 맑고 또랑또랑한 아이의 목소리에 당직과 혜영은 귀를 의심했다. 바로 1초 전에 바람 스치는 느낌 같은 것을 동시에 느낀 것 같기도 했고 아닌 것 같기도 했지만 그런 것이 중요한 것은 절대로 아니었다. 두 여자는 그냥 실없는 웃음을 입가에 적당히 펴 바르며 용기 있게 밖으로 나갔다.

"잘 놀았어? 공부도 많이많이 하고?"

유미의 아버지는 벌써 아이를 번쩍 들어 올리고 있었다.

"응, 잘 놀았어. 공부도 진짜 진짜 많이 했어."

아이는 아버지의 말에 무조건 맞장구를 치고 있었다.

그리고 아이는 아버지의 품에 안긴 채 현관을 나서며 그 어깨너머로 두 여자를 향하여 기막히도록 얄밉게 씩 웃었다.

"아이 아버지 앞에 모든 사실을 털어놓았어야 했어."

아이의 웃음에서 전류처럼 전신을 휘감는 섬뜩한 그 무엇을 읽고 만 혜영은 멍한 얼굴로 중얼거렸다.

"원장님 살았어요."

당직은 혜영을 끌어안으며 안도의 환호성을 지르고 있었다.

그 등을 토닥거려 주면서 혜영은 영 씁쓸한 표정을 짓고 있었다. 어이없고 기가 막혀서 다섯 살배기 아이에게 당했다는 생각은 하고 싶지 않은 것이었다. 그녀의 입속을 줄기차게 맴도는 낱말이 있었다.

공범, 공범, 공범…….

어린 시절을 후회하듯 방금 전의 사실을 묻어둘 수밖에 없는 스스로에게 자학하듯 혜영은 자꾸만 이 낱말을 되뇌었다.

다음 날 그녀는 있는 돈 없는 돈 다 긁어모으고 친구에게 조금 융통하고 해서 백만 원을 만들어 언니에게 보내주었다.

그냥 그거라도 보내주어야 했다. 공범이었던 언니에게.

유미는 아무렇지 않은 얼굴로 어린이집에 왔다. 혜영은 활짝 웃으며 되뇌었다.

'그래, 우린 이제 공범이야.'

가벼운 일탈

가벼운 일탈

오후 5시가 가까워지고 있었다. 하늘 중앙을 살짝 비껴서긴 했지만 8월의 태양은 여전히 위협적으로 뜨거웠다.

바로 어제 D어린이집이 문을 닫았다. 이십 년을 하루같이 그곳의 아이들은 이유 없이 마음껏 울어 젖히다간 언제 그랬냐는 듯 눈치 없이 소리 내어 웃고는 했다. 출생률 저조에 따른 원아 수 감소, 최저임금 인상에 따른 부담감과 교사 휴게시간 부여 등의 난간을 도저히 헤쳐 나갈 방법이 없었던 것이다.

그곳 원장이 남긴 마지막 말은 '이십 년간 난 아이들을 위하여 살았는데 진정으로 아이들만을 위해 해줄 수 있는 일이 아무 것도 없었다. 밥 먹듯이 바뀌는 보육정책과 부모들의 무분별한 요구사항에 무조건 손뼉을 쳐야만 했던 로봇이었을 뿐이었다.'고 하는 이것이었다.

"이랜드는 운동시간이 있는 기가 없는 기가? 유상이 배가 맹꽁이 밴지 아 벤 올챙이 밴지 모르것다."

12인승 노란색 스타렉스 안에 흩뿌려졌던 박세도의 투박스러운 목청이

116

었다. 유상은 일곱 살 난 그의 아들이었다.

"무, 무슨 말, 씀이신지?"

대책 없이 아니 습관처럼 더듬거리던 아영은 현기증 비슷한 느낌 즉 정지해 있던 차가 살짝 움직이는 것만 같은 아찔한 착각에 사로잡혔다. 등 뒤에 앉은 아이들부터 떠올렸다. 동시에 목을 짧게 흔들면서 눈을 자꾸 껌벅거렸다. 단 몇 초 만에 끝난 상황이었지만 E어린이집 원장인 그녀의 이마엔 식은땀이 맺혀 있었다.

'올챙이가 아를 배면 개구리 기절초풍하겠다. 전화를 했으면 대가리 바로 잡힌 서론까지는 펼치지 못하더라도 지 새끼를 돌봐주는 사람한테 최소한의 인사말을 올려야 하는 거 아니니? 대학 졸업장 있다고 자랑이나 하지 말지. 그래, 대학까지 나온 작자가 짖어대는 꼴이 번번이 왜 그 모양이니? 그뿐이냐? 운전대 잡고 초긴장 상태로 바들바들 떨어야 하는 이 시간엔 절대로 전화하지 말라고 몇 번이나 말했니? 배려라곤 개미 콧물만큼도 없는 인간인지 휴먼인지.'

다음 코스로 향하면서 아영이야말로 소리 없이 실컷 짖어대고 있었다. 자구책의 하나인 치사한 버릇이었다. 변명일지 모르지만 누적되는 스트레스를 조금이라도 완화시키기 위하여 이렇게라도 고독히 받아치기를 해야만 하는 것이었다. 아이들을 무사히 집으로 귀가시키기 위해서였다.

그녀가 운전 중인 차 안엔 열 명의 서너 살배기 아이들이 무슨 할 말이 그렇게 많은지 마음껏 지저귀고 있었다. 그녀는 오른쪽 이마 옆의 백미러로 4살배기 승민이를 훔쳐보았다. 녀석은 또래에 비하여 언어력이 유난히 발달하여 그 귀로 들어간 말은 입을 통하여 순식간에 날개를 달고 날아다녔다. 스피커폰이라는 것은 안전운행을 위하여 필수 장치지만 통화내용에 대한 비밀성이 전혀 보장되지 않아 불편할 때가 많은 것이었다.

"무슨 말씀이고 나발이고 그런 건 따질 거 없고 유상이놈 새끼 운동 좀 시키란 말야. 운동. 아 새끼 배가 얼마나 뽈록한지 도대체 알고는 있는 기가? 이래 갖고 뭘 우찌 믿고 아를 보내겠노?"

박세도는 또다시 일방적으로 투덜거리고는 전화를 끊어버렸다.

이미 왼쪽 귀를 감싸고 있던 아영은 한 손으로 운전하고 있었다. 그녀의 양미간에 뒤얽힌 고통의 표정은 극도의 긴장감이 조제된 동공으로 반사되고 있었다.

"원장님 그냥 무시해 버리세요. 병원엔 다녀오셨어요."

차량지도교사인 이 선생의 걱정스런 목소리였다. 유상이의 담임이기도 한 그녀의 얼굴엔 염려와 분노가 우울히 뒤엉키고 있었다.

"으음, 병원? 흥, 가 봐야겠지."

발성되려는 신음을 혼잣말로 요리하여 약화시키며 커브 길을 만난 아영은 귀에서 손을 뗄 수밖에 없었다. 박세도의 짖어댐은 귓속에서 더럽게 욱신거리고 있었다.

'우찌 보내긴 뭘 우찌 보내? 그냥 보내지 마라. 지겹다, 지겨워. 이젠 정말 넌덜머리가 난다. 인간아, 인생아, 지혜하고 담을 쌓았으면 사람 사는 도리를 알던지. 도리를 모르거든 새끼 돌봐주는 사람에겐 무조건 고마워하는 맘부터 품어야하는지 말아야 하는지 대갈님 터지도록 생각해 보던지. 어째 입만 열었다 하면 남의 심장을 있는 대로 찍어대니 찍어대긴……'

귀를 도로 감싸며 아영은 멀쩡한 얼굴로 막돼먹은 소리를 죽어라고 되뇌었다. 귀앓이에서 헤어날 수 있는 건 절대로 아니었지만 뾰족한 처방이 없으니까 이렇게라도 하는 것이었다.

"팔자가 왜 이 모양인지 참……."

쉰 중반이었던 박세도가 여섯 살 난 유상이의 손을 잡고 처음 아영을 찾아왔을 때 그는 신세타령부터 했다. 그는 필리핀 여자인 알마와 재혼하여 유상이를 낳았는데 이혼한 전부인과의 사이에도 다 큰 아들과 딸이 있다는 것이었다.

"듣고 보니 참 딱하네요."

딱히 무슨 말을 어떻게 해야 할지 방향이 서지 않았던 아영은 그냥 그렇게 대꾸해 주었다.

이혼을 요구하는 알마로부터 아이를 빼돌리기 위하여 박세도는 하루아침에 어린이집을 바꾸어 유상이를 아영에게 데려온 것이었다. 까무잡잡한 얼굴의 녀석은 쌍꺼풀이 진 부리부리한 눈으로 사람의 시선을 한사코 피하며 목을 자꾸만 옆으로 빼돌리곤 했다.

"아직 아이가 어린데……."

상대가 먼저 사정이야기를 거리낌 없이 털어놓고 있어서 아영은 오지랖 넓은 소리를 넌지시 끼었으며 안타까운 표정을 지어보였다. 사실은 아이의 큰 눈으로 반사되는 분노와 슬픔을 읽어버린 것이었다.

"아, 그기 글쎄 아 생각은 눈곱만큼도 안한다니까요."

응원군이라도 만난 표정으로 돌변한 박세도는 3년 전부터 가출을 일삼던 알마가 이혼소송을 제기했는데 잘한 것도 없는 주제에 뭘 믿고 지랄하는지 모르겠다고 자문자답 비슷한 소릴 해대며 아내에 대한 온갖 불만들을 쉼표 하나 없이 불컥불컥 토해댔다.

더 이상의 관심을 보일 수 없었던 아영은 시선을 슬쩍슬쩍 벽으로 따돌리곤 하면서 상대의 이야기가 끝나기만을 기다렸다.

이틀 뒤 친구로 보이는 두 명의 여자와 함께 갓 서른이 될까 말까 해 보이는 알마가 어린이집으로 찾아왔다. 그녀는 유상이 어머니라는 사실부터 밝히며 아이가 보고 싶다고 말할 땐 울먹이기까지 했다.

그녀의 눈물에 앞뒤 없는 희망이 충전되어 버렸던 아영은 아직 어린 유상이를 봐서라도 집으로 들어가는 것이 좋지 않겠느냐고 했다.

"안 돼. 나 집 못 들어가. 유상 아빠 무서워. 막 때려."

화들짝 놀라며 알마는 박세도의 폭력 때문에 집을 나왔다고 덧붙이며 당장 아이를 데려가겠다고 숫제 생떼를 쓰는 것이었다.

폭력이라는 그 낱말에 놀란 아영은 뜸도 들지 않은 동정심을 발휘하듯 알마에게로 무작정 마음이 당겨지고 있었다. 유상이를 그녀에게 보내고 싶은 마음으로 발전했다. 우선은 박세도가 직접 작성한 귀가동의서를 보여주며 난처한 표정을 지어보였다. A4(에이포) 크기의 그 종이엔 그가 아닌 그 어떤 사람에게도 유상이를 보내지 말라고 명시되어 있는 것이었다.

앉은자리에서 안색이 싹 달라진 알마는 발딱 일어나더니 돌아가자는 뜻이 한꺼번에 담긴 눈짓을 친구들에게 보내는 것으로도 모자라 사나운 턱짓까지 연출하며 앞장서서 사무실 밖으로 나갔다.

"아이 얼굴은 보고 가셔야죠."

곧장 현관으로 향하는 그녀의 뒷머리에다 대고 아영은 초라히 말했다.

120

"흥, 나 시간 없어. 바빠요. 지금……."

겨울날의 칼바람보다 더 날이 선 찬바람을 일으키며 알마는 숫제 밖으로 내빼고 있었다.

"허, 허, 연극이었니?"

멍한 표정이 되어버린 아영은 친구들과 떠들며 달아나는 상대의 등에다 맥없는 허허거림을 으깼다. 그녀는 지금 알마의 그 눈물이 혐오스럽다 못해 가증스럽기까지 해서 메스껍다는 표정으로 헛구역질을 해대기 시작했다.

알마가 어린이집에 다녀갔다는 이야기를 아영은 박세도에겐 하지 않았다. 차라리 할 수 없었다고 해야 옳았다. 아이의 마음은 조금도 헤아리지 않고 또 다른 어린이집으로 옮겨버릴 것 같아서였다.

아이들을 다 내려준 아영은 곧바로 병원으로 달렸다.

"나 땜에 퇴근 못했구나."

진찰실 문을 열면서 그녀는 고등학교 후배인 이비인후과 전문의 닥터 윤에게 미안한 기색부터 보였다.

"아, 아뇨. 그렇더라도 물론 그렇다고 할 수 있죠."

닥터 윤은 여유 있게 농담부터 했다.

"검사결과 나왔구나. 별 이상 없는 걸로 나온 거지?"

긴장감이 전혀 없는 얼굴로 아영은 후배의 얼굴을 그냥 눈으로 부드럽게 어루만졌다.

사실 지난번에도 그녀는 겉귀부터 속귀까지 구석구석 체크를 해야 할 부분은 다 검사를 했고 별 이상이 없다는 결과를 받았다. 이번엔 간간히 찾아오는 현기증이 두려워서 달팽이관을 중심으로 한 번 더 검사를 해 보았던 것이다.

"예상했던 대로예요."

목을 끄덕이다 말고 닥터 윤은 기어이 정신과 상담을 한번 받아보라고 했다. 동료 의사를 소개시켜 주겠다고 발 벗고 나서기도 했다.

"하루아침에 문 닫을 일 있니?"

아영은 볼멘소리로 반격했다. 솔직한 마음을 그대로 노출시키면 하루에도 열두 번은 이 일을 그만두고 싶은 것이었다.

도시와 농촌이 한데 어우러져 서로 잘살아보겠다고 조용한 아우성이 그칠 날이 없는 도시였다. 길에서 부딪친 타인과 5분만 이야기하면 금방 아는 사이가 되어버릴 만큼 이러쿵저러쿵한 사연들로 사람들은 여름철의 칡넝쿨보다 더 복잡하고도 미묘하게 얽혀 있었다.

아영은 알고 있었다. 정신과 진찰실 앞만 지나가도 당장 'E어린이집 원장 정신과 치료 받나봐'라고 하는 소문이 무성하게 나돌 것이라는 사실을. 삽시간에 정신병자라는 낙인이 찍힐 터여서 치가 떨리는 것이었다.

"선배도 알고 있잖아요. 무슨 일이든 정신력이 조금이라도 살아있을 때 대비책을 찾아야 한다는 것을요. 선배는 지금 과도한 스트레스로 심신이 쇠약해져 있어요. 이미 마음의 사막화가 진행되고 있다고요."

"허, 사막화? 또 그 소리니? 아냐 전화만 받지 않으면 돼. 이젠 절대로 전화를 받지 않을 거야."

공허한 얼굴로 아영은 씩씩거리기 시작했다. 핏발이 선 그녀의 동공엔 박세도의 얼굴이 떠올라 있었다. 차라리 그 작자의 입만 보인다고 해야 옳은 표현이었다. 그 입으로 아영의 가슴을 후벼 파는 소리만 골라서 하고 있었다.

어느 날부터인가 전화매너가 영 엉망인 박세도와 통화하고 나면 아영은 귀 가려움증에 시달려야 했던 것이다. 귀이개로 해결이 되는 성 싶었다. 그의 투덜거림이 노골적으로 재생되면서 속귀에 툭툭 부딪쳐 왔다. 귀가 개떡같이 열을 내며 화끈거릴 때 최신식의료장비로 귓속을 구석구석 샅샅이 뒤졌다. 뜸도 들이지 않고 단숨에 들이닥치곤 했던 그의 짖어댐만이 미로처럼 복잡한 속귀에 틀어박혀 말 그대로 지랄발광을 하고 있었다.

아영은 그의 전화를 그냥 씹어버렸다. 어린이집으로 달려와선 '사람 무시 하냐?'를 주제삼아 크고 잔인한 목청으로 숫제 행패를 부렸다. 문자로 대처했다. 온종일 온갖 소리로 문자 꼬리를 붙들고 늘어졌다. 즐거운 하루 되라는 정중한 인사말과 함께 문자를 마무리했다.

제복의 경찰관이 아영 앞에 나타나선 부담스러운 거수경례를 깍듯이 올린 후,

'바쁘시더라도 학부형 전화는 받으셔야죠?'

라고 하며 유상이의 안전을 확인하기 위해 왔다고 이유를 밝혔다. 물론 '어린이집 차 안에서 질식사당하는 사고가 잦다보니 아버지가 많이 불안한 모양입니다.'라고 하는 재수 없는 사연을 덧붙이는 것도 빼놓지 않았다.

억울함에 말문이 막혀버린 아영의 입에선 거친 숨소리만 새어나왔다. 앞뒤 없이 성질대로 하자면 혀를 콱 깨물고 싶었다. 유상이의 교실로 당당하게 앞장섰다.

"아저씨, 왜 왔어요?"

"누구 잡으러 왔어요?"

"범인 잡으러 왔어요?"

"영수가 내 공 빼앗아갔어요."

"준수는요 맨날맨날 어린이집 장난감을 가방에 넣어간대요."

"영아는 꼬집쟁이에요."

"우리 동생은요 자꾸 날 괴롭혀요."

제복에 무작정 마음이 들러붙어버린 아이들은 기타 등등의 하소연을 쏟아대며 경찰관 뒤에 졸졸 따라붙었다.

일일이 나름대로 적절하다고 생각되는 말로 대꾸해 주던 경찰은 급기야 픽 웃고 말았다. 아영의 입가에도 어쩔 수 없는 웃음이 맺히고 있었다.

"아빠가 또 엄마 때렸어요?"

경찰을 보는 순간 유상이는 부리부리한 눈동자를 더욱 크게 둥글리며 대뜸 그렇게 물었다.

"아, 아닌데……."

당황한 경찰은 무슨 말을 어떻게 대꾸해야 할지 제대로 갈피를 잡지 못하고 더듬거렸다.

"가, 가란 말이에요."

별안간 경찰을 향하여 비명에 가까운 소리를 지르며 유상이는 울음을 터뜨리고 말았다.

"돌아가세요."

가슴이 뭉클해진 아영은 아이를 감싸 안으며 사실 그대로 아무런 죄도 없는 경찰을 노려보았다. 무안은 얼굴로 임무 끝남의 인사를 얼버무리는 상대의 등이 안쓰럽도록 얄미웠던지 아니면 급조된 다른 의미가 포함되어 있는지는 모르지만 그녀는 휴대폰을 그의 눈앞에다 열어보였다.

"하! 허, 수고 많습니다. 정말로."

박세도와 주고받은 문자내용을 살펴본 경찰은 아영에게 딱하다는 표정을 지었다.

원래부터 유상이의 배는 작은 바가지를 옷 속에 숨겨 놓은 것처럼 볼록했거니와 볼 살도 만만치 않은 아이였다. 처음에 박세도는 인스턴트식품에 의존하는 알마에게 그 책임을 돌려댔다. 어린이집에다 대고 운동타령을 전이시킬 수밖에 없는 박세도는 참 어지간히도 가여운 사람이었다.

이미 아영에겐 아이와 그 아버지가 아픈 손가락이 되어 버린 것이었다.

도무지 움직이기 싫어하는 유상이의 손을 잡고 아영은 계단 오르내리기를 함께했다. 그녀의 왼쪽무릎에 염증이 생기면서 물이 차기 시작했다. 의사의 주의사항은 계단 내려갈 때 조심하라는 것이었다. 계단 위에 서서 아이에게 '내려가 올라와'의 명령어를 남발했다. 박세도에 대한 화풀이가 가미된 것이었다. 요리조리 달래며 연장전도 감행했다. 아이를 위해서였다. 툭하면 아이는 주저앉아 버렸다. 세상에 아이 이겨먹는 장사도 없는 법이었다. 무릎이 재발했을 때도 그녀는 아이와 함께 오르내렸다.

타고난 성질이 원래 그 모양이었던 아영이었다. 보육정책 같은 건 절대로 거역할 수 없어서 그 로봇이 될 수밖에 없더라도 아이들을 위하여 해줄 수 있는 일이 있다면 앞뒤 가리지 않고 다 해주고 싶은 것이었다. 더욱이 아픈 손가락을 위해선 굳이 하지 않아도 될 짓까지 해야만 직성이 풀리는 것이었다.

바로 어제도 아영은 징징거리는 유상이의 손을 잡고 계단 오르기를 반복했다. 고통스러워하는 아이의 표정을 즐기며 새로이 박세도에 대한 복수심을 실현했다면 꼬여버린 마음의 어리석은 장난질에 지나지 않는 것이었다.

폭력을 유도하는 알마의 계략에 잘도 걸려든 박세도는 '욱' 하는 기질을 여지없이 드러내어 그녀의 얼굴에다 주먹질을 해댔고 이혼소송에서 패배할 위기에 놓여 있는 것이었다.

기막히도록 어리석은 박세도는 행복한 착각에 빠져 있었다. 아이 한 명 태어나기가 어려운 세상이고 보면 어린이집 운영을 위하여 학부형의 요구는 무조건 다 들어줄 수밖에 없을 것이라고 하는 사실이었다. 노골적으로 운동타령을 짖어대고는 하는 것도 빤한 속셈이 따로 있었던 것이다. 속 시원히 까발려버리면 '아이를 위하여'라고 하는 건 명분일 뿐 유리한 증언을 해 달라고 떼를 쓰다시피 하다간 아영이가 별 반응을 보여주지 않자 지랄발광을 하는 것으로도 모자라 협박을 하고 있는 것이었다.

유상이가 E어린이집에 온 삼일 뒤부터 개인교습 차원의 운동을 따로 시키고 있다는 말 같은 걸 아영은 단 한 번도 하지 않았다.

이미 젊은 남자에게 몸과 마음을 다 빼앗겨버린 알마는 아이의 양육비 외엔 관심이 없었다. 모르긴 해도 그녀가 이혼재판에서 승리하면 유상이는 24시 어린이집으로 내몰릴 것이 분명했다. 아이를 맡겨놓고는 며칠씩 코빼기도 보이지 않는 부모가 있다는 소식을 이미 동료 원장으로부터 듣고 있었다.

박세도는 혼잣손이기는 해도 아이의 내일에 대하여 마음을 쓰고 있었다.

누군가가 아이의 현재를 보고 먼 미래까지 함부로 점치지 말라고 했다. 아이의 내일에 엄청나게 큰 영향을 미치는 건 바로 부모의 오늘이었다.

진통제를 처방받고 병원에서 나온 아영은 곧장 E어린이집으로 달렸다. 기본보육료 신청도 해야 하거니와 공문 몇 개를 오늘 중으로 시 담당부서에 발송해야 하는 것이었다.

E어린이집은 조용하기만 했다. 일과가 끝나고 다들 집으로 돌아갔으니 당연한 것이었다. 왠지 모를 허전한 얼굴로 아영은 1층의 영아반과 2층의 유아반 교실을 일일이 둘러본 후 사무실로 향했다.

'며칠만 더 견뎌봐 응.'

책상 앞에 앉는 순간 두통까지 겹치고 있어서 아영은 머리에 손을 얹으며 스스로에게 안수기도라도 하듯 중얼거렸다. 박세도와 알마의 재판 날자가 얼마 남지 않은 것이었다. 누가 이기든 유상이의 거취가 결정되고 나면 아이 아버지의 개떡 같은 지랄도 종료될 것이었다. 그녀는 그렇게 믿고 싶은 것이었다. 두통이 조금 가라앉았다. 그녀는 그 누구의 편에도 서지 않을 작정이었다.

휴대폰이 또다시 울리기 시작했다. 소리를 무시해 버리고 있던 아영은 마지못해 발신번호를 확인했다. 승민이 담임이었다.

"어떡하죠? 원장님."

김 선생은 대뜸 그렇게 말했다.

"무슨 일인데요?"

아영의 목소리는 떨리고 있었다.

"승민이 어머니가요 원장님께서 운전 중에 학부형과 싸운다고…….."

볼멘소리로 말끝을 흐리고 있었다.

"알았어요. 내가 전화할게요."

애써 아무렇지 않은 목소리를 연출하는 아영의 눈은 맥없이 허공으로 당기어지고 있었다.

"소용없을 거예요. 벌써 저희 반 아이 전체가 낼부터 다른 어린이집으로 간대요. 불안해서 더 이상은 못 보내겠대요."

"뭐, 뭐?"

뒤통수를 한 대 얻어맞은 얼굴로 아영은 목을 아래로 축 늘어뜨렸다. 병원 가기 전에 승민이 어머니에게 넌지시 전화부터 넣어보아야 했다. 아이의 장점을 있는 거 없는 거 죄다 탈탈 털어 나열한 후 선수를 치듯 유상이 아버지의 목소리가 유난히 큰 탓이지 결코 다툰 것이 아니었다는 사실을 넌지시 주입시켜 두어야 했다.

"전 어떡해요."

아이들이 없는 반의 담임이 되어버린 김 선생은 당장 내일부터 출근할 명분이 없어져 버린 것이었다.

"허, 허, 전화해 본다니까요?"

좀 짜증스레 말한 아영은 그냥 전화를 끊어버렸다. 아무 생각도 나지 않는지 어이없는 멍한 표정이었다. 고통스런 얼굴로 돌변하여 귀를 감싸는가 싶더니 머리칼을 움켜쥐며 신음소릴 내기 시작했다. 진통제를 찾다가 방금 전에 먹었다는 사실을 용케 기억해냈다.

급기야 아영은 병원을 떠올리고 말았다. 주제를 알 수 없는 이 통증을 없앨 수 있는 곳이라면 정신병동이든 어디든 가리지 않겠다고 달려갈 각오까지 단단히 하고 있었다. 승용차에 올라탔다.

거짓말처럼 통증이 사라졌다.

휴대폰을 꺼낸 아영은 동공에 힘을 불끈 주며 승민이 어머니의 전화를 뒤지고 있었다. 자동차 열쇠는 옆 좌석에 팽개쳐져 있었다. 급히 두 눈을 감쌌다. 그와 동시에 휴대폰은 무릎 사이로 초라히 떨어졌다.

'그동안 감사했다고 하면 거짓말일 거예요. 너무 불안했다고 하면 모를까.'

승민이 어머니의 잔인한 육성이었는지 제발에 저린 지레짐작의 소리였는지 아영은 도무지 알 수가 없었다. 눈은 뭔가에 마구 찔리고 있었고 귀는 욱신거렸으며 두통은 이마 위와 양옆 그리고 뒷머리와 정수리로 옮겨 다니며 지독하게 괴롭혀대고 있었다.

그녀는 주먹을 불끈 쥐며 이를 악물었다. 당장이라도 박세도의 집으로 달려가 따지고 싶은 눈치였다. 고통스런 표정으로 머리를 가로저었다.

'다 내려놓자. 다 비우자.'

자구책을 찾듯 그녀는 중얼거렸다. 우선 차에서 내리고 있었다. 발길 닿는 대로 걷고 싶었진 것이다. 목적지 같은 건 애초부터 있을 턱이 없었다.

8월의 태양이 하루의 이름으로 남겼던 화려한 노을도 이제는 사라지고 없었다.

아영의 발걸음은 점점 빨라지고 있었다.

유상이가 저만치에 서 있었다. 그녀의 목은 옆으로 돌려졌다. 또 반대편으로 돌렸다. 기어이 아이의 손을 잡고 달리고 있었다.

'내가 왜? 왜 이러는데? 왜 이러냐고?'

그녀 스스로에게 되뇌고 있었다.

혼자 달리면서 그녀는 그렇게 아이의 손을 잡고 있었다.

가출

가출

현재 시각 오전 8시 35분이었다.

두 아이의 집 마당에는 공사판에서 필요 밖으로 정리되었을 법한 크고 작은 나무토막들이 어지러이 널브러져 있었다. 납작한 합판과 각목에는 박힌 못이 뾰족한 끝으로 하늘을 보고 있거나 옆으로 삐딱하게 그 끝을 세우고 있었다.

들어가면서 마당의 왼쪽 끝에는 5미터 높이의 낭떠러지까지 있었다. 깎아지른 그곳의 아래쪽엔 벼를 키워내는 논이 있었다.

살벌한 못들 사이로 묘선이와 수아는 아슬아슬하게 발을 옮겨놓으며 달리고 있었다. 요즘의 날씨라는 그것이 한낮에는 연일 35도 이상으로 발광하며 지칠 줄을 모르고 있었다. 아직은 아침인데도 그녀들의 이마에서 시작한 땀은 얼굴 위로 세로줄을 긋기 바빴다.

"애들이 있는 집에 이게 뭐야? 겨울에 쓸 걸 왜 벌써 주워 모으는 거야? 주워 놨으면 못이나 뽑아 두던지 한쪽으로 정리를 해두든지."

오십대 후반인 묘선이가 네모난 아가리를 헤 벌리고 있는 나무 보일러로 목을 돌렸다가 당겨오며 볼멘소리를 했다. 아이모두 어린이집 원장인 그녀의 눈이 낭떠러지 아래로 당겨질 땐 신음 비슷한 앓는 소리가 새어나왔다.

그녀들은 7살 유진이와 5살 유정이를 데리러 가고 있는 중이었다.

"너무 안됐어요. 유정이가."

숨이 가쁜지 쌕쌕거리고 있는 수아는 이십대 후반으로 유정이 담임이었다.

"낳지나 말지."

묘선은 별안간 왼쪽다리를 절뚝거렸다. 그녀는 어제도 병원에 가서 무릎에 찬 물을 뺐다.

"무릎 아프시면 저 혼자 갔다 올게요."

수아는 묘선의 왼쪽 다리로 눈길을 그으며 걱정스런 표정을 지었다.

"2주간은 꼼짝없이 놀고먹으라고 했는데."

묘선은 의사의 당부를 혼잣말로 중얼거렸다.

"유정아, 유진아."

그녀들은 입을 모아 큰소리로 외치며 다짜고짜 현관문을 열어젖혔다.

거실에는 의류수거함에서 끄집어내 헤쳐 놓은 것 마냥 크고 작은 옷들이 어지러이 흐트러져 있었다. 한쪽 구석의 건조대에도 옷들이 빈틈없이 널려 있었다.

현관의 정면에 있던 부엌방은 문이 활짝 열린 채로 그녀들의 눈에 바로 들어왔다. 식탁 위의 먹다 남은 수박 조각 위로 파리들이 새까맣게 들러붙어 잔치를 하고 있었다. 특유의 줄무늬가 껍질에서 살짝 엿보이지 않았더라면 그것이 무슨 과일인지 채소인지 구별할 수도 없을 정도였다. 사각의 작은 몸집을 세우고 있는 초코우유 팩을 중심으로 과자 조각들은 부엌바닥에서 마음대로 뒹굴면서 부지런한 개미까지 초대해 놓고 있었다.

남매는 늘 그래왔던 것처럼 안방에서 잠들어 있을 것이었다.

"유정아 자는 척 해."

얼굴색이 까무잡잡한 7살배기 유진이는 막 눈을 뜨고 있는 동생 유정이의 낯을 손으로 가렸다.

"오빠도 빨리 자는 척 해."

역시 얼굴색이 까무스름한 동생은 오빠의 코 위에 앙증맞은 손을 얹으며 그 귀에다 대고 소곤거렸다.

"후, 후, 후, 후우움."

얼굴을 찡긋하던 유진은 어깨를 요리조리 추썩이며 찔끔찔끔 흘리던 웃음을 목구멍 안으로 간신히 숨겼다.

잠든 체하고 있던 남매의 머리맡엔 선풍기가 지친 날개로 헉헉대며 돌아가고 있었다. 몸을 선풍기로 굽히던 묘선은 허리를 도로 펴며 대신 발로 기계를 정지시켰다. 입에선 안타까운 신음이 모깃소리로 새어나왔다.

"벽걸이를 사라고 해도 참말로 말을 안 듣지. 애들이 몸부림이라도 치다가 선풍기를 넘어뜨리면 어쩌려고 이러는지."

선풍기를 번쩍 집어든 묘선은 버릇처럼 옆방에다 가져다 놓았다.

"원장님 애들 옷이 아직 마르지 않았어요."

익숙한 손놀림으로 건조대의 옷들을 만져보곤 하던 수아는 새삼스러울 것도 없는데 난처한 표정을 지었다. 아이모두에도 아이의 여벌옷이 없다고 맥없이 중얼거리다간 젖은 반바지 하날 집어 들었다.

"도둑이야!"

장난을 칠 기분이 절대로 아니었지만 묘선은 수아를 감정 없이 놀렸다. 그녀도 그 반바지가 아이모두의 것이라는 사실을 뻔히 알고 있었다. 며칠 전 수아가 물장난을 했는데 옷이 다 젖어버리는 바람에 바꿔 입혀서 보냈다가 지금 찾은 것이었다. 아이들 잠들어 있는 안방에선 땀내가 물씬 풍겨 나고 있었다. 남매의 옷을 갈아입혀야 했지만 방법이 없었다.

"후후움, 그거 아이모두 옷인데."

유진이가 기어이 웃음보를 터뜨리며 슬며시 일어나는 것이었다.

"오빠, 빨리 자는 척해. 빨리. 빨리."

유정이는 눈을 크게 뜨며 당황히 소리를 질렀다. 완벽하게 동그란 눈동자는 티 한 점 없이 까맣기만 해서 흡사 인형의 눈을 보는 것만 같았다.

아이들에게로 눈길이 당겨진 묘선은 어이없는 코웃음 몇 조각을 맥없이 떨어뜨렸다. 이내 후후거림으로 전이되었다. 눈에는 주제모를 눈물이 맺히고 있었다. 요즘 그녀는 사소한 일에도 웃고 울고 화내곤 하는 일이 잦아지고 있었다. 별안간 손으로 얼굴을 마구 부채질해댈 땐 보는 사람이 민망할 정도로 목까지 시뻘겋게 달아올라 있었다. 그녀 자신을 향하여 '또 시작이군.'이라고 하는 소리를 피아니시시모로 발성하곤 유정이 앞에 등을 들이댔다.

"우리 유정이 어부바!"

목을 등 뒤의 아이에게로 돌리는 묘선의 입가엔 맑은 웃음이 엉겼다.

"원장님 허리도 안 좋으시잖아요?"

수아의 얼굴엔 진심어린 걱정이 비쳤다.

"차에 애들만 있잖아."

그녀의 마음은 온통 노란 차로 빨리 돌아가야 한다는 그것에만 최면이 걸려 있었다. 유정이를 업고 달리면 마당을 헤쳐 나가는 시간을 절반 이상은 단축할 수 있는 것이었다.

"못, 못 조심해. 조심 조심 못 조심."

유진이의 손을 잡고 달음질을 치는 수아의 얼굴엔 불안감이 허옇게 엉겼다간 벌겋게 열이 오르곤 했다. 그녀는 어제도 남매의 아버지로부터 벌컥거리는 소리를 들어야 했다. 도대체 애들이 밥을 먹지 않으려고 하는데 아이모두 어린이집에선 그런 것 하나 고쳐놓지 못하느냐고 하는 것이었다.

'집에서 매일 과자조각이나 먹이니까 그렇죠?'

이런 평범한 입바른 항의도 수아는 소리로 표현하지 못했다. 요즘 그녀는 남매 아버지의 전화번호가 휴대폰에 뜨기만 하면 울렁증부터 일어나곤 했다.

'낼부터 애들 데리러 오지 않아도 돼.'

미처 담임이 전화를 받지 못하면 그는 묘선의 휴대폰에다 이런 무시무시한 내용의 반말지거리로 문자를 넣었다. 처음에는 멍청해지는 얼굴로 그녀는 손을 뒷머리로 당겨갔다. 정신을 수습할 사이도 없이 매너가 영 엉망인 그에게 전화를 넣기도 했다. 입이 제바람에 씰룩거렸지만 잘도 참아내고 있었다. 요즘은 측은지심이 발동하는지 쯧쯧 소리를 자꾸 발성했다.

두 아이 아버지는 트럭운송업을 하고 있었다. 어머니는 필리핀 여자로 이름만 들어도 사랑이 여유 있게 느껴지는 엔젤이었다.

엔젤은 1년 전에 가출해 버렸다. 시시콜콜 간섭을 해대는 남편 시집살이를 견디다 못해 집을 나가버린 것이었다. 따지고 보면 11번째 가출이었다. 필리핀에서 온 친구 집들을 전전하면서도 묘선에겐 꼭 연락을 하면서 있는 곳도 알려주었다. 덕택으로 대개 일주일만이면 집으로 돌아가곤 했다.

번번이 묘선이가 기꺼이 화해작전을 펼치곤 했던 건 아이들을 위해서였다.

무슨 여자가 게을러도 너무 게으르다. 시간이 가는지 오는지에 대한 개념이 없다. 아침에 일어나기 싫으면 식구들 밥 굶기기 예사다. 제때 설거지하는 꼴을 볼 수가 없다. 청소라는 걸 도무지 할 줄 모른다. 빨래를 세탁기에 넣고 돌렸으면 널 때는 털어서 뭉친 것을 펴야 하는데 뒤엉킨 것을 그대로 건조대에 올려놓는다. 신발을 신은 채로 마루 위로 올라온다. 혀가 닳도록 말해도 전기코드를 뽑아 놓지 않는다. 하루 종일 텔레비전을 켜놓고 있다. 부엌에서도 머리를 빗는다.

엔젤에 대한 두 아이 아버지의 불평불만 내용이었다.

난 일 잘했어. 유진 아빠 나빠. 못됐어. 나가, 나가 했어. 아이들 보고 싶어.

엔젤은 아주 단순한 울먹임을 반복하고 했다.

묘선의 판단으로 두 아이에게는 어머니의 손길이 절실하게 필요하다 이것이었다. 엔젤이 집을 지키고 있었을 땐 어설프긴 했지만 애들에게는 먹이고 입히고 씻기고 하는 그런 건 그런대로 해 왔던 것이다.

먼저 찾아보라고 권유할 때 묘선은 그 아버지에게 아이들이 발육기라는 점을 힘주어 말했고 제때 제대로 먹여야 한다는 사실을 강조했다. 애들 아버지는 뚱한 얼굴로 듣기만 했다.

"어머, 안 돼 허허헐!"

유정이를 업고 달리던 묘선의 입에서 흡사 비명에 가까운 파열되었다.

얼굴색이 하얘진 그녀의 엉치등뼈 아래로 물줄기가 주르르 흘러내리고 있었다.

묘선은 아이를 업은 채 도로 집 쪽을 방향을 바꿨다. 덩달아 방향을 바꾼 수아는 현관 안으로 달려들어 수건에 물부터 적셔들고 나왔다. 묘선이가 유정이의 아랫도리를 벗기고 닦아주고 하는 사이에 수아는 땀이 줄줄 흘러내리는 얼굴로 조금이라도 덜 젖은 팬티를 손으로 일일지 수색하여 찾아들고 나왔다. 윗옷부터 벗은 묘선은 내 옷 남의 옷 따질 여유가 없는지 무작정 마루에 널브러져 있던 티 하날 집어 들고 머리를 집어넣는가 싶더니 옷들 사이의 반바지도 용케 헤집어 들고는 날쌘 동작으로 갈아입었다.

"애들아, 더웠지?"

노란 차의 문을 열면서 아이들의 안전부터 확인하듯 묘선은 큰소리로 물었다. 운전석으로 몸을 옮겨 8시 40분임을 확인하는 그녀의 얼굴엔 초조감이 뒤엉켰다.

"아니요. 안 더웠어요."

아이들은 자기 자리를 지키고 앉은 채 밝은 목소리로 입을 모았다. 에어컨의 시원한 기운이 차 안에 남아 있었던 것이다.

일부러 맨 뒷자리로 간 유정은 몸을 잔뜩 웅그리고 앉았다. 수아는 네모난 화장지 몇 장을 뽑아 아이의 다리 사이와 무릎을 가려주었다. 입이 제바람에 근질근질했던지 아니면 속이 나사못처럼 뒤틀렸던지,

"다섯 살이나 먹어가지고 이게 뭐니?"

라고 하는 소리를 유정이의 귀에다 대고 은밀하게 속삭이기도 했다. 아이는 담임의 귓속말이 있기 전부터 이미 쏙 뽑아 올린 양어깨 사이로 얼굴

을 자꾸만 집어넣고 있었다. 원장인 묘선의 등에다 오줌을 누어 버렸다는 사실도 너무 미안해서 어찌할 바를 모르겠거니와 친구들이 알게 될까 봐 마음이 여간 조마조마한 것이 아니었다.

"원장님 유진이 아버님 전화대요."

수아의 목소리가 떨리고 있었다. 8시 55분경이 어김없이 아이들을 잘 데리고 간다는 문자를 그 아버지한테 넣어주고는 했다. 오늘 아침에는 돌발사태가 발생한 데다 갈아입힐 옷도 마땅하지 않아서 뒤지고 어쩌고 하면서 혼이 다 빠져버린 나머지 그만 깜박하고 있었던 것이다.

"받아 보세요. 사실 그대로 잘 말씀 드리고 이제 막 문자를 넣으려던 참이었다고 해요."

백미러로 수아에게 그었던 안타까운 시선을 거둬들인 묘선의 검은 동공엔 환멸감이 쓸쓸히 어리고 있었다.

"죄, 죄송합니다. 아버님 그러지 않아도 지금 막."

수아는 말끝을 제대로 맺지 못하고 있었다.

유진이 아버지는 그녀에게 말할 기회조차도 주지 않고 다짜고짜로 무슨 담임이 그 모양이냐고 따지기부터 한 것이었다. 그래 정나미가 없어가지고 어떻게 애들을 보겠느냐고 하는 소리도 거침없이 쏟아댔다. 인격모독인지 그 비슷한 것인지 아무튼 지극히 쉽지만 이해하기는 너무 지랄 같은 언어들을 계속 지껄여댔다. 앞뒤 없이 분위기를 바꾸어 당장이라도 혀를 칵 깨물고 죽어버리고 싶은 심정이라는 말도 했다. 아이들을 봐서 그럴 수도 없는 아비의 심정을 백분의 일이라도 아느냐고 하소연인지 넋두리인지도 해댔다.

듣는 사람의 얼굴이 참담하게 일그러져 있으리라는 상상은 하는지 도무지 하지 못하는 것 같았다.

"그냥 듣기만 하세요."

백미러 속의 수아에게 당부하는 묘선의 얼굴은 이미 벌게져 있었다. 그녀의 귀에 목청 자랑이라도 하듯 컹컹 짖어대는 남매 아버지의 목소리가 흘러들어가고 있었던 것이다. 수아의 입에서 한마디라도 삐져나오면 그땐 학부형을 대하는 태도 어쩌고 하면서 펄쩍펄쩍 뛸 것이었고 짖어댐의 연장전으로 이어질 것임을 그녀는 잘 알고 있었던 것이다.

"네, 원장님."

모멸감을 견뎌내고 있던 수아의 얼굴을 벌겋다. 누가 보아도 그녀는 성실한 교사였다. 아동학을 제대로 전공했고 졸업하여 구한 첫 직장이 아이모두 어린이집이었는데 올해로 5년째 근무하고 있었다.

수아의 장점은 감정의 기복을 표출하지 않는다는 것이었고 실수를 지적받으면 변명하지 않는다는 것이었다.

"조심조심 천천히 내려요."

노란 차를 아이모두 어린이집 주차장에 세운 묘선은 예외 없이 똑같은 소리를 오늘 아침에도 절실하게 반복하고 있었다. 그 눈을 자꾸만 차의 시계로 당겨가고 있었다. 시간은 9시 7분을 알려주고 있었다. 2차 코스의 아이들을 위한 원에서의 출발시간은 9시였다.

"얘들아 좀 빨리 움직일래?"

묘선의 초조감을 읽고도 남은 수아의 마음이 급해지고 있었다.

차에서 내린 올망졸망한 아이들은 재잘거리며 현관 안으로 들어갔다. 수아는 제일 뒤에 내리는 아이의 뒤에 붙어 서서 안으로 들어가고 있었다.

묘선의 2차 운행코스는 아파트 단지가 밀집해 있는 곳이었다. 그곳 부모들은 성격이 깔끔해서 정확하게 차량시간이 좀 늦으면 젊고 반질반질한 안면근육에 불만부터 장식하곤 하는 것이었다. 오늘 아침에도 그녀들은 도착 약속시간이 5분이 지나도록 아이모두 어린이집의 노란 차가 나타나지 않자 너무 신나게 입방아를 찧어대기 바빴다.

"또 누가 늦은 거야?"

"누구긴요? 보나마나 다문화가정이지."

"하는 짓들이 그 모양이니 못살지."

"누가 아니래요. 남의 나라까지 와서도 그 버릇 여전하니까 가난뱅이 신세 못 면하는 거 아니냐구요?"

그래도 여기까지의 대화는 괜찮았다.

"우리 이대로 매일 이렇게 피해만 보고 있을 거예요? 하루 이틀도 아니고 툭하면 5분 늦는 것을 예사로 생각하니 말이에요."

항상 5분 일찍 나오곤 하는 그녀는 10분 넘게 길에 서 있었다고 떠들었다.

"맞아요. 어쩌다 늦게 나오는 그땐 정말 또 차가 일찍 오더라고요."

"단판을 지어야지 안 되겠어요."

그녀2는 다문화가정 아이들이 싫은 것이었다. 하나같이 빈티가 나고 손톱 밑에 때가 새까맣게 끼어 있고 머리엔 이도 있고 옷 입는 꼴은 촌스럽고 그리고 기타 등등의 이유가 있었다. 눈길조차 주기 싫은 그런 아이들과 그녀들의 귀둥이가 같은 교실에서 하루 종일 어울려 있다는 것이 아무래도 속상한 것이었다.

"원장님이 우리 소원을 들어줄까요? 109동에 사는 거기 누구더라? 갑자기 이름이? 아참 수철이 맞다. 수철이 있잖아요? 그 엄마 입바른 소리 잘하잖아요? 자기 애 유진이하고 짝꿍하지 않겠다고 했다가 쫓겨났다던데요?"

그녀3은 아이모두 어린이집의 프로그램과 환경이 마음에 쏙 들었던 것이다. 다문화 아이들 때문에 아침마다 길에서 서성이곤 하는 일에는 질릴 대로 질렸지만 다른 데로 옮기고 싶은 마음은 없었던 것이다.

"어머, 헐 정말이에요? 애한테 무슨 죄가 있다고 쫓아내요? 아동학대 아니에요? 아동학대!"

그녀1이 발끈하고 있었다.

젊음의 에너지가 흘러넘치는 그녀들의 입방아가 여기에 이르면 묘선은 이제 아동학대 가해자로 몰리기 시작하는 것이었다.

"아동학대라고까지는……."

그녀3이 맥 빠진 목소로 말꼬리를 흐렸다.

찻길을 코앞에 두고 있는 그녀들은 어디로 튈지 모르는 위험천만한 상황에 놓인 아이들에 대한 보호의무도 잊은 채 아침시간을 수다로 지지고 볶고 하면서 떠들어대는 것이었다.

"꼭 때리고 꼬집고 하는 것만 학대가 아니라고 하던데?"

그녀1과 그녀2가 이구동성으로 입을 모았다.

"그렇기는 해요. 근대 수철이 엄만 자기 말로 애 팔을 강제로 끌고 나갔대요. 설마 원장님이 하루아침에 아이를 빼 가는데 구경만 했겠어요. 잘 생각해 보라고 설득도 하고 그랬겠죠?"

그녀3의 변론이었다. 누가 뭐래도 이럴 때 그녀3은 묘선에게 천지신명과도 같은 존재였다.

"곧 죽어도 아이모두 원장님은 누굴 설득할 타입은 아닌 거 같던데?"

"우리 있잖아요? 걔네들 때문에 아침마다 이렇게 피해를 볼 수 없잖아요?"

"그래요. 원장님한테 우린지 다문화가정인지 선택하라고 해야겠어요."

"맞아요. 이게 뭐에요? 다른 어린이집 차들은 제때 와서 애들을 실어 가는데."

"없는 것들이 꼭 티를 낸다니까 티를."

"어머, 쟤 좀 봐요. 수철이 아니에요?"

그녀들의 눈길이 한꺼번에 끌려가 그곳엔 수철이와 그 어머니가 있었다.

고래고래 소리를 지르며 어린이집에 가지 않겠다고 말 그대로 난리를 피우고 있는 아이는 수철이가 틀림없었다. 이사 온 지 1년 만에 벌써 다섯 차례나 어린이집을 옮겨 다녀야 했던 아이였다. 또 새로 옮긴 어린이집에는 아직 친한 친구가 생기지 않아서 재미가 없는 데다 처음 옮겨갔던 그날 아니는 바지에 오줌까지 누어 버려서 낯선 아이들에게 오줌싸개라는 소리를 들어야 했다.

아이의 어머니는 목을 아래로 내린 채 눈꺼풀만 사방팔방으로 찢어발기고 있었다.

며칠 전까지만 해도 하루에 두 번씩은 같은 장소에서 아이들을 노란 차에 태워 보내곤 했다. 그녀는 아이모두 어린이집의 그녀들과 얼굴 마주치는 것이 왠지 껄끄러웠던 것이다.

아이와 그 어머니에게 시선이 홀려 있었던 그녀들은 갑자기 꿀 먹은 벙어리마냥 조용해져 있었다. 조용해지기를 기다렸다는 듯 그녀들의 휴대폰에도 문자도착 신호음이 자꾸 울렸다.

"많이 늦었네요. 엄마야, 원장님 티 있잖아요. 어떡해요?"

좀 발랄한 성격의 김 선생은 노란 차에 오르자마자 묘선의 윗옷을 호들갑스런 목소리로 지적했다. 그녀는 2차 코스의 등원아이 인솔교사로 아이들보다 한 정거장 먼저 타고는 했다.

"어머, 헛 세상에. 나 좀 봐. 눈을 감고 입었나 봐."

비로소 티를 거꾸로 입었다는 사실을 확인한 묘선은 당혹감에 휩싸인 표정으로 스스로에게 코웃음을 쳤다.

"그냥 앉아만 계실 거니까 밖에선 잘 모를 거예요. 어린이집에 들어가셔서 얼른 다시 입으면 될 것 같아요. 아뇨. 다른 옷으로 갈아입는 것이 낫겠어요."

평소에 김 선생의 눈에 비친 묘선의 모습은 결벽증에 가까우리만치 깔끔하다는 그것이었다. 편한 스타일의 옷을 좋아하긴 하지만 후줄근해 보이는 옷은 단 한 번도 입는 것을 보지 못했다. 유정이가 오줌을 누어버렸다는 사실을 모르고 있던 김 선생은 오늘따라 추레해 보이는 원장의 안색을 흘긋흘긋 살피며 상상력의 나래를 마음껏 펼쳐대기 바빴다.

"착각은 자유지만 오해는 사절이에요."

묘선의 입에선 실없는 웃음이 터져 나왔다. 쉰 나이가 넘어서면서부터 이미지 관리에 신경을 좀 썼던 그녀였다. 사십대까지는 대충 입고 다녔는데 친정어머니는 '예부터 벗은 거지한텐 밥도 안 준다고 하잖니?'라고 하며 원장다운 옷차림을 강조하고는 했다. '진짜로 다 벗고 다녀볼까요'라고 하며 웃음으로 받곤 하던 그녀였다.

"원장님 무슨 소리 못들었어요?"

싸한 목소리로 돌변한 김 선생이 귀를 세웠다.

"소화기가 삐져나왔나?"

툭 소리를 들은 그녀는 머리끝이 쭈뼛해 옴을 느끼면서도 말은 그렇게 했다.

"으악! 으, 아. 애가 있어요, 어머 큰일 났어요? 원장님?"

몸을 일으켜 뒤쪽으로 가던 김 선생의 입에서 본능적으로 훅 터져 나온 참담한 비명 소리였다. 여자아이 한 명이 맨 뒷좌석 구석에 앉은 채 목을 무릎에 축 늘어뜨리고 있었던 것이다.

해마다 여름철이면 연례행사처럼 차 안에 갇힌 아이가 질식사하는 사태가 발생하고는 했다. 물놀이를 하다 익사사고를 당하는 아이도 있었다. 맞아죽는 아이, 굶어죽는 아이 등등 이런저런 사고로 생명을 앗기는 어린아이들이 많았다. 출생률이 어이없이 낮아서 이대로 나가다간 국가존립의 위기까지 운운하고 있는 판국인데 이러한 것이었다. 가여운 아이들의 부고가 매스컴에 터질 때마다 어린이집들은 안타까움으로 가슴을 툭툭 두드리다가도 무슨 불똥이 튈까 봐 옥죄이는 가슴으로 숨을 죽여야 했다.

"예엣? 뭐 아이?"

급정거를 한 묘선의 이마엔 식은땀이 솟았다. 핏기 없는 얼굴 위로 돋아난 핏발 선 눈빛에 빨간 눈물이 어렸다. '질식사!' 이것에 대한 의혹이 그녀의 뇌리를 숨 가쁘게 스친 것이었다. 이내 얼굴에 먹빛이 감돌았다.

바로 며칠 전 타 지역의 어린이집 차량이 아이를 두고 내렸다간 질식사한 후에야 발견하는 사태가 발생했다.

앞뒤 없는 통곡소리가 노란 차안에서 울렸다. 아침부터 영상 30도에 육박하고 있어서 바깥에선 숨이 막혀올지 몰라도 차 안은 에어컨 덕택에 시원한 것이었다. 장시간 차 안이 밀폐되어 있지도 않았다. 그러나 묘선의 대뇌에선 바보처럼 울고만 있지 말고 빨리 달아나라고 어디로 도망가서 숨으라고 하며 닦달하고 있었다. 몸은 얼어붙어 버린 듯 옴짝달싹도 하지 못했다.

"원장선생님, 울지 마세요."

뒷좌석에서 유정이가 목부터 쏙 빼며 몸을 세웠다. 아이는 일부러 자는 척하고 있었던 것이다. 오빠와 친구들이 내릴 땐 무심코 몸을 일으키긴 했다. 무릎을 가린 화장지가 흘러내리며 팬티만 입었다면 사실이 바로 드러나고 있어서 창피했던 것이다. 어린이집에 도착하여 친구들이 다 내릴 때까지만 딱 버티고 앉아있으면 담임이 치마나 바지를 노란 차로 가지고 올 것이어서 아이는 그것을 노리고 있었다.

오늘 아침에는 아이들이 내리기 무섭게 차를 돌려 나가는 바람에 차량지도교사의 마음이 너무 급했던 것이다.

"유정이 너 정말?"

아이에게로 몸을 단숨에 날린 김 선생은 어깨를 잡아 흔들며 반가움의 비명을 질렀다.

"아이는 괜찮아요?"

묘선의 눈이 백미러에 튕겨지는 순간이었다.

"원장님, 십년감수하셨죠? 예. 유정이 진짜로 멀쩡해요."

김 선생은 팬티만 입은 아이를 보면서 상황판단이 된다는 듯 입을 감정 없이 삐죽거렸다.

"원장선생님, 나 안 죽었어요."

너무 빨리 어른의 시간 속으로 들어와 버린 아이는 미안해하는 얼굴로 묘선의 눈치를 살폈다.

"안 죽었지 그럼. 아 많이 늦었죠?"

아이에게 목에 메여 옴을 느낀 묘선은 딴말을 하듯 급히 시동을 켜고 있었다.

"제가 어머니들껜 벌써 문자를 다 넣어놨어요. 사고차량이 길을 막고 있어서 좀 늦다고요."

흥분이 덜 가라앉은 목소리로 김 선생은 기특한 보고를 했다.

조금은 편해진 얼굴로 차를 급히 운전해 가던 묘선은 뭔가 단단히 결심을 한 듯 힘이 들어간 눈빛과 함께 입술을 윽다물었다.

"허, 허, 허 저기 저 누구야?"

버스 정류장 채 못 미친 곳에서 급정거를 한 묘선의 입에선 허허거림부터 파열되었다. 집 나간 지 일 년 만에 얼굴을 드러내는 엔젤은 숫제 찻길로 두어 걸음 들어오며 손을 번쩍 들었던 것이다.

"원장님 또 무슨 일이세요?"

김 선생은 초조함이 담긴 목소리로 날을 세웠다.

"참, 기가 막혀서 말도 안 나오네."

조수석의 유리를 내리는 묘선의 얼굴에 분노가 뒤엉겼다.

"워언장님, 좀 태워 주세요. 유진 유정 보고 싶어요."

초라한 모습의 엔젤은 울먹이는 소리를 냈다. 나이가 15살이나 더 많은 남편과는 맞지 않는 것이 한두 가지가 아니었다. 이번에는 두 번 다시 집에 들어가지 않겠다고 단단히 작정을 하곤 일 년을 혼자 힘으로 버티며 온갖 일을 하며 돈벌이에만 매달렸다. 제대로 보수를 받기는커녕 떼이는 경우가 더 많아서 결국은 집으로 기어들어갈 궁리를 할 수밖에 없었던 거였다. 그동안 집을 뛰쳐나갈 때마다 화해를 시켜주곤 해서 이번에도 그녀에게 의지를 해 보려고 하는 것이었다.

"원장님, 절대로 태워 주지 마세요. 누구 때문에 그 난리를 겪었는데요?"

놀란 가슴이 덜 진정되고 있었던 김 선생은 온몸이 후들거리는 목소리로 유정이의 귀도 의식하지 않고 발끈했다. 아파트 사는 어머니들이 보면 얼굴을 찌푸릴 것이라고 덧붙이며 아이모두 어린이집 이미지 관리도 해야하지 않겠느냐고 강조하기도 했다.

내심으론 '습관성 가출인데 그 버릇 언제 재발할지 누가 알겠어요? 이제 제발 그만 공을 들이세요. 유진이 유정이 때문에 다른 아이들 다 끊기게 생겼다구요.'라고 울분을 토하고 있었지만 차마 소리로 적셔내진 못했다.

아이모두 어린이집의 교사들은 일찍부터 두 아이의 가정 사정을 다 알고 있었다. 처음에는 번번이 아침밥도 굶고 오는 남매를 딱하게 여겼다. 요즘은 아침마다 난장판이 되어 있는 집에서 아이들의 옷 챙겨 입히기부터 가방 챙기기 발에 잘 맞지도 않는 신발 찾아 신기기 등의 일도 짜증이 나는 판국에 매일 아침마다 다음 코스 아이들의 부모들로부터 원망을 듣게 되자 이런저런 핑계를 만들어 미안한 마음을 전해야 하는 일에 더 염증이 난 거였다.

"허 또 며칠이나 가겠니?"

괘씸하다는 얼굴로 중얼거린 묘선의 입가엔 경련이 무섭게 일어나고 있었다. 입술을 입 속으로 마구 우겨넣으며 정지에 두었던 핸드브레이크를 D로 잡아당겨 액셀을 밟았다. 그녀는 다른 아이들보다 남매를 더 잘 챙겨 먹이고 입히고 가르치고 해 왔다. 없는 시간 쪼개가며 매번 그 부모를 화해시켜 주기 위해 진땀을 빼기도 했다. 이런 것들 가지고 공들였다는 표현이 들어맞는지는 모르지만 어쨌든 두 아이들 때문에 이젠 그만 속을 끓이고 싶었던 거였다.

수적으로 우세한 아파트 아이들에게 언제까지나 피해를 줄 수도 없는 노릇이라는 판단도 내렸다.

"아, 엄마다. 엄마, 엄마."

뒤늦게 엔젤을 본 유정이가 창을 작은 주먹으로 치며 숫제 발악을 하고 있었다.

"그냥 가세요오."

지레 겁을 먹은 김 선생이 목을 묘선이 옆으로 빼며 속삭였다. 평소에 남매에게 마음이 약한 묘선이가 차를 세워버릴까 봐 신경이 쓰였던 거였다.

"안하던 짓을 갑자기 하면 죽는다고 하잖아?"

묘선은 기어이 노란 차를 세우고 말았다.

"유정이 타고 있는 것을 보면요? 오빠는 내렸는데 왜 잰 차에 있느냐고 따질 거잖아요?"

김 선생은 피아니시시모 소리로 묘선의 귀에다 걱정을 왈왈 쏟아댔다.

"아, 참. 내가 왜 이러는 거야?"

당황한 묘선은 좀 멍한 얼굴로 운전석의 유리를 조금만 내렸다. 그리곤 엔젤에게 지금은 자리가 없다는 핑계를 대며 집으로 가서 기다리고 있으라는 말을 남기곤 재빨리 그곳을 떠났다.

"도대체 10분 넘게 애들을 길에 세워두면 어쩌겠다는 거야?"

아파트의 그녀들은 드디어 아이모두 어린이집의 노란 차가 미끄러져 오자 휴대폰으로 시간을 흘깃거리며 입을 모았다.

"그래도 오늘 아침엔 다문화가정 아이 때문은 아니라잖아?"

그녀3이 맥없이 중얼거렸다.

천천히 차를 정지시킨 묘선은 조수석의 유리를 내려 그녀들에게 너무 늦어 죄송하다는 말부터 했다. 그리고 앞으로는 이런 일이 절대로 없을 것이라고 약속하며 그 '절대로'에 유난히 힘을 주었다. 그녀의 말을 들은 그녀들의 표정은 영 공허하기만 했다.

주임교사와 마주앉은 묘선은 유진이와 유정이 문제를 이야기하고 있었다.

"아이들은 참 착하고 공부도 잘하는데."

40대 중반으로 교사 경력 10년 넘은 주임은 유진이 담임이기도 해서인지 남매를 끊을 수밖에 없는 묘선의 결정에 선뜻 찬성하지 않고 있었다.

"사고예방차원이라고 해 둘까?"

묘선이의 마음도 절대로 편한 것은 아니었다. 정원 70% 정도를 채우고 있는 실정이어서 아이를 한 명이라도 더 모집해야 한다는 그런 가여운 차원에 얽매여 있는 건 아니었다. 그녀는 아이들의 대할 때마다 그녀들에겐 내일의 시간이 더 많다는 그것에 염두를 두고 있었다. 그 내일의 시간을 위하여 오늘과 오늘로 이어질 시간들을 좀 더 아이들을 위한 것으로 채워

주고 싶었던 것이다.

주임교사를 향하여 묘선은 머리를 짧게 가로저었다. 더는 유진이 남매 때문에 아침 차량시간을 쫓겨 다니듯 할 수 없다는 입장이었다. 무슨 큰 사고라도 내고 말 것만 같은 불안감이 가슴을 옥죄여오고 있음도 이유 중의 하나였다. 유정이가 차에 남아 있었다는 생각만 해도 그녀의 전신엔 소름이 돋곤 했다. 시간 잘 지키는 아파트 어머니들에게도 더는 피해를 줄 수가 없었다.

아이들이 오전간식을 먹고 있을 때 묘선은 사무실을 나섰다. 길에서 기다리고 있을 엔젤을 집에 데려다 주는 일을 도와주기로 마음을 정한 것이었다. 그리고 아이들이 지내기 너무 위험한 마당 정리에서부터 시작하여 간단하게나마 집안일을 하는 요령도 가르쳐 줄 작정까지 하고 있었다.

엔젤이 하루아침에 집안일을 완벽하게 해내진 못할 것이었고 두 아이 아버지의 습관성 잔소리도 별안간 앞뒤를 가리지 않을 것이었다. 엔젤의 가출은 이미 상습적 수준이 되어버린 터였다. 묘선은 부모 잘못 만난 죄밖에 없는 두 아이에게 조금이라도 덜 미안해하고 싶어서 해줄 수 있는 부분이 있다면 최선을 다하고 싶은 것이었다.

"아니, 여기까지 걸어온 거예요?"

현관문을 나서기도 전에 땀을 뻘뻘 흘리며 눈앞으로 다가오는 엔젤을 본 것이었다.

"예. 워언장님. 아이들 많아 보고 싶어 했어요. 우리 유진 유정 지금 다 여기 있죠? 그렇죠? 맞죠?"

변명인지 뭔지는 모르지만 어쨌든 또 아이들 타령을 하면서 엔젤은 눈물까지 글썽이는 것이었다.

"아이구, 이 철없는 엄마야! 그렇게 아이들이 보고 싶었는데 그동안 어떻게 참았을까?"

묘선은 속에 있는 말들을 그대로 훅훅 털며 시원한 음료부터 그녀 앞에 내놓았다.

"유진 유정 아빠가 들어오지 말래요. 나가래요. 어떡하면 좋아요. 예전에는 빨리 들어와 빨리 들어와 그랬어요. 유진 유정 보러 오지도 말래요. 또 집에 오면 가만두지 않겠다고 그랬어요. 내가 엄마 아니래요."

서툰 한국말로 횡설수설하며 엔젤은 절박한 상황을 실컷 늘어놓고 있었다. 모르긴 해도 용기를 내 집에 살짝 가보았던 것 같았다. 두 아이 아버지의 마음이 그녀에게서 완전히 돌아서 버린 모양이었다. 흔한 말로 간도 쓸개도 없는 그런 남자가 아니고서야 집안일 간섭 좀 했다고 자식도 남편도 다 팽개쳐 버리고 집 뛰쳐나가기를 다람쥐 쳇바퀴 돌리듯 하는 그런 여자와 무슨 재간으로 가정을 계속 꾸려나갈 수 있겠는가.

"아침에 갔을 땐 아이들만 있었는데?"

혼잣말로 중얼거리다 말고 묘선은 목을 허공으로 들었다. 그 얼굴이 벌겋게 달아올라 있었다. 이윽고 목을 내린 그녀는 유진이와 유정이의 담임에게 각각 아주 짧게 연락을 보냈다. 아이들의 가방을 다 챙겨서 사무실로 내려 보내달라는 내용이었다. 아침에 그 난리를 치고 데려온 남매였다. 곰곰이 생각해 보지 않아도 아이들에겐 아무런 잘못도 없었다. 아픈 손가락보다 더한 아이들을 끊어내고 잘라낼 수밖에 없더라도 최소한 오늘 하루 일과는 마치게 해주는 것이 도리였다. 그녀는 숫제 앉은 자리에서 변덕을 부리고 있는 것이었다. 차라리 누군가에게 주제 모를 화풀이를 하고 있는 지도 몰랐다.

"유진 유정 아빠 집에 있어요. 나 엄마 아니래요. 엄마 노, 엄마 노 그랬 어요."

묘선의 결심을 알 까닭이 없는 엔젤은 자기의 딱한 사정만 자꾸 강조했다.

"내 알바 아니지. 집으로 모셔다는 드릴게."

숫제 징징거리는 엔젤을 향하여 묘선은 싸늘하게 내뱉었다.

엄마를 보는 순간 유진은 입을 마구 씰룩거리며 사납게 흘겨보기 시작했 다. 유정이는 엔젤의 품속으로 뛰어들며 울음을 터뜨렸다.

묘선이는 기어이 셋을 그들의 집으로 데리고 갔다. 차 안에서 내일부터 는 아이들을 데리러 가지 않을 것이라고 선언했고 엔젤은,

"우리 아이들에겐 잘못 없어요. 유진 유정 아이모두 어린이집 좋아해요. 진짜 좋아해요."

라고 하며 벌떡 일어났다.

두 아이의 아버지는 집에 없었다. 휴대폰을 꺼낸 묘선은 그에게 문자를 남겼다.

'애들 엄마 집에 들어온 거 아시죠? 부부문제는 이제 두 분이 알아서 해 결하세요. 어떤 결론을 내리든 유진이와 유정이를 위한 선택이길 바랄게 요. 내일부터는 아이들을 데리러 가지 않을 겁니다.'

너무 오랜만에 묘선은 하늘을 보고 있었다. 유감없이 내리쬐는 한여름의 태양에 그 얼굴 위로 떠오르는 홀가분함이 그늘 없이 가득했다.

다음날 묘선은 여느 날과 같이 이른 아침 시각에 출근했다.

"어머, 애들아!"

현관 열쇠를 꺼내든 묘선의 입에서 탄성인지 비명인지가 울려 퍼졌다. 남매가 문 앞에서 기다리고 있었던 것이다. 휴대폰에서는 문자 도착 신호음이 울리고 있었다.

유정이는 아빠 트럭을 타고 왔다고 자랑하고 있었다.

'내가 집을 나갈게요. 애들은 먹이고 입히고 씻겨야 하니까요.'

그녀의 휴대폰에 나타난 까만 글씨였다. 발신번호는 물론 두 아이의 아버지였다.

"허허, 번갈아 뭐 하자는 거야? 허허."

어이없는 독백도 입속에서 녹여버리며 그녀는 그냥 실실 웃기 시작했다.

아이모두 어린이집의 현관문이 열리자 두 아이는 앞장서서 안으로 달려 들어갔다.

내일이 양팔을 크게 벌리며 아이들을 맞이하고 있었다.

어떤 도피

어떤 도피

새하얀 구름이 끝도 시작도 없는 실타래를 옥빛하늘에 풀어놓고 있었다.

차창 밖 왼쪽으론 누렇게 익은 벼가 추수의 손길을 배알하듯 겸손히 목을 숙이고 있었다.

'그래, 가을은 풍성해서 좋은 거야.'

시내로 차를 몰고 가면서 내게 중얼거렸다. 억지웃음까지 입가에 찍어 바르다간 '흥'으로 발성되는 니은의 코웃음에 시간차공격을 당하고 말았다.

쓴웃음으로 재빨리 받아치기를 했다. 내게 빌붙어 있는 주제에 입만 살아서 시시콜콜 간섭하는 위인이었다. 찾기 위해 머릿속부터 수색했다. 가슴으로 눈을 돌리려다 일찌감치 포기했다. 이미 머리로 달아났을 것이었다.

니은, 그 이름을 내가 직접 붙여 주었다. 무작정 지어놓고 보니 가히 나쁘지 않았다. 혼자서 북치고 장구 두들기며 자랑까지 하는지 모르지만 그 호칭에서 풍기는 부드러움이 꽤나 만족스러운 것이다.

역시 내게 첫 번째는 일인칭이었다. 선두주자답게 한글 자모의 첫 번째 위치에 있는 기역이라는 호칭을 가지기로 했다. 물론 가칭이었지만 마음을 정하고 보니 어감이 약간은 딱딱하면서도 주제모를 무게감까지 느껴지고 있어서 괜찮았다. 순전히 주관적 환상일 수도 있지만 사람이 제대로 되려면 뭔가 좀 중후한 멋도 풍겨야 하는 것이었다.

'마음의 준비는 해 두어야지.'

니은이 노골적으로 걱정하고 있었다.

'뭘 어떻게?'

볼멘소리로 톡 쏘았다.

연일 어린이집에 대한 중점지도점검을 실시할 계획이라는 뉴스가 나오고 있는 판국이었다. 올해로 십년 째 개구쟁이들의 짓궂은 웃음에 혼이 팔려 원장 노릇을 하고 있었다. 돈을 벌 작정으로 시작한 일이 아니었으니 적자운영만 면하면 되었는데 이런저런 일들이 발생하곤 하여 마음이 늘 시끄러웠다. 그렇더라도 올해만큼 힘들지는 않았다. 하기야 작년에도 재작년에도 올해만큼 마음이 고되지 않았다고 번번이 같은 말을 되풀이 했다.

병원에 가는 길이었다. 일주일 전에 건강검진을 해 둔 것이었다. 정확하게 말하면 내과전문의인 동생의 호출을 받은 것이었다. 바쁜 줄 뻔히 알면서 언니를 오라 가라 하는 것으로 보면 알조가 있었다.

'왜, 겁나니?'

니은의 깐죽거림이었다.

이럴 땐 이것이 어느 쪽에 있는지 참 애매했다. 있을 데라곤 가슴과 대뇌이 두 군데밖에 없는데 이렇듯 헷갈리게 하는 것이었다.

'허허, 그랬으면 좋겠다.'

속 좋은 사람 흉내라도 내듯 허허거렸다. 울적해지려는 마음을 다독거리기 위한 가여운 응급처치였다.

'암, 그래, 그래. 허세라도 실컷 부려야지. 하늘이 보인다는 증거니까. 허세란 것이 속 빈 뭣처럼 실속이 없긴 하지만 하늘이 보이지 않으면 그런 것도 나오지 않을 테니까.'

비꼬는 것인지 격려의 말인지 모를 애매모호한 소릴 니은은 제법 그럴싸하게 지껄이고 있었다.

갓 육십이었던 그때는 살아온 내 삶의 시간에 궁금증을 들이대며 연세 어찌되느냐고 물으면 나이대접을 받는 것만 같아 공연히 화가 나서 모른다고 딱 잡아뗐다. 아직은 멀쩡한 이 용모에 속아 나이로 묻는 이도 있었다. 나잇살이 탄로 나지 않았다고 팔짝 뛰며 좋아하지도 않았다.

숨 돌릴 여유도 없이 예순 중반으로 들어서고 보니 몸 여기저기서 앞을 다투어 엄살을 부려댔다. 이제는 나이를 묻던 연세를 궁금해 하던 아무런 저거시기가 없었다. 오히려 가만있는 생년을 먼저 떠벌리곤 했다. 누가 보아도 공공연해진 일인칭의 노년기를 그냥 받아들이기로 한 것인지는 모르겠다.

'엄살은 아니지. 그래, 아니야.'

스스로에게 일러주듯 무심결에 중얼거렸다.

'이번엔 동생 하라는 대로 하자. 응?'

니은이 타이르듯 사정을 하고 있었다.

'결과부터 보자. 마음을 좀 비우고.'

우선 목을 가볍게 끄덕여 주었다. 몇 년 전부터 간과 콩팥에 이상 징후가 보이고 있어서 상하복부까지 내시경과 초음파로 대대적인 수색작전을 펼쳐 두었다.

'제발, 그 놈의 일 그거 좀 그만해라.'

건강검진의 당일 날 바로 드러나는 결과들을 보면서 동생은 숫제 히스테리컬한 목소리로 명령했다. 내시경모니트로 돌렸던 눈을 내게 도로 당겨올 땐 주체할 수 없는 염려가 전이된 원망의 눈으로 무섭게 노려보기까지 했다. 의술이 첨단으로 발달하다 보니 인체밀실의 크고 작은 비밀들이 속속 드러나고 있었다.

급기야 동생은 매스컴까지 들먹이며 어린이집 어쩌고 하는 뉴스만 나와도 가슴이 덜컥 내려앉는다는 것이었다. 그러니 당사자는 오죽하겠느냐는 말과 함께 모든 질병의 근원은 스트레스라고 거듭 강조했다.

'너야말로 잔소리 좀 그만해라.'

콩팥에 있는 하얀 그것은 크기에 큰 변동이 없었다. 지방간이 심해졌다고 말하던 동생의 눈엔 이미 맑은 눈물이 고여 있었다. 덩달아 내 동공 위로도 엉터리없는 눈물이 끓어 넘치고 있었다. 간에 지방이 좀 쌓였기로서니 당장 어떻게 되는 건 아닌데 말이다. 둘은 약속이라도 한 듯 눈물의 거울 속에서 돋아나는 어머니의 모습을 보고 있었던 것이다.

'혈압까지 높다. 오늘은.'

동생이 먼저 주의를 따돌리고 있었다.

'약 믿고 좀 흥분했나 보네. 앞으론 조심해야겠다.'

대수롭지 않은 투로 중얼거렸다. 타고난 기질을 스스로 분석하지 않아도 감정의 변화가 지랄같이 빠르고 민감한 것을 보면 다혈질인 것이 분명했다. 희로애락이 줏대 없이 기복을 부리다 보니 혈압이 오르락내리락할 수밖에 없었다.

'약으로 해결된다면 아버진 지금까지 살아계셔야겠지.'

동생은 공공연히 아버지의 이야기를 들추어내고 있었다. 하기야 삼십 년 시간이 말도 없이 지났으니 어지간히 절절하던 슬픔도 기가 죽을 수밖에 없었다. 흔히 사용하는 말 그대로 교직이 천직이었던 당신은 평소에 술 담배를 하지 않았거니와 절대로 과식하지 않았다. 덕택에 병원하고는 담을 쌓고 살았다. 혈압이 높다는 사실도 교단에서 쓰러진 후에야 알게 되었다.

'알겠어. 무슨 말을 하려는지.'

아버지 당신은 주위 사람들이 열심히 만류했지만 세 번째 쓰러져 자리 보존할 때까지 교직을 떠나지 않았다. 의사의 처방전을 철저히 준수하기는 했다. 자식들 입에 보다 좋은 거 넣어주고 잘 입히고 하기 위해서가 아니었다. 교육열을 남의 자식들에게 남김없이 다 쏟아 붓고 있어서인지 우리의 학업성적에는 도무지 관심이 없었다. 100점 시험지를 당신의 책상 위에 올려놓으면 눈길 한 번 주고는 그냥 옆으로 밀어두었다. 영점 시험지를 일부러 전시했을 땐 내 자식 남의 자식 가리지 않겠다는 말을 서두로 떡 잎부터 다른 자식 위주로 교육시키겠다고 일침을 놓았다. 하기 싫은 공부를 억지로 할 필요는 없지만 무슨 일이든 하고 싶은 것은 꼭 있어야 한다고 하기도 했다. 사람으로 태어난 이상 반드시 태어난 값은 해야 한다는 것이 당신의 요점이었다.

당신의 그 떡잎타령에 일찍부터 놀란 우리는 지금까지 자기 밥그릇만큼은 잘 챙기며 살아가고 있었다.

그리고 보니 혈압이라는 것이 약을 복용한다고 항상 정상을 유지할 수 있는 것이 아니었다. 뻔히 알고 있으면서도 처방전만 꼬박꼬박 잘 챙기면 건강의 의무를 다하는 줄로만 알고 있었다. 계절의 변화에도 민감하게 반응하는 혈압의 그 뛰어난 가변성을 방심하고 있었다.

'말로야 언제나 알았다고 하지. 쓸데없는 고집이 병을 키운다, 키워.'

훈계를 한참 더 하고나서야 동생의 목소리는 제자리를 찾았다.

'아무튼 이제부턴 뒤도 돌아볼게. 걱정하지 마.'

별안간 아주 착한 환자가 되어 주었다.

모니터의 화면은 위장으로 바뀌어져 있었다.

'설마, 또 술을 입에 댄 건 아니지?'

의혹이 가득한 눈초리로 내 눈을 뚫어보며 동생은 앉은자리에서 변덕을 부리듯 흡사 울고 싶다는 그런 표정을 지었다. 모니터를 잘 보라고 강요했다.

'설마, 죽을병에라도 걸렸니?'

실없이 웃고 있었지만 내색할 수 없는 긴장감이 가슴을 옥죄어오고 있었다. 무심코 말을 뱉어놓고 보니 그 말에 스스로 최면이 걸려버리듯 정말로 죽을병에라도 걸린 것이 아닌지 덜컥 겁이 나기도 했다. 니은까지 잔뜩 졸아붙었는지 심상치 않은 것 같다는 말만 피아니시모 음성으로 속삭였다.

불과 일주일 전에 같은 지역의 K어린이집이 또 문을 닫았다. 원장이 위암말기 진단을 받고 만 것이었다. 가끔씩 서로 얼굴을 보고 하던 사이여서 은근히 황당하기도 했다. 매년 의무적으로 건강검진을 해오고 있었는데 위내시경검사를 왜 하지 않았는지는 알 수가 없었다. 혹시 했는데 놓쳤는지도 몰랐다.

어린이집 일이 워낙에 바쁘다보니 금식하고 하는 일이 번거로울 수밖에 없었다. 내시경검사를 빼놓고 간단한 기본검사만 하는 경우도 있었다.

교사가 나가면서 부모들에게 이상한 소문을 퍼뜨려 하루아침에 아이들이 끊기는 사태로 이어져 암이 급성으로 왔다는 말이 돌았다.

특별활동비에 유감이 많던 부모가 중앙에 민원을 넣었다는 소문도 있었다. 환급하라는 시정조치가 떨어졌는데 얼마나 많이 받았으면 어린이집을 정리해도 그 돈을 충당할 수 없을 정도라는 것이었다.

불시지도점검에 걸려 1개월 정지처분을 받았다는 말도 떠돌았다.

K어린이집에다 대고 떠들었던 이런저런 소문들 중 어느 것이 참인지 뜬소문이었는지는 알 수가 없었다. 결론은 과도한 스트레스가 병을 불렀다는 것이었다. 이십 년 가까이 운영해온 어린이집을 도리 없이 정리하면서 그 원장은 이런 말을 남겼을 뿐이었다.

'한순간도 아이들을 위하여 열심을 다하지 않은 날이 없었다. 더 열심히 일하고 싶은데 남은 시간이 없다. 억울하다는 생각만 자꾸 들고 있다.'

내 위장도 탈이 난지 오래되었다. 매년 위내시경을 하진 않았다.

다분히 주관적이지만 사람이 살다가 운수 사나우면 암에 걸리는 것 같았다. 더욱더 모질도록 재수 없는 건 눈 코 뜰 새 없이 바쁜 시간을 쪼개 내시경기계에 위 속을 맡겼는데 암 덩어리를 놓쳤을 경우이리라.

'지난번에도 말했잖아. 술 커피는 절대로 안 된다고.'

커서로 내 위 속의 여기저기를 가리키며 동생은 짜증을 냈다.

'일주일에 한 잔 정도다. 그것도 안 되니?'

모니터를 슬쩍 곁눈질하며 뭐 한 놈이 뭐 한다고 되레 툴툴거렸다. 바로 삼일 전에도 소주 한 병을 다 마셨던 것이다. 위내시경검사를 앞두고 있었던 터였으면 자극성 있는 음식을 삼가면서 위장을 살살 달래놓는 것이 순리였다. 성치도 않은 위장에다 못된 짓을 했으니 두 눈 똑바로 뜨고 보기가 두려울 수밖에 없었다.

입으로 터뜨려버릴 수도 없는 울화와 분노가 머리꼭지까지 가면 소주 한 병을 유감없이 마셨다. 그곳의 뚜껑이라도 열리면 내 혼이 재빨리 달아나버릴 것임을 알고 있어서다. 그리하여 미치기 전에 일부러 미쳐버리는 것이었다. 정신이 있을 때 미쳐야 고독히 온갖 지랄을 다하고 난 후에 어느 구석에 움츠리고 있을 제정신을 스스로 찾아낼 수가 있는 것이었다.

세상 물정을 모르는 어린아이들은 도무지 싸울 일이 없을까. 그편들의 생리는 일인칭밖에 모른다는 것이었다. 날마다 온종일의 시간으로도 모자라 꿈속에까지 아이들에게 초점은 꽂아둔 덕택에 알게 된 소중한 사실이었다. 어린아이들은 열심히 싸우면서 이인칭과 삼인칭의 존재를 터득해 가고 있었다.

늘 하는 말이지만 어른들이 문제였다. 친구한테 좀 긁혀왔다고 다른 반으로 옮겨달라느니 같이 놀지 못하도록 해 달라느니 하는 부모가 있었다.

어린아이들의 싸움은 사회성 발달로 이어졌다. 다투어 보아야 화합의 소중함을 일찍부터 터득하게 될 것이며 양보하는 법도 알게 되는 것이었다. 살짝 긁혀 보기도 해야 크게 긁히지 않을 방법을 궁리하게 되는 것이었다.

세상 부모들은 '내 자식밖에 몰라.' 의식에 빠져 있어서 혀가 닳도록 설명해도 귀를 열지 않았다.

그저께 소주 한 병을 비워버렸던 그날 일곱 살 아이가 했던 말을 토씨하나 꾸미지 않고 그대로 옮기면 '돈 많이 벌잖아요?' 이것이었다.

일차적으로 서글펐다. 거짓말을 모기 속눈썹만큼도 보태지 않고 말해서 돈을 벌기 위해 이 일을 하는 건 절대로 아니었다. 그냥 자라는 어린아이들의 모습을 지켜보면서 굶지만 않으면 되는 것이었다.

이차적으로 억울했다. 자식 맡겨놓고 등 뒤에서 온갖 소릴 짖어대는 어른의 입에서 나온 말이었다면 쓴웃음만 짓고 말았을 일이었다. 뭔가 누명을 쓰고 있다는 불쾌감이 전신에서 스멀거렸다. 급기야 화가 치밀어 올랐다. 아이들을 모아놓고 자나 깨나 내 의식은 돈이 아닌 너희들에게만 꽂혀 있다고 단단히 설명해주고 싶었다. 한 아이의 개떡 같은 발언에 전체 아이를 편승시킬 수는 없었다. 그 녀석만 살짝 불러 알아듣도록 설교해볼 궁리도 했다. 치사한 변명에 지나지 않을 것이었다. 당장 문을 닫고 싶었지만 정리할 때 하더라도 정신만큼은 챙겨두어야 했던 것이었다.

위 속을 한두 번 본 것도 아닌 터였다. 이윽고 마음을 다잡아 커서 움직임에 맞추어 두 눈의 초점을 부릅뜨곤 했다. 항상 붉은색으로 공개되는 내 위의 여기저기엔 더욱 붉은 염증 반응이 뚜렷했고 꺼뭇한 것도 보이고 있어서 출혈의 의심도 불거지는 것이었다. 내가 봐도 재작년 그때보다 더욱 많이 나빠져 있다는 것을 알 수 있었다.

'이건 좀 의심이 돼.'

커서 움직임을 잠시 멈추면서 동생은 검사를 구체적으로 하기 위해 조직을 조금 떼어냈다고 했다.

'암세포라 해도 초기 정도겠지? 그렇지?'

짐짓 아무렇지 않은 얼굴로 능청스럽게 물었다. 두려움이 급히 엉기는 가슴에선 남모르는 두근거림이 일어나면서 뻐근하기까지 했다.

'결과를 봐야지.'

동생은 편하지 않은 목소리로 대꾸했다.

저녁노을에 들뜬 서쪽하늘엔 수줍음이 달구어지고 있었다. 해가 많이 짧아진 것이었다. J병원의 주차장으로 들어가면서 자신도 모르게 피아니시시모 소리로 한숨을 내뿜었다.

'너답지 않다. 웬 한숨이니?'

잠자코 있던 니은이 불쑥 간섭했다.

'암 같은 건 아니겠지?'

무조건 목을 끄덕여주길 바랐다. 니은의 맞장구 여부에 암세포가 나타나고 사라지고 하는 것이 아닌 줄 뻔히 알면서도 그랬다.

'확인하기 전 1초의 순간까지도 아니라고 생각하자. 걱정을 앞당겨 가면서 할 필요는 없는 거니까.'

니은은 꽤나 담담해져 있었다.

'그래, 그러지 뭐.'

침을 꿀꺽 삼키며 스스로에게 타이르듯 중얼거렸다.

"어서 와, 언니."

온종일 환자들에게 시달리고도 에너지가 남아있는지 나를 맞이하는 동생의 얼굴이 별로 피곤해 보이지 않았다.

"즐거운 곳에서는 날 오라 하여도 이 언니 땜에 못가고 있었구나."

뇌리에 밝은 조짐이 스치고 지나갔다. 쭉 좋은 일만 있으라고 짐짓 노래까지 부르며 좀 싱겁게 웃었다.

혈압계를 당겨오며 팔을 내밀라고 했다. 동생 앞에 오면 혈압부터 재는 건 일종의 정해진 코스와도 같은 것이었다. 미약한 두근거림이 일어나는 것도 여느 때와 다르지 않은 습관과도 같은 것이었다.

"좀 높네. 운전을 한 탓인가?"

동생은 대수롭지 않은 말투로 말을 하기는 했다. 그 눈에 흐르는 진한 염려의 빛을 숨기지는 못했다.

"그러네. 어떤 휴먼인지 앞에서 어찌나 알짱거리던지 말야. 눈 빠지게 이 언니 기다리고 있을 동생 생각하면 당장 발로 뻥 차버리고 싶더라니까."

흡사 연기를 하며 내 눈은 이미 혈압계에 나타나 있는 숫자를 읽고 있었다. 160에 90이었다. 당장 쓰러질 정도는 아니더라도 위험지경에 빠질 수 있음을 예고하고 있었다. 좀 예민해져 있었던 탓이라고 스스로를 위로했다. 눈앞으론 여전히 어둠 같은 것이 밀려오고 있었다.

"언닌, 그 성질부터 죽여야 해. 나이가 그쯤 되었으면 마음의 여유가 있어야지. 맨날 뭐에 쫓기는 사람처럼 왜 그렇게 사는데?"

동생은 목을 창밖으로 돌려 버렸다.

"나도 내가 언제까지 팔팔 거릴 수 있을지 궁금하기는 하다."

덩달아 눈을 창밖으로 내보냈다. 평생 외다리 신세인 가로등이 역시 하나뿐인 외눈으로 어둠을 밝히고 있었다. 목을 짧고도 강하게 흔들었다. 진저리를 쳤다. 왼쪽 눈꺼풀까지 마구 떨리기 시작했다.

기어이 삼년간이나 자리 보존을 했던 아버지 당신의 모습이 눈꺼풀의 경련 사이로 너무 또렷하게 살아나고 있었다. 몸이 말을 듣지 않으면 정신까지 놓아버리는 편이 본인에겐 나았을지도 모르겠다. 말문까지 닫아버린 마당에 당신의 정신은 기막히도록 맑았다. 식솔들에게 피해를 주지 않으려는 도도한 작전이었는지 곡기를 거부했다. 우리 가족 누구도 눈물 흘리는 당신의 모습은 본 적이 없었는데 늘 베개가 흥건히 젖어 있었다.

젖어있는 그 베개를 보고 우리 식구는 당신 몰래 눈물을 흘려야 했다. 맑은 정신이 있는 그곳에 몸이 따라주지 않음으로 고뇌하고 고통 받았던 당신의 상황을 절대로 이어받지 않으리라 마음을 모아 맹세도 했다.

더욱 기특하게도 고등학생이었던 동생은 당신을 위하여 의사가 되겠다고 다짐했고 우수한 성적으로 의대 합격했다. 기쁜 소식을 들은 아버지는 처음이자 마지막으로 목청을 울리는 언어보다 더욱 강한 눈빛으로 칭찬을 아끼지 않았다.

같은 해 음력삼월의 훈풍이 살갗을 간질이고 할 때 아버지는 홀연히 우리들 곁을 떠났다. 당신을 위하여 의술을 펼칠 기회마저 얻지 못한 어이없는 현실 앞에 동생은 발악했다. 의학공부를 계속해야할 아무런 이유가 없어졌다고 책을 있는 대로 다 집어던지며 방황하기도 했다.

이젠 정말로 어린이집을 정리해야만 할 것 같았다. 다시금 알게 되었다. 혈압약이 최악의 사태를 백퍼센트 예방하진 않는다고 하는 그것이었다. 그동안은 혈압을 잴 때마다 정상수치가 나왔다. 까닭으로 내 몸에다 대고 동생이 잔소리를 해댈 때마다 과민반응을 보이는 것으로 오해하기도 했다.

"위장은 괜찮아. 염증 약만 좀 먹으면 되겠어."

내 마음을 읽어버린 동생은 조금은 안심하는 표정으로 목을 내게로 돌려오며 출혈성 위염이라고 못을 박으며 자극성 있는 음식은 피해야 한다고 덧붙였다.

"걱정하지 마라. 앞으론 술 근처에도 안 갈 테니까."

의사인 동생이 불현듯 가여워서 환자인 내가 그렇게 말했다. 최소한 어린이집을 정리하고 나면 일부러 미쳐버릴 일은 없어질 것이었다.

이윽고 선산을 떠올렸다. 술로 울화를 달랠 때이면 뜬금없이 뇌리를 스치기는 했다. 한 시간 거리에 있는 그곳에서 살아볼 궁리를 해본 적은 없었다. 논밭이 딸려 있어서 당장 하던 일을 정리해도 세끼 밥걱정은 하지 않아도 될 것 같았다. 전원생활의 구체적인 설계에 들어가듯 외모가 마음에 쏙 드는 이동식 주택까지 떠올렸다. 어린이집을 담보로 융자 받은 은행 돈을 갚아도 크지 않은 몸뚱이 하나 비비고 들어갈 공간은 마련할 수 있을 것 같았다.

"정말이지? 언니가 술을 끊기만 한다면 지방간이 좋아질 거야."

바야흐로 동생은 오늘의 핵심인 간장을 들먹였다. 알코올성 지방간은 술만 끊어도 효과를 본다는 말을 몇 번씩 강조하며 간에 지방이 사라지면 수치도 정상을 찾을 것이라고 열심히 설명했다

"어머, 갑자기 배가 왜 이리 고프니? 보리밥 먹으러 가자. 요 앞에 있는 그 집 먹어본 사람이 그러는데 나물반찬 기가 막힌대. 싸고 맛있고 건강에도 좋고. 대체 일석 몇 조야?"

주위를 환기시키기 위해 열심히 떠들었다. 간이라는 그 말이 나오기 전부터 내 망막의 안쪽엔 어머니의 모습이 돋아나 있었던 것이다. 동생에겐 절대로 비밀로 해야 했다.

"보리밥 그거 좋지 좋아. 언니. 운동은 꾸준히 꼭 해야 해. 알았지."

동생도 나의 간 수치에 대하여 무어라고 말을 덧붙이진 않았다.

"천천히 나와. 먼저 가서 시켜놓을게."

도망을 치듯 진찰실 밖으로 나와 버렸다. 막혔던 숨통이 확 트이는 것만 같았다. 간이 더 나빠졌다는 사실쯤은 직감적으로 알아차릴 수 있었다.

엘리베이터는 꼭대기인 8층에 있었다. 계단으로 발길을 돌렸다. 하기야 평소에도 뭣같이 급한 성질머리 탓에 꾸물거리는 건 절대로 못 봐주고 기다리고 하는 것은 더욱 질색이었다.

뒷머리에 공허한 느낌이 휘감겨 옴과 동시에 눈앞이 어찔했다. 난간을 잡으며 그 자리에 간신히 주저앉았다.

태양이 뜨거워도 너무 뜨겁던 여름날 K병원에서 연락이 왔다. 어머니 당신이 그곳으로 실려가 있다는 것이었다. 이웃 분과 함께 동네 공원을 천천히 걷고 있었는데 갑자기 의식을 잃고 쓰러졌단다. 놀란 우리가 쿵쿵거리는 가슴으로 달려갔을 땐 모든 사실이 거짓말이었던 것처럼 어머니는 아무렇지 않은 모습을 하고 있었다.

어지럼증은 금방 가라앉았다. 진찰실이 있는 계단 위로 목을 무겁게 돌렸다.

한사코 마다하는 어머니를 동생이 있는 J병원으로 옮겨 종합검사를 실시했다. 갓 여든의 연세였던 당신의 인체기관은 그런대로 양호한 편이었다. 약간의 지방간이 있었고 까닭으로 간의 수치가 조금 올라가 있다는 그 정도였다.

'가봐야 하지 않겠어?'

니은이 동생한테로 다시 가 보자는 것이었다. 원인없는 증세 어쩌고 하면서 세상에서 가장 어리석은 짓이 병을 키우는 일이라고 떠들기도 했다.

'글쎄, 괜찮은 것 같은데. 공연히 동생 걱정 끼치고 싶지도 않고.'

눈길을 앞으로 끌어당겼다.

또다시 어머니가 쓰러졌다는 연락이 왔다. 집으로 돌아간 지 불과 이틀 만에 일어난 일이었다. 동생이 있는 병원으로 달려갔을 때까지만 해도 당신은 의식이 있었다. 너무 노란 얼굴색을 보고 불길한 예감이 직감적으로 전신을 싸하게 훑어 내렸지만 벌떡 일어날 것이라 믿었다. 차라리 믿고 싶었다.

'어떡하면 좋아. 어떡해. 어떡해, 언니.'

동생이 나를 붙들고 절규했다. 어머니 당신의 간이 며칠 사이에 흡사 폭탄을 맞은 것 같단다. 괴사가 빠른 속도로 일어나고 있는데 도무지 원인을 알 수 없거니와 손을 쓸 방법조차 없단다.

'방법이 없긴 왜 없어. 없어도 찾아야지.'

절대적 불안에 사로잡혀 실성한 사람처럼 중얼거렸다.

'어민 살만큼 살았다. 울지 마라. 건강들 해라.'

이 말을 남기고 혼수상태에 돌입한 어머니는 삼일 후 조용히 생을 마감했다.

평소에 건강하게만 보였던 어머니였다. 그렇더라도 여든 넘은 노인네를 혼자 지내게 하는 건 아니었다. 제각각 살기 바빠서 자주 들리기는커녕 아이어른 할 것 없이 휴대폰을 손에 들고 다니면서도 안부를 묻는 일조차 소홀했다. 명색이 의사인 터여서 동생은 스스로를 철천지원수로 여겼다. 어머니가 그 지경이 되도록 모르고 있었다는 사실이 뼈에 저리고 있어서인지 울지도 못했다. 남몰래 가슴을 툭툭 치다간 기어이 의사가운을 벗어놓고 잠적해 버리기도 했다.

어머니 당신의 유품들을 정리하면서 우리는 건강보조식품 비닐 팩이 잔뜩 쌓여있는 것을 발견했다. 쓰레기통엔 빈 껍질이 많이 버려져 있었다. 가위로 모서리를 잘라 마셨을 그 장면을 연상하면서 누가 먼저랄 것도 없이 우린 또다시 목이 메여 버렸다.

뒤늦게 후회한들 무슨 소용이 있겠는가. 인증된 영양제를 사다드리지 못한 것이 한이 되었다. 간에 이상이 있다는 것을 알았으면 증세가 심하던 그렇지 않던 자식들끼리 번갈아 불침번을 서서라도 조심해야할 사항들을 주입시켰어야 했다.

'이러다 쓰러지면 동생이 더 힘들어 할 텐데.'

니은은 여하간 현기증 증세를 동생에게 빨리 알려야 한다는 주장이었다.

'밥을 먹으면서 넌지시 물어보기는 할게.'

걱정이 되지 않는 건 아니었다. 의사의 처방이 아닌 약은 그 어떤 것도 함부로 입에 넣지 않는 것이 철칙이었다. 그리하여 당장 쓰러지지 않을 자신은 있었다. 어차피 어린이집을 정리하기로 마음을 정한 마당이었다. 더욱이 땅에 절하면서 직접 먹을거리를 농사짓고 청산을 마음껏 즐길 궁리까지 하고 있었다. 생각만 해도 몸과 마음이 절로 들뜨이고 있었다.

11월로 접어들었다. 떡갈나무엔 아직도 잎들이 무성하기만 했다. 매년 보지만 단풍으로 화려함을 뽐내는 나무는 아니었다. 엷어진 연두와 노릇한 색이 섞여 있거나 아예 싯누런 색으로 변해버린 나뭇잎들 사이에 초록을 고집하는 이파리도 있어서 소소한 아름다움이 느껴지고 있는 것이었다.

C시의 어린이집 원장이 스스로 목숨을 끊었다는 뉴스가 보도되고 있었

다. 지도점검 때문에 중압감을 느끼고 있었다는 유족들의 말도 함께 섞이고 있었다. 휴대폰으로 날아온 유서 내용은 억울하고 답답하다는 것이 주제였다.

어린아이들에게 내가 태어난 값을 하겠다고 자부하고 있었다. 그런 마음이 이제는 다 문드러져 버렸다.

'12월로 끝내야겠다.'

단호히 말하며 니은에게 동의를 구했다. 급기야 못된 기질이 발동하는지 단 며칠도 아니 단 하루도 더는 어린이집에 출근하고 싶지 않았다.

'일곱 살 아이들은……?'

니은은 조심스레 내 눈치를 살피고 있었다.

애초에 어린이집 정리시점을 12월 말까지로 정했다. 일곱 살 부모들이 입을 모아 난리들을 했다. 졸업을 두 달 앞두고 어디로 옮겨가라는 말이냐고 떠들어댔다. 그편들이 옮기고 싶을 땐 입학한 지 사흘도 되지 않아 아이 쏙 빼가면서 그랬다. 보육료 결재 중간이건 학기 중간이건 가리지도 않았다.

7세 반만 졸업 때까지 남기기로 결정을 내렸다. 이번에는 동생과 같이 우리 어린이집에 다니고 있는 가정에서 큰 아이와 작은 아이를 각각 다른 곳으로 분리해서 보낼 수는 없다고 야단들을 했다. 한마디로 등·하원 때를 같은 시각으로 맞출 수가 없으므로 번거롭다는 것이었다. 자기들이 원할 땐 큰아이만 유치원으로 잘도 빼돌리기도 하면서 그랬다.

젊은 부모들의 이기적인 말발에 두 손 두 발 다 들고 만 나는 내년 2월 말까지 어린이집을 운영하기도 마음을 굳혀두었던 것이다.

'나도 한번쯤은 내 마음대로 하고 싶다.'

어린이집을 시작하고부터 줄곧 제도가 시키는 대로 어김없이 시행했다. 문서 양식은 뭣에 좋다고 툭하면 바뀌는지 익숙할 만하면 새로운 양식이 등장했다.

이제야 말할 수 있지만 평가인증만 해도 그렇다. 2차 지표에 만족할만한 점수를 얻은 나머지 재인증을 받을 때 참고할 계획을 세우고 있으면 3차 지표가 턱을 받치고 있었다. 3차 지표에 적응하기도 전에 통합지표가 눈을 부릅뜨고 있었다.

올해로 어린이집 원장 경력 10년째였다. 3년마다 재 인증을 받아야 하는 평가인증의 그 지표가 3번 바뀌었다. 번번이 새로운 지표에 초점을 정확하게 맞추어야 했다고 감히 말할 수 있었다. 현장관찰자가 내원하는 날에는 지은 죄도 없는데 온종일 숨을 죽여야 했다.

맞춤형보육 그것도 얼핏 생각하면 합리적인 방안이라 아니할 수 없었다. 어디까지나 단순하게 생각해서 이론적으로 그렇다는 것이다. 어린아이들은 돌보는 일이 그렇게 단순하다면 더없이 좋을까. 어쨌든 맞춤형 아이들을 오후 3시에 먼저 하원시키고 서로 떨어지지 않겠다고 울어대는 아이들을 돌보고 하는 우리들은 참으로 대단하지 않을 수 없었다.

사실 어린아이들의 내일이 우리들 손에 달려있다고 해도 과언이 아니었다. 그렇다고 칭찬까지 바라지는 않았다. 제도이든 평가인증이든 어린이집으로 하달되는 모든 것들이 어린아이들을 위한 것일진대 좀 더 안정적인 마음으로 돌볼 수 있었으면 하는 바람 그것뿐이었다.

'그래, 그럴 만도 해. 이해해.'

그러면서 니은은 4개월만 참자고 꼬드겼다.

'그래, 그래, 그래야겠지.'

스스로를 세뇌시키듯 자꾸만 목을 끄덕였다. 부모들의 성화에 항복한 것이 아니라 어디까지나 쉽게 적응하지 못하는 어린아이들의 정서적인 면을 생각하여 학기 중간에 문을 닫는 일은 해서는 안 된다고 타일렀다.

금요일이었고 이른 아침 5시 50분이었다. 여느 때와 같이 출근한 나는 빗자루부터 집어 들었다. 간밤의 바람이 떡갈나무를 어지간히도 흔들어댄 모양이었다. 뒤풀이를 하듯 초록이 남아있는 잎까지 땅에 등을 비비며 떠다니고 있었다. 익숙한 손놀림으로 비질을 하면서 상쾌함을 만끽했다.

사무실로 들어가면서 편지함에 꽂혀있는 조간신문을 빼냈다. 제바람에 가슴이 옥죄여 왔다. 역시 중점지도점검에 대한 기사가 눈길을 끌었다. 교차점검을 드디어 실시한다는 내용이었다. 즉 우리 지역의 어린이집 담당직원은 타 지역으로 파견되고 그곳의 직원은 이곳으로 하는 방식으로 점검을 할 것이란다. 혹시라도 이전 방식대로 하면 아는 안면으로 인해 봐주기로 끝날 수 있음을 우려한 나머지 내린 결론이라는 것이다. 이미 소문은 돌고 있었지만 '설마' 하는 마음으로 믿지 않았다. 각반 담임이 있더라도 이 아이 저 아이 챙기기에 바쁘고 쏟아지는 공문 기한 맞추기에 숨 쉴 틈이 없는데 원장이라고 우리 지역의 담당직원과 안면 틀 시간이 어디에 있던가.

조여 들고 있던 가슴엔 겁도 없는 분노가 일고 있었다. 니은은 일단 떳떳하면 그만이란다. 화를 낼 필요도 없단다. 그냥 그런가 보다 하고 기다리면 되지 않겠느냐고 꼬드겼다.

"이건 아니잖아? 우리가 무슨 죄인이니?"

기역의 한탄.

"불투명한 회계장부 가리기 위해 수단과 방법을 가리지 않는 원장도 없진 않잖아?"

니은은 한숨을 내쉬었다.

혼자 고독히 짖어대는 짓도 이젠 진력이 났다. 아이들과 부모들에게 더 나은 곳으로 옮겨갈 충분한 시간을 주고 싶었다. 일순간 온몸의 맥이 다 풀려버렸다. 주저앉아 버리고만 싶었다. 내가 내게 뭔가 많이 잘못하고 있다는 불쾌한 착각이 전신을 싸하게 훑어 내렸다. 도대체 죄목은 알 수가 없는데 어쩌자고 하늘이 그리운지 모르겠다. 호소라도 하듯 목을 위로 들었다. 아침놀이 산등성이를 타며 어릿광대의 붉은 눈썹을 그리기 시작했다. 즐겁지 않은 웃음을 입가에 쿡 찍다간 미안해서 목을 내렸다.

갑자기 눈앞이 아득했다. 누군가 내 머리채를 잡아 흔드는 것만 같았다. 그 자리에 주저앉았는데 온 세상이 한꺼번에 마구 돌아가고 있었다. 정신은 말짱했다. 간신히 휴대폰을 꺼냈다.

구급차가 앵앵거리며 달려왔을 때 어지럼증은 거짓말처럼 가라앉았다. 그러나 나는 구급차에 실려 가고 있었다.

이대로 달아나 버리고 싶었다. 좀 더 편안한 마음으로 어린아이들을 보살필 수 있을 그때까지만이라도.

갈 데가 없어

갈 데가 없어

양력 일월의 바람이 텅 빈 첫새벽의 거리를 비질하고 있었다. 일없는 담배꽁초가 보도블록 위를 맥없이 떠돌고 있었다.

"수지야, 춥지?"

열한 살배기 수철의 목소리는 하얀 입김으로 얼어붙었다. 목을 동생에게로 돌려놓은 채 아이는 한사코 앞으로만 발걸음을 떼어놓고 있었다. 나이답지 않게 키도 크고 덩치도 좀 있었다.

"아, 아니, 안 추워. 오빠."

수철과는 연년생인 수지는 뒤로 돌렸던 목을 재빨리 앞으로 당겨왔다. 아이는 작은 키에 오동통한 편이었다. 그 눈가엔 손등으로 훔치다 만 눈물 자국이 있었다.

"엄마 집에 돌아가자는 말은 하지도 마. 알았지?"

동생의 마음을 훔쳐보고 만 수철은 앞뒤 없이 화를 불컥 냈다. 푸르퉁퉁하던 아이의 얼굴이 일순간 시뻘게졌다.

입을 꾹 다문 채 수지는 목을 깊이 한번 끄덕였다. 오빠를 곁눈질하는 그 눈망울 위로 또다시 눈물이 일렁거렸다. 바람에 에이는 볼을 양손으로 감싸며 아이는 소리 없는 울음으로 어머니의 모습을 떠올리고 있었다. 방금 떠나온 H동은 자꾸만 멀어지고 있었다.

남매의 목적지는 아버지의 집이었다. 어머니 엔젤은 P나라에서 온 이주 여성으로 잠에 빠져 있었다. 자정이 훨씬 넘도록 일을 하고 온 것이었다. 집을 나온 두 아이가 길 위에서 떨고 있다는 사실을 알 턱이 없었다. 까무잡잡한 그녀의 얼굴이 창에 젖은 파르스름한 빛으로 드러나고 있었다. 슬쩍 열린 도톰한 입술 사이의 뻐드렁이가 허옇다. 푸르르 끓는 소리로 발성되는 거친 날숨에 농익은 술 냄새가 분무되고 있었다.

형민은 엔젤 옆에서 고른 숨소리를 내고 있었다. 둘은 팔과 어깨로 꼴사납게 뒤엉킨 채 두어 시간 전쯤 같이 들어와선 그대로 방바닥에 널브러졌다. 용케도 잠든 남매를 덮치지는 않았으니 생각할수록 다행스러운 일이었다. 유난히 허연 낯빛 덕택인지 갓 서른은 되어 보이는 그 자의 얼굴엔 미소년 티가 감돌고 있었다.

불과 얼마 전까지만 하더라도 수철은 한번 잠들면 흔한 말로 누가 업고 가도 몰랐다. 어머니가 남자를 달고 오는 날이면 둘이서 무슨 짓거리를 그리도 요란하게 펼쳐대는지 혁혁거리며 엎치락뒤치락해대는 통에 그만 잠을 깨버리고 마는 것이었다. 아이는 뜯도 들지 않은 '씨이' 낱말을 피아니시시모로 발성하며 주먹만 불끈 쥐고는 했다. 제바람에 지쳐 억울히 숨을 죽여주기도 했다.

조금 전처럼 엔젤이 혼자 잠에 빠져버리면 수철은 제법 잘 익은 도끼눈으로 어둠을 뚫어대야만 했다. 형민의 손이 수지의 작은 엉덩이로 뻗칠 것이라는 사실을 알고 있었던 터였다. 급기야 몸을 발딱 세운 아이는 앞뒤 가리지 않고 그 자의 손을 힘껏 물어버렸던 것이다.

"무서워."

좀 길게 이어지는 강변로를 따라 걸으며 수지는 오빠 옆에 바짝 붙어 섰다. 방금 지나온 소규모 아파트 단지를 끝으로 주변엔 상가나 사람 사는 집이 전혀 없었다. 왕복 4차선인 찻길엔 자동차마저 거의 다니지 않았다.

강둑에 몇 그루씩 서 있는 배롱나무가 먼지에 절어 희미해진 가로등의 불빛에 그림자를 내놓고 있었다. 실오라기 하나 걸치지 않은 알몸으로 오로지 봄을 기다리며 아린 추위를 고스란히 받아내고 있었다. 두 아이 바로 옆의 사철나무 산울타리는 춥지도 않은지 무성하다 못해 숫제 시커멓다.

"오빠가 있는데 뭐가 무서워. 업혀."

수철은 동생 앞에 등을 들이대며 허리를 조금 굽혔다.

"다리는 안 아파. 하나도 안 아파."

그러면서 아이는 오빠의 등에 업혔다.

"얼굴을 내 등에 딱 붙여."

찬바람이 두 아이의 얼굴을 잔인하게 할퀴고 지나갔다. 이미 수지는 상체로 오빠의 등을 파고 있었다.

"오빠 내려줘. 빨리."

앞뒤 없이 아이는 두 다리를 땅으로 뻗댔다. 작은 입술은 파르르 떨리고 있었다. 줄지어 선 느티나무 잔가지의 그림자로 잔뜩 겁먹은 그 얼굴은 두려움을 잘 꿰어 맞춘 퍼즐이 되어 있었다.

"왜 그래? 갑자기."

몸을 재빨리 동생에게로 돌린 수철은 다짜고짜 이유를 따졌다. 사실 딱 무어라고 말할 수는 없지만 아이도 무서운 기분이 들지 않는 건 아니었다. 무작정 동생의 팔을 밤길 속으로 잡아 이끌어낸 그 순간부터 줄곧 그랬다.

"뒤에서 누가 잡아당겼어."

자꾸만 목을 뒤로 빼돌리면서 수지는 오빠의 손을 놓칠 새라 꼭 잡고 있었다.

"누가? 아무도 없는데."

일부러 목소리에 힘을 주며 수철은 용감한 척했다.

"거짓말 아니야. 진짜로 잡아당겼단 말이야."

수지는 억울하다는 듯 울먹이는 소리로 저항했다. 오빠의 등에 업히는 그 순간부터 찬바람보다 더 차가운 손이 목덜미를 휘감아 쥐는 것 같아서 숨이 뚝 멎어버리곤 했던 것이다.

"알았으니까 울지 마. 손으로 요길 이렇게 잡고 있어봐."

수지의 진분홍색 패딩 점퍼엔 모자가 달려 있었다. 바람이 마음대로 잡고 흔드는 그것을 동생의 머리 위로 끌어올리며 수철은 점퍼의 목 밑 부분을 꼭 거머쥐라고 했다. 애초에 지퍼에다 단추까지 달려 있어서 이중으로 앞을 여미도록 되어 있는 옷이었다. 지퍼가 고장난지는 오래되었다. 단추 구멍도 헐거워져서 그걸 채워 보아야 일없이 제바람에 벌어져 버렸다.

모자가 벗겨질 새라 수지는 오빠가 일러준 대로 점퍼의 맨 위 단추와 단추 구멍을 필사적으로 붙잡고 있었다. 손가락 끝이 시린지 호주머니에 넣어 녹인 반대편 손으로 모자 불침번 역할을 교대하기도 했다. 사실은 아까도 모자를 필사적으로 턱밑으로 끌어당기고 있었지만 찬바람에 감각을 잃어버린 손을 빠져나간 것이었다.

C공원이 아이들 왼쪽의 보도 옆으로 산울타리를 경계로 길게 나타났다. 잘 익은 앵두보다 좀 작은 빨간 남천의 열매가 발그레 단풍든 잎들 사이로 조랑조랑 얼굴을 내밀고 있었다.

목을 공원으로 돌리는 수철의 코끝이 빨갛다. 충동적으로 끓어 넘치는 눈물속의 망막엔 어머니와 아버지와 같이 놀러왔던 장면이 맺혀 있었다. 여름날의 초저녁엔 네 식구가 나란히 잔디밭에 드러누워 무작정 뒹굴기 내기를 하기도 했다.

아버지 도진은 트럭운송업을 하고 있었다. 개인사업자인 그는 청색인 1톤과 백색인 2.5톤 트럭이 있었다. 집을 비우는 일이 종종 있기는 했다. 일거리가 없어서 집에 있을 때는 아직 우리의 음식 맛을 제대로 낼 줄 모르는 엔젤을 대신하여 부엌일을 도맡아서 했다. 청색트럭에 식구들을 싣고는 여기저기 놀러 다니기를 즐겨하기도 했다.

"화장실 가고 싶어."

몸을 왼쪽으로 돌린 수지는 공원 안으로 종종거리고 있었다. 곧장 들어가면 주차장이 나오고 이어 잔디 방석 아래로 뿌리를 내린 여러 나무들과 함께 발걸음을 마음껏 유혹하는 샛길들도 있었다.

"빨리 말하지. 화장실은 저쪽에 있는데."

수철이도 덩달아 몸을 돌리며 하수처리장 정문으로 향하는 그 찻길 쪽을 손짓했다. 대로에서 진입하여 100미터는 좀 넘고도 남을 터인 그 길을 경계로 C공원은 두 구역으로 나누어져 있었다. 실내체육관 건물이 보이는 곳까지 와 버렸으니 200미터정도는 되짚어올라가야 했다.

"오빠는 화장실 안 갈 거야?"

메타스퀘어가 양옆으로 줄지어 서 있는 보도블록 직선도로에 들어선 수지는 작은 몸을 왼 방향으로 트는가 싶더니 그냥 달리는 것이었다. 이곳에서 오빠와 함께 킥보드를 타고 온몸으로 바람을 불러일으키기도 했다.

"나도 갈 거야."

단숨에 동생을 따라잡은 수철이는 동생의 손을 꼭 잡았다. 아이 역시 동생과 킥보드를 타고 달리던 그 생각을 떠올리고 있었다.

살아 있는 화석으로 불리는 키다리나무들 앞줄의 외다리 가로등은 작은 키로 어둠을 노릇한 색으로 조명하고 있었다. 발음하기가 퍽 쉽지 않은 이 나무들은 지구전체가 꽁꽁 얼어붙었을 때 죄다 동사했다고 여겼단다. 호명하다보면 입안에서 뭔가 긁히는 느낌부터 드는 이름으로 보아서도 알겠지만 토종은 아니었다. 먼 나라가 고향인 것이 분명한데 기가 죽기는커녕 늠름한 자태를 뽐내고 있었으니 괘씸한 노릇이 아닐 수 없었다. 솔직히 밉살스럽게 보이는 나무는 없는 법이었다.

여자화장실로 간 수지는 앞뒤 가리지 않고 맨 첫 칸으로 잽싸게 들어갔다. 온기마저 느껴지는 그곳에서 아이는 속 시원하게 볼일을 보았다.

"야, 누구야? 너!"

텁텁한 남자의 목소리가 울림과 동시에 밖으로 나가려는 수지의 어깨를 왁살스레 거머잡았다. 좀 꺾어진 안쪽에서 잠들어 있던 그는 간밤의 늦은 시각에 소주 한 병을 들고 와선 하필이면 여자 화장실 바닥에서 잠들어버린 것이었다. 집이 없는 것도 아니었다. 병나발로 삶의 온갖 시름을 잠시 잠깐 잊을 수 있었으니 집보다 그곳에서 기다릴 마누라와 자식새끼보다 술이 더 좋은 것이었다. 하기야 식구라는 존재로부터 버림받은 지도 오래되었다.

세상 아버지들에게 있어서 자기연민은 사치였다. 남편으로서 역할을 소홀히 했다간 뼈도 제대로 못 추릴 판국이었다. 너나없이 고수했으면 이만한 미덕도 없었을 은근과 끈기가 우리네의 심정에서 사라져 버린 지도 오래되었다.

"오, 오, 오빠아."

오빠를 부르고 있었지만 수지의 입 밖으로 발성된 건 가엾도록 질려 소리가 질식해버린 낱말 조각뿐이었다.

어느새 아이를 번쩍 안아 올린 그는 방금 있었던 그 안쪽으로 슬슬 뒷걸음질을 치기 시작했다. 그에게도 수지 또래의 딸이 있었다. 급기야 아이가 울음을 터뜨리자 그 입을 왁살스레 막아버렸다.

남자화장실에서 나온 수철이가 급히 이쪽으로 달려왔다. 틀림없이 다급한 소리의 조각 같은 것이 귀에 스쳤던 것이다.

"……넌 누구냐?"

툭탁거리는 발소리에 놀란 그가 목을 뒤로 돌린 것이었다. 수철을 발견한 그의 벌건 눈에 당황한 빛이 희번덕거렸다.

수철은 놀람과 증오와 혐오의 눈빛으로 그를 향하여 씩씩댔다. 불끈 쥔 두 주먹은 돌덩이보다 더 딴딴했다. 새파랗게 질려 있던 수지의 얼굴 위로 안도감이 흘렀다. 빨리 구해달라는 눈빛으로 오빠만을 뚫어져라 바라보고 있었다. 수철의 눈에 안타까운 눈물이 핑 도는가 싶더니 앞뒤 없이 밖으로 달려 나가는 것이었다.

"아빠, 아빠아, 여기, 여기 나쁜 사람 있어요."

무작정 아니면 무슨 생각이 있는지 모르지만 수철이가 달려가는 그곳은 나무그늘로 조금은 어둑했다.

"뭐. 아빠! 에잇 씨이."

수지를 슬그머니 풀어준 그는 상스러운 말로 입을 씰룩거리며 저쪽으로 달아나기 시작했다. 아주 잠깐 그의 눈길이 당겨진 그곳엔 이층으로 둥글게 다듬은 향나무가 가로등에 등을 대고 시커멓게 서 있었을 뿐이었다.

"아빠! 아빠!"

수철에게로 달려가는 수지의 입에서도 덩달아 '아빠' 소리가 절로 튀어나왔다.

그의 그림자가 어둠 속으로 완전히 사라졌을 때 두 아이는 방금 전 손을 잡고 달려왔던 메타스퀘어 길로 나왔다. 역시 이 길은 앞이 확 트여 있어서 이상한 사람이 느닷없이 나타날 그런 곳은 아닌 것이었다.

"진짜 아빠가 나타난 줄 알았지?"

동생에게로 목을 돌린 수철은 두려움이 덜 씻긴 얼굴로 씩 웃었다.

"응."

수지는 오빠 옆에 바짝 달라붙었다.

"그러니까 머리를 잘 써야해."

수철은 동생의 손을 더욱 꼭 잡았다.

'흥, 흥, 제법이네. 흥, 흥. 내가 미쳤지. 미쳤어. 쟤들 아빤지 아빈지 하는 작자는 대체 뭐하는 사람이야? 이 새벽에 자식새끼들이 거리에서 떠돌고 있는지 알고는 있는 거야? 흥, 흥흥흥 사돈 남 말하고 자빠졌네.'

저만치에 있는 가로등 앞으로 몸을 드러낸 그는 다정히 멀어져 가는 남매를 우두커니 지켜보며 스스로를 향하여 목을 절레절레 흔들었다. 남편 노릇을 제대로 하지 못했으니 아내를 그리워 할 자격도 없는 터였다. 아이들과 놀아준 기억은 머릿속에서 가물거리고 있었지만 눈에 밟히곤 하는 건 막을 도리가 없었다. 불현듯 그의 핏빛 망막 위로 붉은 눈물이 일렁이고 있었다.

너무 일찍 잠을 깬 남매의 아버지 도진은 휴대폰으로 시간을 보며 담배부터 빼어 물었다. 마흔 후반에 보게 된 첫아들이었다. 엔젤과는 십구 년이라는 나이 차이가 있긴 하지만 신체가 멀쩡한 남과 여가 만나 합방을 했으니 아기가 생기는 건 당연한 이치였다. 아내의 임신소식이 처음 발표되었던 그때 그는 아무런 생각도 나지 않았던지 그냥 멍한 표정을 지었다. 이어 급체에 걸린 사람마냥 가슴을 쓸어내리기도 했다. 결국은 묘한 기분에 사로잡힌 얼굴로 실실 웃고 말았던 것이다.

수철이는 양력 7월생이었다. 아기와의 첫 대면을 하던 도진의 눈에선 맑은 눈물이 맺히고 있었다. 웃음에 간질인 입가엔 소리 없는 실소가 쿡쿡 찍히고 있었다. 앞 뒤 없이 등을 돌리며 목으로 진저리를 치기도 했다.

'스물까지만 뒷바라지하면 될 거야.'

입버릇처럼 중얼거린 도진은 깊이 들이마셨던 숨을 길게 내뿜었다. 달빛으로 희끄무레해진 방 안에 허연 연기가 고독한 한숨으로 퍼져갔다. 한때는 담배를 끊은 적도 있었다. '아이들을 위하여'라고 하는 확실한 명분이 있었지만 '아빠 담배 피면 폐암에 걸려 죽는대.'라고 하는 수지의 노골적인 협박이 없었으면 아이들 코를 피해 다니며 계속 피워댔을 터였다.

먼동에 세수한 새벽달이 하얘진 얼굴로 남매를 물끄러미 내려다보고 있었다. 빛으로 뚜렷하던 별들은 하늘 깊은 곳으로 뒷걸음질을 치고 있었다.

농산물시장이 남매의 왼쪽으로 펼쳐지고 있었다. 그곳 1층엔 언제 보아도 각종 과일들이 색색으로 구미를 자극하며 사람들의 침샘을 건드리고 있었다. 2층엔 은행도 있고 된장국 미역국이 번갈아 나오는 한식 뷔페식당도 있었다. 남매는 아주 어릴 때부터 아버지를 따라 이곳 은행에도 오곤 했고 밥을 먹으러 오기도 했던 것이다.

"배고파."

수지의 입에서 무심결에 튀어나와버린 말이었다. 목구멍으로 침을 삼키는 소리가 이른 아침의 고요한 공기 속에 정확하게 울렸다. 아직은 덮개 속에 보호되어 있을 과일들 중 사과를 특별히 좋아하는 건 사실이었다. 2층의 한식뷔페에 가면 볶아 놓은 고기반찬이 꼭 나오곤 했다. 아이는 밥보다 그 고기반찬을 더 많이 먹고는 했던 것이다.

아까부터 수철의 배에서도 쪼르륵거리는 소리가 노골적으로 새어나오고 있었다. 동생의 말을 듣지 못한 것도 아니었다. 아이는 아버지의 집이 있는 P마을로 마냥 발걸음을 빨리 떼어놓고 있었다. 아버지가 보고 싶은 건 아니었다. 가엾게 보일 때는 있었다.

아침으로 라면을 후루룩 들이마신 후 남은 국물에 전기밥솥 바닥에 남은 밥을 있는 대로 긁어 말아먹은 후 도진은 밥을 앉혀놓았다. 골이 깊은 주름 탓에 나이보다 훨씬 겉늙어 보이는 판국이었다. 취사버튼까지 누르는 그의 눈엔 아이들의 모습이 맺혀 있었다. 도진은 알고 있었던 것이다. 수철이가 또 동생의 손을 이끌고 아비를 찾아오리라고 하는 사실이었다.

혼자서도 잘 살고 있던 도진이가 다 늦은 시기에 결혼한 건 순전히 외로움 때문이었다. 처음부터 그는 아이를 원하지 않았는지도 몰랐다. 하나 더 낳아야 한다고 우긴 쪽도 엔젤이었다. 미물도 새끼를 지킬 줄은 알았다. 수지가 젖을 뗄 때기도 전에 P나라에서 온 친척오빠라고 하는 사람을 집으로 끌어들였다. 결혼식이 있던 그날 도진은 엔젤의 가족에 대한 소개를 받긴 했지만 다 기억하고 있지는 못했다. 둘이서 자기네들 말로 히히거리는 것까지는 동공으로 흰자위를 굴려대며 참아낼 수 있었다. 아이들을 방치하는 그 꼴은 죽어도 볼 수가 없었다. 그녀에겐 남성편력도 있었다. 급기야 그가 주먹을 휘두르고 말았던 건 새파랗게 젊은 사내와 붙어있는 정말로 볼 못 것을 보고만 그때였다.

엔젤은 당당하게 갈라서자고 요구했다. 남편이 무섭다는 개떡같이 타당한 구실을 내세웠다. 도진은 젊음이 더러운 그녀에게 아이 둘까지 다 빼앗기고 말았다. 여하간 폭력은 억제했어야 했다.

'내질러 놓았으면 책임을 져야 할 거 아니냐?'

문밖으로 나가며 도진은 혼잣말로 입을 씨우적거렸다. 벼락 맞을 생각인지를 따질 여유도 없지만 그는 그녀의 젊음이 하루아침에 끝나버리길 간절히 염원하고 있었다. 두 아이가 자랄 때까지 만이라도 몸뚱이의 그 젊음을 일시 정지시키는 방법이라도 있었으면 소원이 없을 것 같았다.

아침노을이 동쪽하늘의 산머리 위로 붉게 이글거리기 시작했다. 밤을 꼬박 밝히며 수고한 가로등은 이제 맥이 다 빠져버렸다.

남매는 K사거리를 지나고 있었다. 직진코스로 쭉 가야하는 둘은 횡단보도를 연이어 두 번 건너야만 했다. 평소에도 이곳을 이용하는 사람은 별로 없었다. 차들만 정해진 목적지에 얽매여 오고가거나 좌로 몸을 틀거나 우로 빠지거나 할 뿐이었다. 작은 횡단보도 앞에 섰을 때 수철은 저편으로 뛰기 위해 동생의 손을 꼭 잡았다.

"죽고 싶다. 수지야 우리 죽을까?"

수철의 입에서 무심결에 튀어나온 말이었다. 걸음을 멈춘 남매의 왼편엔 장례식장 정문이 있었고 때마침 새까만 리무진이 도도한 몸집을 차분하게 움직이며 그곳에서 빠져나오고 있었다. 검은 옷차림에 하얀 완장을 찬 남자 둘이 나와서 오가는 차량들의 눈치를 살피기 바빴다.

이제 곧 아주 짧은 다리만 지나면 J시에 소속된 면단위가 시작되는 것이었다. 남매의 목적지인 B마을이 한층 더 가까워진 것이었다. 아버지의 집이 있는 그쪽으로 얼핏 눈길을 긋는 수철의 얼굴에 그늘이 어른거렸다.

"싫어, 난 안 죽을 거야."

리무진에 시선을 빼앗겨 있던 수지는 별안간 오빠의 손을 뿌리쳤다.

남매는 이곳에서 할머니를 떠나보냈다. 장례식이 있던 그날 엔젤은 끝내 오지 않았다. 집을 나가 있는 상태이긴 했지만 도진과는 법적으로 멀쩡한 부부였는데 그랬다. 하필이면 그날 친정어머니가 P나라로 돌아가야 했고 배웅을 하루 종일 해야 했는지는 아무도 캐어 묻지 않았다. 도진은 지독하게 슬픈 얼굴로 한 방울의 눈물도 흘리지 않고 장례를 홀로 치렀다. 할머니의 장지까지 따라갔던 수철이는 두 눈으로 똑똑히 보고야 말았다. 사람이 죽으면 땅속에 묻힌다는 사실이었다. 그리하여 두 번 다시 만날 수 없다는 사실도 직접 경험했다. 아이는 어른들이 무섭게 판치는 지금이 두려운 것이었다. 그들로부터 아주 멀리 달아나고 싶었다. 아침놀이 스민 아이의 두 눈엔 할머니의 모습이 붉은 눈물로 아롱지고 있었다.

"빨리 가자."

수철은 굳이 동생의 손을 다시 잡았다. 수지는 이미 한발 앞서 가고 있었다. 아버지의 집에 가면 언제나 먹을 것들이 많았던 것이다. 아이는 냉장고에 들어 있을 어묵을 생각만 해도 입안에 침이 자꾸 고이는 것이었다. 그건 그냥 꺼내먹어도 맛있기만 했다.

정작 B마을이 보이기 시작하자 수철이의 발걸음은 자꾸만 느려지고 있었다. 형진을 앞세우고 아버지의 집에 들이닥칠 어머니의 툭 불거진 그 눈을 떠올리고 있었던 것이다.

엔젤은 아이들이 아버지의 집에 가는 것을 용납하지 않았다. 그녀는 아이들을 차지하기 위해 남매에게까지 주먹을 휘둘렀다는 엉터리없는 누명을 도진에게 덮어씌웠다. 집을 비우는 횟수가 잦은 도진은 처음부터 아이들에게 집착하지도 않았다. 양육비도 매달 꼬박꼬박 보내주고 있었다. 아직 국적취득을 하지 못한 엔젤은 아이들이 곁에 없으면 무조건 불안한 것이었다.

"오빠, 저기 봐. 뚱이야!"

환호성에 가까운 소리를 지르며 수지는 B마을의 버스 정류장으로 뛰어가기 시작했다. 그곳에선 하얀 강아지가 바람에 귀를 뒤로 젖히며 마구 달려오고 있었다.

"와! 진짜 뚱이다."

수철이의 눈도 번쩍 빛나고 있었다.

본래 이름이라고 하면 좀 어색하긴 하지만 뚱이의 처음 이름은 '뚱쟁이'였다. 어느 날부턴가 나타난 녀석에게 밥을 나눠주기 시작한 건 남매였다. 마당 여기저기에 변을 보며 다닌다고 도진이가 투덜거리며 그렇게 부른 것이었다. 좀 색다른 이름이 얼른 생각나지 않았던 두 아이는 덩달아 '똥쟁이'라고 놀리다가 그냥 똥이라고 부르게 된 것이었다. 녀석은 남매가 아버지의 집에 있었던 그때부터 며칠씩 집을 비우다간 뜬금없이 나타나기도 했다.

똥이를 덥석 안아버린 수철은 뭐가 그리도 좋은지 바보처럼 히히거리기 바빴다. 찬바람에 시퍼렇게 멍이 든 수지의 얼굴에도 환한 빛이 감돌기 시작했다.

도진의 집은 들어가면서 마당이 나오고 집채 저쪽 옆으로 100평 넘어 보이는 텃밭이 있었다. 소나무 숲이 울창한 야산에 면해 있는 텃밭엔 잎을 떨어버린 단감나무들이 겨울바람으로 가지를 흔들고 있었다. 예전에는 고구마와 김장배추들을 심고는 했던 밭이었다. 멧돼지가 나타나 마구 파헤치곤 하는 바람에 채소류를 더 이상 심을 수가 없었던 것이다.

이제 집 현관문을 잠가두지 않는 건 도진에게 예삿일이 되어버렸다. 엔젤이 처음 집을 나갔던 그때부터 버릇한 것이었다. 남의 짐을 잔뜩 실어주고는 하는 일로 밥벌이를 하고 있었으니 집으로 기어들기 직전까지는 길 위에서의 시간이었다. 거실 창으로 불빛이 새어나오면 2.5톤 트럭에 하루가 다 지쳐버린 온몸의 기운이 한꺼번에 번쩍 살아나고는 했다. 텅 빈 집으로 들어갈 때면 밀려오는 쓸쓸함이 죽음보다 더한 허무감으로 전신을 휘감아 돌고는 했다.

"안 돼 수지야. 기다려."

부엌방으로 달려간 동생이 전기밥솥의 뚜껑을 열자 수철은 별안간 소리를 질렀다. 아이는 식탁 위며 싱크대 등을 유심히 살피기부터 했다. 철저히 정리정돈은 되어 있진 않더라도 양념용기이며 수저통과 그릇 등이 있던 제자리를 지키고 있었다. 이것저것 함부로 만질 수 없다는 결론을 내린 아이는 텃밭으로 난 뒷문을 굳이 열어보기까지 했다.

"배고파 죽겠어. 배고프단 말야."

수지는 애틋한 눈으로 밥솥 안의 밥을 바라보았다. 한쪽 손에는 이미 길쭉한 어묵 한 개를 들고 있었다.

"라면 끓여 먹자."

한 주걱도 푸지 않은 새 밥이라는 사실을 확인한 수철은 눈에 힘을 주며 밥솥뚜껑을 닫았다. 아이의 눈은 늘 라면이 가득 들어 있던 좀 큰 그 종이박스로 그어지고 있었다. 평소에 아버지는 무슨 물건이나 과자들을 정확하게 세어두고 다니는 성격이 아니라는 것 정도는 알고 있었다.

"나 혼자 하나 다 먹을 수 있어."

수철이가 라면을 한 개만 꺼내자 수지는 울상을 지었다. 둘의 눈치만 살피고 있는 뚱이를 향하여 '너도 배고프지?'라고 하는 표정을 짓기도 했다.

"표가 나면 안 돼."

수철은 무서운 얼굴로 동생을 향하여 으르렁거렸다. 당장 갈 곳이 없어서 아버지의 집으로 오긴 했지만 이번엔 아무도 모르게 숨어 있을 생각이었다. 남매가 약속이라도 한 듯 떠올린 곳은 외할머니가 일 년 넘게 사용했던 그 구석방이었다. 말이 통하지 않더라도 눈이 부딪칠 때마다 웃어주었으면 괜찮았을 터였다. 아버지와 외할머니는 툭하면 서로를 향하여 얼굴인상부터 찌푸렸다. 급기야 두 사람은 서로의 눈길을 의도적으로 피했다. 나중에 아버지는 외할머니가 틀어박혀 지냈던 그 방엔 눈길조차 주지 않았다.

집에 오면 주방부터 찾는 건 도진의 오랜 습관이었다. 2차 코스는 화장실에 들르거나 안방으로 바로 가거나 하는 그것이었다.

점심때가 훨씬 지나서야 잠을 깰 어머니는 보나마나 이곳으로 달려올 것이었다. 아버지의 얼굴을 보지도 못한 채 또 끌려가게 되는 건 차라리 괜찮았다. 귀가시간이 들쭉날쭉한 그와 언제 어떻게 부딪칠지 모르는 일이었다.

엔젤은 번번이 도진에게 아이들을 꼬드겨냈다고 난리를 쳤다. 몇 번 아니라고 해도 말이 통하지 않거나 우기면 그는 주먹에다 화를 불컥거리고 말았다. 사실 도진은 아이와 전처 주변에 마음대로 다가갈 수 있는 상황이 아니었다. 의식적으로 그들 근처론 눈을 끊고 있었는데 아비라고 찾아오는 아이들의 발길까지 막을 수는 없었다.

"밥 말아먹고 싶다. 아빠가 눈치 채지 못하게 아주 쪼금만 먹자?"

젓가락을 입에 문 채 수지의 목은 전기밥솥으로 애타게 돌려져 있었다. 하나 끓인 라면으로 셋이 나눠먹었으니 여전히 배가 고픈 것이었다.

"쪼금만? 수지야, 쪼오금만 먹으면 모르겠지?"

배가 차지 않기는 수철이도 마찬가지였다. 아이는 동생의 그릇에 작게 떠낸 밥 한 주걱을 먼저 넣어 주었다. 한 주걱 더 푸고 난 다음 패인 자국을 없애기 위해 밥솥 안의 표면을 아주 열심히 평평하게 펴는 것이었다.

"또 데려갔어. 혁엉진 씨 빨리 일어나 봐."

오후 2시가 훨씬 넘어서야 눈을 뜬 엔젤은 방 안을 당황히 두리번거리다

말고 벌떡 일어났다. 흰자위만 보이는 눈으로 집안 구석구석을 샅샅이 뒤지기 시작했다. 그녀는 아이들이 아침밥을 먹었는지 점심을 굶었는지 그런 것엔 도무지 관심이 없었다. 그냥 간절하게 필요한 존재였던 두 아이가 또 사라져 버렸으니 숨이 막혀왔던 것이었다. 도진과 아이들이 함께 있을 장면을 떠올린 그녀는 서둘러 검정색 외투를 주워 입고 문밖으로 달려 나갔다. 형진은 잠이 들깬 얼굴로 마지못해 그녀 뒤를 따라갔다.

남매는 단감나무 밭에 면해 있는 그 야산에 숨어 있었다. 텅 비었던 뱃속이 적당히 채워지자 둘은 약속이라도 한 듯 졸음이 쏟아져 왔지만 번갈아 망을 본 것이었다. 얼어붙은 땅바닥에 궁둥이를 붙일 수도 없는 두 아이는 쪼그리고 앉은 채 오들오들 떨고 있었다. 겨울날의 소중한 햇살이 소나무 숲을 비집으며 아이들의 등 위로 내려오고는 있었다. 수지의 가슴엔 뚱이가 얌전하게 안겨 있었다.

"어디 숨겼나 봐. 수철이 수지 안 내놓으면 어떡하지."

도진의 집을 샅샅이 뒤져도 아이들이 보이지 않자 엔젤은 식탁의자에 다리를 꼬고 앉으며 입언저리를 씰룩거렸다. 주방에 감돌고 있는 라면냄새를 맡은 것이었다. 도진과 아이들이 함께 먹었을 것이라는 점괘를 야무지게 내놓고 있었다.

"여기 온 것 같지는 않은데 그냥 가자. 응?"

아이들의 흔적을 발견하지 못한 형진은 숫제 어리광을 부리고 있었다. 그에게 아이들의 존재는 아무런 의미가 없었다. 적당히 빌붙어 있다가 재미가 없어지면 말없이 슬그머니 떨어져 나가면 그만인 것이었다.

"싫어. 수철 수지 데리고 가야 해."

도진이가 아이들을 빼돌렸다고 철석같이 믿고 있는 엔젤이었다. 그가 돌아올 때까지 죽치고 앉아있을 작정이었다.

오후 4시가 지나자 남매가 있는 곳엔 벌써 해거름이 끼얹히고 있었다. 궁둥이를 땅에 붙여버린 수철이의 무릎 위엔 수지가 앉아 있었다.

"추워죽겠어. 엄마한테 가자."

주방 창문의 불빛을 숲 사이로 보며 수지는 얼어붙은 입으로 울먹이고 있었다.

"조금만 더 참아. 쫌 있으면 저 여자 갈 거야."

해만 지면 얼굴에 화장을 짙게 하곤 하는 것을 알고 있는 수철은 입을 쑥 내밀었다. 아이는 동생의 입에서 발성된 그 엄마라는 낱말이 무척 듣기 싫은 것이었다. 아버지의 집에 다른 남자와 같이 나타난 것부터가 짜증이 났다.

땅으로 목을 숙인 외다리 가로등이 제자리를 지키며 눈을 완전히 떴다.

"언제 아이들이 없어졌는데?"

6시가 훨씬 넘어서야 귀가한 도진의 첫마디였다. 일에 지쳐 누렇게 뜬 얼굴색이 허옇게 변하는 순간이었다.

"수철 수지 어디 뒀어? 빨리 내 놔."

열이 잔뜩 오른 얼굴로 엔젤은 끝까지 억지를 부리기만 했다.

새우등을 한 수철은 아주 작은 움직임도 보이지 않고 있었다. 그 가슴에 안겨 있던 수지는 이제 앉은 채 오빠를 업은 모양으로 잠이 들어버린 것일까. 남매의 얼굴을 번갈아 핥아대던 뚱이는 어찌할 바를 모르겠다는 듯 이리저리 왔다 갔다 하며 집 쪽으로 목을 돌리고는 했다.

잠시 후 도진의 청색 트럭에 뉘어진 남매는 병원으로 실려 가고 있었다.

갑자기 나타난 뚱이가 야산으로 목을 돌리고는 하면서 앞장서기도 하고 할 때에도 어른 셋은 도무지 관심을 보이지 않았다. 이차작전에 돌입하듯 녀석은 도진의 바짓가랑이를 물고 늘어지기도 했다. 감나무 밭 저쪽으로 달려가선 있는 힘을 다해 짖어댔다.

"허, 허, 허허허. 흐, 흐 흑."

허허거리던 도진은 급기야 울음을 토하고 말았다. 아비 집이라고 찾아왔던 아이들이 멧돼지가 나오는 산에 숨을 수밖에 없었던 그 마음이 빤히 보였던 것이다. 평생을 운전대로 먹고 산 그였다. 후들거리는 가슴의 파문으로 손까지 덜덜 떨리고 있어서 제대로 차를 몰고 갈 수가 없었다.

"수철, 수지 정신 차려. 산에는 왜 가 산에는?"

엔젤은 남매를 번갈아 붙잡고 흔들며 눈물을 뿌려댔다.

형진은 일찌감치 달아나고 없었다.

나중에 수지는 눈을 간신히 떴다. 엔젤을 발견하곤 얼른 도로 감아버렸다.

수철이는 아직도 깨어나지 못하고 있었다.

수지는 작은 입으로 소리 없이 중얼거리기 시작했다.

'갈 데가 없어. 갈 데가 없어.'

오늘의 야곱

오늘의 야곱

바람에 들뜬 울창한 숲이 진초록의 입김을 내뿜으며 몸을 흔들었다. 가는 가지에 앉으려던 까치는 발을 펴다 말고 그네를 타야 했다. 날갯짓으로 흩어지는 놀란 지저귐이 내 머리 위로 떨어지고 있었다.

이일대학교 수의학과 남 교수의 연구동은 중앙 분수대를 오른쪽으로 끼고 돌아 북쪽으로 깊숙한 곳에 자리 잡고 있었다. 3층 건물로 우거진 수목들 사이의 그곳 1층 실험실엔 순백의 쥐들이 찍찍거리거나 맥이 빠져 있었다. 지하층엔 주로 견공들이 있었다.

남조은 교수, 그는 실험실의 누룽지로 알려져 있었다.

그에게로 향하는 발걸음에 땀을 먹은 바짓가랑이가 척척 들러붙고는 했다.

실험실 앞에서 침을 꿀꺽 삼켰다.

이삼 주 전에 과별로 일 학기를 종강했고 취업준비생들이 코피를 쏟는 도서관과도 거리가 멀어서인지 주위는 조용하기만 했다. 등진 햇살을 진한 무채색으로 반사하는 나무들 사이를 빠져나온 바람이 열린 복도의 창으로 맥없이 들락거렸다.

배낭을 앞으로 내려놓으며 주먹으로 실험실문을 두 번 두드렸다. 사전 연락 없이 불쑥 찾아온 터였다. 실험에 몰두할 땐 청각신경이 마비되어 버리는 그였다. 옥죄여오는 가슴을 심호흡으로 달랬다.

"조교는 어디 갔어요?"

흰 가운 차림으로 등을 보이고 있는 남 교수 가까이로 다가가며 넌지시 물었다. 은근히 눈에 힘을 주며 사방을 두리번거리기도 했다. 입가에 맺히려는 남모르는 미소를 시간차공격으로 일단은 입안에다 숨겼다. 작은 동물의 장기들이 그대로 노출되어 있는 사각의 해부접시에 초점을 고정했다.

"허허, 왔어?"

냉정하리만치 진지한 표정으로 하던 일에 열중하며 그는 소리로만 습관처럼 허허거렸다. 역시 노크소리를 듣지 못한 모양이었다.

"예. 2번 해부하셨어요."

1번 흰쥐는 방학 전에 실험을 끝낸 상태였다. 3번으로 지정된 놈은 방학기간 중에 종양실험에 들어가도록 되어 있었다.

"시골 다녀오는 길이군."

그런 와중에도 그는 모서리마다 허연 속살이 다 드러나고 있는 내 배낭을 슬쩍 곁눈질했다.

"예엣?"

생각 없이 목소리를 높이고 말았다. 둘 곳 없는 마음의 돌파구를 찾아 목을 재빨리 창밖으로 돌렸다. 일상적인 바깥풍경이라는 것이 분명히 존재했지만 미미한 느낌도 일어나지 않았다. 망막의 깊은 곳에서는 의식의 저변에 잠복하고 있던 어제의 그림자들이 앞을 다투어 나타나고 있었다.

"멀쩡해 보이지?"

핀셋으로 회장을 집어 쭉 들어 올린 남 교수는 가위를 잡고 있었다. 구체적인 해부에 들어가기 위해 잘게 자를 모양이었다. 앞서 가늘고 작아서 건드릴데도 없는 그것을 지금 집어든 쇠붙이 끝으로 콕콕 찔러보기까지 했다.

"예. 멀쩡해 보입니다."

컹 짖으며 확실하게 동조해 주었다. 살아있음을 호소하는 세포 한 올의 마지막 몸부림인지 혹은 꺼져버린 생명의 무의미한 반작용 현상인지 회장은 꿈틀거리고 있었다. 사실 2번 흰쥐는 아직 실험에 들어갈 날짜조차 잡히지 않았다. 몸 어디에도 주사바늘 자국이 없는 터여서 겉과 속의 상태가 양호할 수밖에 없었다.

"이 친구 이거 왜 이렇게 늦지?"

눈살을 찌푸리며 남 교수는 시계가 걸린 벽으로 눈을 힐긋 보냈다. 장기 내막까지 샅샅이 뒤졌으니 다음 단계로 넘어가야 하는 것이었다.

"여기 있습니다."

적시안타라도 날리듯 몸을 창가로 날려 잽싸게 유리컵을 집어선 그의 코 밑에 들이댔다. 대학원생들과의 실험실습을 통하여 공동연구를 주로 하는 그였다. 학회지에 발표할 연구논문은 방학기간 중에 독단으로 진행하여 성과를 올리기도 했다.

"화, 자넨 역시 빠르군."

들고 있던 핀셋을 내게 넘겨주었다.

"조교 셈은 휴가를 좀 보내주시죠?"

장기를 컵에다 집어 담으며 넌지시 그의 눈치를 살폈다. 허허거릴 때도 따뜻한 기운 같은 건 전혀 느껴지지 않지만 실험할 때만큼은 여간 냉정하지 않은 사람이었다. 느리터분한 행동은 용납하지 않았으며 손발을 척척 맞춰주지 않는 조교는 사흘을 넘기지 못했다. 일찍부터 실험연구와 결혼을 해버린 터였다.

"그거 말괄량이한테 먹이고 와."

즉석에서 그는 내게로 목을 끄덕였다.

말괄량이는 암컷 말티즈를 말하는 것으로 실험용인 주제에 지나치게 까불어대곤 해서 그런 별칭이 생겼다. 뱃속에 새끼까지 든 놈이 이런 데까지 흘러들어온 건 기막히도록 괘씸한 노릇이 아닐 수 없었다. 애초에 주인을 잘못 만난 것이 죄라면 죄인 것이다.

"이것을요? 아, 네 잘 알겠습니다."

생각 없이 반문하다간 1초의 여유도 주지 않고 곧바로 예예 해댔다. 기어이 조교자리를 꿰어 차고 만 것이다. 입가에 나붓는 웃음을 간신히 깨물었다. 아르바이트 자리에서 말 그대로 하루아침에 또 잘리고 만 신세였다. 시급 인상폭에 반해 앞뒤 없이 춤을 추었는데 앉은자리에서 된서리를 만나고 있었다. 작년부터 그래왔으니 이제는 통장이 바닥나고 있었다.

마흔이 낼 모래인 조교도 살림이 넉넉한 건 아니었다. 처음부터 내겐 오지랖 같은 것이 아예 없었다.

'심하다. 이건 아닌 것 같은데.'

일인칭의 중얼거림이었다. 나와 하나로 존재하면서 툭하면 내게 딴죽을 걸고는 해서 여간 괘씸한 것이 아니었다. 자기주장을 끝까지 꼿꼿하게 세우기만 하는 건 아니어서 못들은 체 해버리면 그것으로 그만이었다. 우린 서로에게 위로가 될 때도 없지 않았다.

"방학인데 부친을 찾아뵙지 않고."

염려의 눈빛이 된 남 교수는 배불뚝이인 내 배낭을 이번에는 물끄러미 바라보았다. 비로소 직면해 있는 나의 현실을 제대로 파악한 모양이었다.

"아래층에 다녀오겠습니다."

우선 실험실에서 재빨리 빠져 나왔다. 창문으로 들어온 후덥지근한 바람이 복도의 기운을 은근슬쩍 놀리다간 자취를 감춰버렸다. 시골 운운한 것으로도 모자라서 부친까지 들먹이는 그의 저의가 의심스럽다고 한다면 쓸데없는 피해의식인지도 모를 일이었다.

틀림없이 신입생 오리엔테이션이 과별로 진행되고 있었다. 선배들이 돌리는 술잔을 무작정 받아마시던 내가 눈을 뜬 곳은 남 교수의 연구실이었다. 누군가에게 업혀서 왔거나 부축을 받거나 했을 터였는데 공간이동의 경로 같은 건 도무지 생각나지 않았다.

"점희 누나가 누군가?"

정신이 아직은 영 흐리멍덩하기만 했는데 그는 밑도 끝도 없이 그렇게 물었다. 뭔가 단단히 작정이라도 한 얼굴로 밤새 불쌍한 누나 타령을 해대더라는 말까지 덧붙였다.

"모, 모릅니다."

본능적으로 잡아떼며 소파에서 벌떡 일어났다. 가슴이 딱딱하게 굳어져옴을 느끼며 문으로 슬쩍 목을 돌렸다.

"송군, 귀신과 영혼의 차이점이 뭔 줄 아나?"

남 교수는 눈앞의 상황과는 전혀 어울리지 않는 질문을 내게 툭 던졌다. 나아가 그는 자타가 공인하는 지성인이었다. 어리석은 선입견인지는 모르지만 귀신을 쉽게 입에 올릴 부류는 아니라고 여겨지는 것이었다. 표정이 진지해서 농담을 하고 있는 것 같지도 않았다.

"……?"

눈만 멀뚱히 떴다. 그와 일대일이 되어버린 이런 상황이 여간 거북하지 않았다. 주제모를 그의 의식구조는 한층 더 부담감을 자극하고 있었다. 또 다시 문을 곁눈질했다.

"한마디로 전자는 시끄럽고 후자는 조용한 존재겠지. 귀신이 들러붙으면 여기가 복잡해지고 영혼에 사로잡히면 이곳이 더욱 조용해지니까. 즉, 사람이건 동물이든 그 무엇이건 집착하면 그 귀신에 쓴 것이라 할 수 있어."

머리를 가리켰던 손을 가슴으로 옮겨가곤 하면서 그는 열심히 주장했다. 인간의 심리라는 건 파고들면 들수록 두 가지로 더욱 구체화된다고 덧붙이기까지 했다. 결론은 귀신한테 얽혀 살든 영혼의 삶을 누리든 그건 전적으로 개개인에게 달려있다고 하는 그것이었다.

도무지 감이 잡히지 않는 그의 이론에 줏대 없이 홀려버렸는지 망막안쪽으로 눈을 넣어보고 있었다. 귀신인지 혼인지 정말로 짜증나는 존재들이 도사리고 있었다. 버릇처럼 외면했다.

사실 인간심리를 좀 파고들고 싶었다. 복잡한 내 의식의 소에 휘말리게 될 것만 같아 마음을 바꾸었다. 수의학과를 선택한 것은 몇 번 쓰다듬어주면 그냥 좋다고 꼬리를 흔들어대는 견공들의 단순함에 반해서였다. 사람들 속에서 살아갈 수밖에 없는 노릇이었지만 인간의 일에는 어떠한 것이든 깊이 끼어들고 싶지 않았다. 특히 심리적으로 얽히고설키고 하는 일 같은 처음부터 피하고 싶었다.

그에게 이렇게 말할 수는 있었다. 내게 영혼의 유전인자가 있는지도 불투명하거니와 귀신타령으로 에너지를 낭비하고 싶지도 않다는 사실이었다. 혼자 힘으로 살아가기 위해 이리 뛰고 저리 달려가기에도 시간이 벅차기만 한 것이었다.

머리를 정중히 숙인 후 이윽고 문으로 다가갔다.

"부친은 혼자 지내는가? 아니면?"

등으로 날아온 그의 말이었다.

"부탁드릴 것이 있습니다."

문고리를 잡다 말고 단호히 몸을 도로 돌렸다. 유년기의 치부를 죄다 까발려버렸음을 체감했다. 점희 누나의 이름이 그의 입에서 발성되었을 때 어느 정도는 예상하고 있었다. 술에 비밀의 고삐가 있는 대로 다 풀려버린 혀가 원수였다. 밑도 끝도 없이 얼굴을 붉히며 내 아버지에 관한 이야기는 두 번 다시 하지 말아달라고 요청하곤 곧장 화장실로 달렸다. 대책 없는 오줌 진저리에 놀란 샛노란 액체가 다리가랑이 사이에서 찔끔거리기 시작했다.

지하층의 견종들은 벌써부터 꼬리를 흔들어대기 바빴다.

'불쌍한 쌕끼들, 환영파티라도 열지 그러니?'

화를 벌컥 냈다. 이곳에 있는 놈들 중 믹스 견은 한 마리도 없었다. 사람

204

의 접근을 반기는 놈들을 볼 때마다 무조건 마음이 뒤틀렸다. 알 수도 없는 그 주인들을 일일이 찾아다니며 끝까지 책임을 져야 하지 않겠느냐고 목청껏 짖어대고 싶기도 했다.

'새끼 밴 놈이 이런 걸 마구 처먹어도 되는 거야?'

예의 그 장기를 말괄량이한테 들이밀며 툴툴거렸다. 며칠 굶었는지 눈 깜짝할 사이에 다 먹어치운 놈은 혀를 내밀어 입 주변을 핥기까지 하는 것이었다. 눈살을 찌푸리며 볼록하게 처진 놈의 배를 노려보았다. 기어이 아귀한테 얽혀들고 말았다. 배불뚝이 여자 형상의 아귀는 음식 찌꺼기까지 눈에 불을 켜고 뒤져선 게걸스럽게 먹어대고 있었다.

'가, 보기 싫어. 싫단 말이다.'

피아니시시모 음성으로 절실하게 비명을 질렀다. 상황을 재빨리 종료하곤 칸막이 저쪽의 책상으로 발길을 옮겨갔다. 말괄량이가 잘도 처먹었다는 사실을 기록해 두어야 했다. 개인적인 바람이 있다면 새끼를 밴 동물은 실험에서 제외시켰으면 하는 그것이었다.

'임신부와 태아의 질병치료는 더욱 중요하다.'

속귀에서 울린 남 교수의 말이었다. 그가 하는 모든 동물실험의 궁극적 목적은 '인간을 위하여'라고 하는 단서가 붙어 있었던 것이다. 실험실의 동물들은 임상실험을 하기 위한 준비물 정도라는 표현도 서슴지 않았다. 사람을 위한 실험심리에는 유난할 정도로 관심도가 높았다. 오지랖이 넓다는 표현이 적절한지는 알 수 없지만 임상실험 같은 것을 비공식적으로 전개하기도 했다.

몇몇 누군가가 실험동물을 위하여 목청껏 떠들어댄다고 해서 달라지는 것은 없었다. 역시 세상은 인간중심으로 잘도 돌아가고 있었다. 애초부터 간절하지도 않았던 내 바람은 맥없는 희망사항으로 끝나고 말았다. 동물보호 단체처럼 피켓 들고 다니며 유난을 떨고 하는 짓은 절대로 하지 않았다. 한 줌밖에 되지 않는 흰쥐 몸에 주사바늘을 빈틈없이 찔러대도 눈썹 하나 까딱하지 않았다. 숨이 붙어있는 채로 뱃속이 다 드러나 버린 놈들의 그런 장면을 두 눈 똑똑히 뜨고 지켜보기도 했다.

내게 주입하고는 했다. 동물실험은 임상실험을 위한 전주곡일 뿐이라고. '동물에게도 심리라는 건 있어. 그러나 영혼 같은 건 없어.'

역시 남 교수의 주장이었다. 동물피험자에게 잔인하리만치 냉정한 그였다. 그런 그의 눈에는 내가 어떻게 비쳤는지 모르지만 동물들에게도 마음의 움직임이라는 것은 있다고 했다. 동물귀신 같은 건 없다고 설명하며 그런 것이 있다면 실험동물을 가엾이 여기는 나약한 인간이 제바람에 호출하곤 하는 환상에 지나지 않는다고 강조했다. 이른바 놈들에 대한 연민은 절대금물이라고 했다.

앉은자리에서 안색을 바꾸더니 목을 위로 들어올리기도 했다. 어쩌자고 인간에게 동물을 다스릴 권리를 다 주어버렸는지 모르겠다고 하며 심히 유감이라는 말도 아끼지 않았다. 따지고 싶은 것이 있으면 저기 저곳에다 하라고 하며 주제모를 눈길을 더욱 높은 곳으로 긋기도 했다.

책꽂이에 질서정연하게 꽂혀 있는 실험차트들을 뒤지고 또다시 뒤졌다. 역시 말괄량이의 그것은 없었다. 놈에 대한 실험은 남 교수 독단으로 진행하고 있는 터여서 구체적인 연구목표까지는 알 수가 없었다. 어떠한 경우에건 실험일지는 있어야 하는 것이었다.

206

놈에게 도로 발길을 당겨갔다. 우리에 매달려 있어야 할 이름표조차도 달아나고 없었다. 여타의 다른 놈들에게는 있을 것이 다 있었다. 전임에게 조교역할을 정식으로 인수인계 받은 상황이 아니었다. 빨리 보고해야 했다. 직무태만의 누명을 쓰는 것으로 끝난다면 서두를 필요가 없었다. 가까스로 얻은 떡을 맛만 보고 도로 빼앗기게 생긴 것이었다.

"엇, 웬일이야?"

지하층에서 올라가다 조교와 딱 마주친 것이었다. 예감이 이상한지 땀이 번질거리는 얼굴로 양미간을 찌푸릴 듯 말 듯 했다.

"셈 휴가 보낸다고 저더러 실험 도와달라고 해서요."

말이 술술 잘도 나왔다.

"뭐? 휴가?"

말도 안 된다는 표정으로 눈을 부릅떴다.

"어디 시원한데라도 다녀오세요."

"시원한데는 무슨 공짜로 가니? 연구실이 내겐 천국이야 천국."

내겐 주먹이라도 한 대 날릴 기세로 굶어죽게 생겼다는 표정을 지었다. 이유 여하를 불문하고 좀 느리다고 단칼에 잘라버리는 인간은 남 교수밖에 없을 것이라고 노골적으로 흥분해댔다.

"전 그런 줄도 모르고 빨리 오라는 연락을 받고는 일을 하다 말고 바로 왔거든요."

때맞추어 내 혀는 이리저리 잘도 굴러가고 있었다. 미안하다는 말은 나오지도 않았다.

"너도 각오 단단히 해라. 언제 잘릴지 모르니까."

전임은 악담부터 했다. 들고 있던 것으로 내 가슴을 툭 치며 넘겨주곤 몸을 싹 돌렸다.

"그냥 가세요?"

그가 있는 자리에서 말괄량이의 실험기록에 대한 유무를 확실하게 확인해두고 싶었던 것이다.

"그럼 인사라도 하고 가라?"

코웃음을 치며 멀어져 가던 그는 치사하고 아니꼽고 기타 등등의 이유 때문에 이곳엔 두 번 다시 오지 않을 것이라고 막말까지 섞어댔다.

"저기요, 잠깐만요? 말괄량이 기록이 없던데요?"

몇 발짝 따라가며 그의 뒷덜미에다 대고 조심스레 물었다.

"내가 먹어버렸어."

뒤돌아보지도 않고 소리만 질렀다.

한 대 얻어맞은 기분으로 멍청히 서 있었다. 조교한테 전해 받은 것은 잉크젯프린터용 잉크였다. 흔해빠진 승용차도 없는 그였으니 찜통 속을 두 발로 다녀온 것이었다. 마라톤을 할 수는 없었다고 변명 한마디 정도는 할 수도 있었다. 느린 것도 나태함의 일종으로 몰아붙이는 남 교수는 툭하면 우리에게 주입시키고는 했다. 항상 적시안타를 날릴 준비를 철저히 해 두라고 하는 그것이었다. 내일이 어떤 얼굴로 어떻게 다가올지 모른다는 설교와 함께 바로 오늘 우리는 항상 준비되어 있어야 한다는 것이었다.

연구실로 몸을 날렸다. 그의 책상으로 다가가 서둘러 잉크부터 교체했다. 그의 컴퓨터에는 저장되어 있을 말괄량이에게 대한 실험기록을 프린트해 두는 것이 좋겠다고 했다.

"갑자기 그건 왜?"

퉁명스레 반문하며 그는 키보드를 두들겨댈 뿐이었다.

따져보지 않아도 말괄량이의 실험차트가 없다고 보고한 것이었다. 평소에 실험에 관한 것이라면 하나에서 열까지 자세하게 실험일지에 기록하도록 했으며 컴퓨터에 저장할 것은 물론 USB(유에스비)에도 따 두라고 하던 그였다. 당장 찾아놓으라고 하거나 전임한테 전화를 넣어보라고 해야 옳았다.

"기록물이 전혀 없었습니다."

당황한 기색으로 변명하듯 중얼거렸다. 본능적인 의혹이 영감처럼 뇌리에 흘렀다. 무어라고 딱 집어서 설명할 수는 없었다.

"저기 한 번 봐."

목을 오른 방향으로 얼핏 돌리며 무성의한 턱짓으로 책장을 가리켰다.

"여긴 없을 것 같은데요."

그곳엔 해묵은 실험차트가 보관되어 있었다. 물론 따로 저장해 놓은 USB(유에스비)도 함께 있었다. 현재 진행형인 실험기록은 실험실이 아니면 지하층 책꽂이에 꽂아두는 것이 보통이었는데 때론 연구실의 컴퓨터 앞에 가 있는 경우도 있었다.

"그렇겠지. 없으면 놔 둬."

그는 대수롭지 않은 얼굴로 목을 끄덕였다.

"알겠습니다."

일부러 큰소리로 대답했다. 말괄량이에 대한 실험기록을 하나 만들어 놓겠다고 하려다간 그냥 참았다.

"연구실 먼저 올라가 있어. 가서 정리도 좀 해놓고."

급기야 남 교수는 내게 나가달라는 시늉을 해보였다.

실험실에서 나온 난 곧장 연구실로 가지 않고 3층으로 달렸다. 텅 빈 강의실 문을 일일이 열어젖히기 시작했다. 주제 모를 이런 행동을 나로서도 도무지 이해할 수가 없었다. 배가 불룩한 말괄량이가 눈앞에서 얼른거릴 뿐이었다. 어깨를 축 늘어뜨린 채 아래층으로 내려갔다.

"벌써 올라오셨어요?"

연구실 문을 열다 말고 제바람에 멈칫 놀랐다. 한 발짝 뒷걸음질까지 했다.

"해답 비슷한 거라도 찾아냈나?"

정면에 우뚝 서 있던 남 교수는 즐겁지 않은 얼굴로 입으로만 웃고 있었다. 평소에 우리들의 마음을 다 꿰고 있던 그였다. 인간의 심리상태에 대한 관심도가 유난할 정도로 높았으니 당연한 현상이기는 했다.

"아, 아뇨."

아직은 확실하게 알 수도 없는 내 속마음을 그에게 들켜버린 것만 같아 발이 저렸다. 어색한 자세로 몸을 옆으로 굽혀 안으로 들어갔다. 도대체 3층엔 왜 갔는지 내게 묻고 싶었다. 막대형의 검은색인 전기충격기가 책상 위에 놓여 있었다. 실험실에 있어야 할 도구였다. 비상탈출구라도 찾은 기분으로 집어 들었다.

"그냥 그대로 둬."

남 교수는 늘 그래왔던 것처럼 전기막대라고 지칭하면서 우선 잘 살펴보라고 했다. 당장 내일부터 사람에게 사용할 전기자극 실험기구라고 뜸들이지 않고 시원하게 털어놓기도 했다. 소속이 수의학과라는 사실은 잊고 싶지 않았던지 혹은 남의 밥그릇에 손을 댄다는 눈총은 받고 싶지 않았던지 임상실험을 한다고 떠벌리고 다닐 일은 아니라고 못을 단단히 박기도 했다.

만삭인 말괄량이가 눈앞을 정확하게 가렸다. 3층으로 발길이 당겨졌던 건 순전히 선견에 이끌린 조건반사였다. 배불뚝이 동물실험은 출산하기 전에 마무리되고는 했다. 임상실험까지 겹쳐지게 되었으니 그 날짜가 더욱 앞당겨질 수밖에 없는 노릇이었다. 놈의 실험이 생각보다 빨리 끝나버릴 수 있다는 방향으로 가닥이 확실하게 잡히고 있었다.

막연한 확신이 아니었다. 사람이란 원래부터 여간 똑똑하지 않아서 이전의 경험을 현재의 운영에 잘도 활용하는 동물이었다. 나아가 직접이든 간접이든 내 것이든 남의 것이든 그 경험으로 내일을 위한 설계도면의 주춧돌로 깔아놓기도 했다.

'또우니'로 통했던 선배가 있었다. 그는 이 년 전 졸업논문을 쓰다말고 눈물이 줄줄 터져 나오곤 해서 두루마리 화장지를 들고 다녀야 했다. 여러 병원의 안과를 전전해 보았지만 눈에는 별 이상 없음으로 나왔다.

논문 발표일이 다가오자 초조해진 그는 동물 피험자에게 사용했던 전기 충격기구를 자기 몸에 들이대고 말았다. 순전히 궁여지책이었다. 큰 효과를 기대한 것도 아니었다. 전류가 뜨끔 느껴지는 그 순간 눈물이 뚝 멎었던 것이다. 날아갈 것만 같은 기분 사이로 재발의 염려가 끼어들고 있었다. 그 확률은 오십대 오십이었다. 곧장 남 교수에게 보고하여 도움을 청했다.

동물실험에 열을 올리고 있었던 남 교수는 역시 인간우선 정신을 유감없이 발휘했다. 마무리 단계에 들어가던 동물실험을 뒷전으로 팽개쳐 두는 기질은 못되었다. 밤낮없이 실험실에 눌어붙어 실험일지의 마지막장을 깔끔하게 기록한 후 '또우니'에게로 열정을 전이시켰다. 심리요법과 물리요법이 그에게 병행되었다. 심리치료를 위하여 그는 어린 시절 목격해야만 했던 동생의 죽음을 보고 느낀 대로 탈탈 다 털어놓아야 했다. 덕택에 원인이 밝혀졌다. 그때 실컷 울어야 했다. 꺽꺽 소리만 내며 눈을 허옇게 뜨곤 하는 어머니의 슬픔이 지독하도록 무서워 눈물 한 방울 흘리지 못했다.

남 교수는 매일 같은 시각에 눈물의 원인이었던 어제의 일들을 오늘로 끌어내어 '또우니'의 감성을 자극했다. 눈물이 돌면 곧바로 전기자극을 가하곤 했다. 실험은 성공적으로 마무리되었다. 우리 학과에선 피험자와 실험자 두 사람 모두에게 아낌없이 박수를 보냈다.

전기자극에 대한 스트레스 반응실험에서 동물 피험자는 이상행동을 보였다. '또우니'의 실험을 통하여 스트레스는 새로운 스트레스를 물리적으로 강화시킴으로서 원래의 그것을 해소시킬 수 있다는 검증된 가설을 세울 수 있었다. 인간이라고 하는 동물은 역시 자기 스스로를 지키기 위해선 만만치 않은 에너지를 소유하고 있다는 사실이 입증된 것이었다.

우리들을 향한 다른 학과의 시선은 따갑기만 했다. 남의 밥그릇에 손을 댄다는 것이었다. 남 교수 등 뒤에선 연구실적의 야욕을 채우기 위해 학생들을 실험동물 취급한다는 형편없이 억울한 비판의 목소리를 높이기도 했다. 수의학과에서 오로지 동물들만 끼고 있어야 그들의 마음이 편해지는 모양이었다. 새로운 가설 하나를 일차적으로 성립시킬 수 있었지만 정식으로 절차를 밟을 수는 없었다.

여자들이 호신용으로 소지하기도 하는 전기막대였다. '또우니'의 실험을 통하여 우리 과에선 조금 알아버렸다. 전기자극의 실험연구를 거듭하여 한층 더 긍정적인 방법으로 이것을 활용할 수 있을 것이라고 하는 사실이었다.

"피험자는 정해졌겠죠?"

빤한 질문을 하고 있었다. 정작 알고 싶은 건 앞당겨질 말괄량이에 대한 실험기한이었다. 놈의 실험기록 마지막장에도 예외 없이 죽음으로 기록될 것이었다. 곁도는 이유까지 밝히자면 실험대상이 되어보고 싶은 것이었다.

"궁금한가?"

남 교수는 눈꺼풀을 번쩍 들어보였다. 여느 때 같았으면 디데이가 내일인데 지금 그걸 말이라고 하는지 그런 것을 반문했을 그였다.

"아뇨. 그런 건 아닙니다."

목까지 가로저었다.

"부친의 도움을 받지 그러나?"

평소에 우리들의 걱정거리를 잘도 읽어내는 그였다. 이번엔 점괘가 빗나갔다. 하기야 최저임금 인상으로 아르바이트 자리가 말없이 없어지고 있는 판국이었으니 귀가 있고 눈이 있는 사람이면 가난한 우리들의 현실을 염려하지 않을 수 없었다. 등록금 문제로 휴학할 지경에 이르면 그에게 은근히 다가갔던 전과까지 내게는 있었다. 조교 보수에다 얼마간의 보너스까지 기대할 것이라고 하는 착각에 빠질 수도 있는 것이었다.

"아뇨. 절대로 받지 않을 겁니다."

앞뒤 없이 떠들며 창밖으로 목을 돌렸다. 한여름의 태양이 숨어있는 개미 새끼까지 찾아낼 정도로 밝기만 했다. 어둡기만 한 내 마음의 저변이 더욱 잘 보였다. 시골집에 발길을 끊고 산 지 오래되었다. 굶어죽었으면 죽었지 아버지의 도움 같은 건 받지 않을 작정이었다. 아무도 모르는 그 까닭을 남 교수는 잘 알고 있었다. 오늘따라 몇 번씩이나 아버지를 내게 들이대고 있었다. 그 속마음이야 바로 읽어냈지만 번번이 불쾌감이 자극되고 있었다.

"특수 제작한 것이니 잘 봐 둬."

그의 목소리는 가라앉아 있었다. 눈꺼풀을 들었다가 놓으며 내 얼굴에 꽂아두었던 눈을 복부 쪽으로 훑어 내리기도 했다.

비로소 내 손에 전기막대가 있었음을 인지했다. 목을 앞으로 재빨리 끌어당겨 여느 것과 별로 달라 보이지 않는 그것의 겉모양부터 눈여겨보기 시작했다. 알파벳과 숫자가 나란히 새겨진 버튼이 몇 개 있다는 것을 우선 확인했다. 그 단추는 손잡이 부분을 아래로 하고 세웠을 때 위에서부터 F3 F2 F1 방식으로 되어 있었다.

"F3 전류가 가장 강하겠죠?"

혼잣말로 중얼거리다간 익지도 않은 웃음조각을 입가에 흘렸다. 혼자만의 뭔가에 이끌려 전기막대를 반대편 팔로 당겨갔다.

"이리 줘 봐."

소리와 동시에 남 교수는 전기막대를 빼앗아갔다. 스스로 피험자가 되어버린 그는 자신의 가슴에 그것을 슬쩍 갖다 댔다. 평소에 볼 수 없었던 편안한 미소가 그 입가에 소리 없이 번졌다. 전혀 다른 사람이 눈앞에 서있는 것이었다.

덩달아 웃음을 빼물다간 앞뒤 없이 멍해지는 눈으로 보고 말았다. 의식의 늪 속으로 빨려들기 전에 재빨리 떨어버려야 했다. 의지력을 상실해 버린 내 눈의 초점은 이미 망막 안쪽의 그것에 꼼짝없이 붙박이고 말았다.

시골 초등학교의 교장이었던 아버지는 여전은 웃고 있었다. 누가 보아도 그 인상은 편하기만 했다. 집안사정이 좋지 못한 아이 두어 명의 학비까지 대어주고 있었으니 그 부모들에게 고맙고 감사하다는 말까지 듣고 있었다. 병약하여 누워 지내다시피하는 어머니를 보살피는 손길도 말 그대로 지극정성이라는 평가를 받고 있어서 '세상에 그런 사람 없다.'라고 하는 말이 동네 아낙네들 사이에 오르내릴 수밖에 없었다.

"흥, 위선자! 아, 아얏?"

고독히 중얼거리다 말고 유치하게 비명까지 질렀다. 어깨에 물리적인 아픔이 느껴졌던 것이다. 동시에 망막의 초점은 눈앞으로 돌아왔다.

"허, 헛, 정신이 나갔군."

코앞에 있던 남 교수는 내 얼굴을 뚫어져라 보며 탄식했다. 꼬집듯 움켜잡았던 어깨를 바로 풀어주기는 했다.

"죄송합니다."

얼른 머리를 굽혔다.

특유의 냉정한 얼굴로 그는 두 눈을 거둬가며 함께 나가자는 신호를 보냈다. 앞장서는 남 교수를 따라 연구실을 나섰다. 문에 차단당했던 복도의 열기가 기다렸다는 듯 전신으로 덮쳐왔다.

일층 현관문 앞까지 간 그는 별안간 걸음을 멈추더니 지하층 계단 쪽으로 목을 돌렸다. 평소에 동물피험자의 실험을 위한 운반은 조교나 학생들의 몫이었다. 그곳에 발길을 전혀 하지 않는 건 아니었지만 최소한 지금의 시점에선 그가 아래층에 관심을 가질 까닭이 없었다.

"역시 전기자극 실험은 다음 주 월요일부터 해야겠어."

염두에 두고 있었던 일을 드디어 발표하듯 그는 목소리에 힘을 주었다.

반사적으로 말괄량이가 떠올랐다. 내일부터 하기로 했던 실험을 연기한다면 그 이유는 한 가지밖에 없었다.

서쪽으로 몸을 기울인 오후 4시의 태양은 여전히 뜨겁기만 했다. 좀 큰 종이박스를 부둥켜안은 채 학교 숲속에서 서성이고 있었다. 지척에 있는 수의학과 연구동은 겹겹이 쌓인 나뭇잎이 잘 가려주고 있었다. 사람의 발길이 거의 닿지 않는 곳이었다. 남 교수가 정해준 학교 근처 모텔에 가방만 던져놓고 도로 나온 터였다. 말괄량이가 몸을 잔뜩 움츠린 채 박스 위로 보이는 하늘과 나를 번갈아 흘깃거리고 있었다.

"자, 밥 먹어."

준비해간 밥그릇에 놈에게 알맞을 사료를 넣어주고 물그릇에다 물병의 물도 쏟아주었다. 내가 지금 무슨 짓을 하고 있는지는 잘 알고 있었다. 어쩌자고 이런 짓을 하는지 그런 건 알 수가 없었다. 뒷감당을 할 자신 같은 것도 전혀 없었다. 단 며칠이라도 놈을 더 살려두고 싶다는 이것에만 단단히 최면이 걸려버렸다.

'대책부터 세워야지. 무턱대고 빼내면 어쩌겠다는 거야?'

일인칭이 참견하고 나섰지만 외면해버렸다.

이번 전기자극 실험의 피험자는 우울증 환자라고 했다. 물론 자기 발로 남 교수를 찾아왔다. 약물치료를 통하여 좋아지고는 했지만 재발을 거듭하는 바람에 이곳까지 오게 되었다는 것이었다. 목요일인 오늘의 일과는 마무리되었다. 모르긴 해도 낼모레 사이에 말괄량이는 실험대에 눕게 될 것이었다.

"왜 안 먹는 거야?"

사료에 코만 들이대다가 목을 돌려버리는 놈을 보며 화부터 냈다. 꼬드기기 작전으로 바꾸어 사료 몇 알이 올리어져 있는 손바닥을 놈의 입에 들이대며 먹어야 한다고 속삭였다. 머리를 살살 쓰다듬으며 밥알을 놈의 입에 억지로 밀어 넣고는 뱉어내지 못하도록 입아귀를 틀어쥐기까지 했다. 마지못해 밥그릇에 입을 대기 시작했다.

모텔로 돌아와선 욕실로 직행했다. 옷을 입은 채로 샤워꼭지부터 틀었다. 밤새 일해야 하는 독서실이나 피시방에선 쪽잠도 설쳐야 했다. 연구실 소파도 잠자리로 나쁘지 않았는데 남 교수는 기어코 이곳을 잡아 준 것이었다.

갈아입을 속옷을 꺼내기 위해 가방을 열었다. 필수품인 파란색의 작은 베개가 불거졌다. 작년 가을 무렵 남 교수가 사 준 것이었다. 가슴으로 당겨가며 실없이 픽 웃었다.

수업이 비는 시간이면 책이나 주먹을 베개로 벤치나 잔디밭에 무조건 몸을 쭉 뻗어놓고 보았다. 팔과 다리는 참 편안했지만 책에 닿은 뒷목은 늘 뻐근했고 머리 거죽은 감각이 없거나 아플 때도 많았다. 주먹손에는 쥐가 나기 일쑤였다.

'미안하군. 잠을 깨게 해서.'

언제 나타났는지 혹은 언제부터 지켜보았는지 남 교수는 베개를 내 머리 밑으로 넣어주었다. 얼떨결에 몸부터 일으켰다. 그는 이미 저만치로 멀어 져가고 있었다. 달려가서 감사의 마음을 전해야 했는데 난데없이 호의를 베푸는 그 까닭을 궁금해 하며 멍하니 뒷모습을 바라보고만 있었다.

내의를 꺼내는데 수첩 같은 것이 딸려 나왔다. 동시에 사진 한 장이 책갈 피 아래로 떨어지고 있었다. 집어 들며 목을 짧게 흔들었다.

군대에서 제대 나왔던 막내삼촌이 찍어준 것이었다. 초등학교 4학년이 었던 나와 입을 헤 벌린 점희 누나가 마루 끝에 나란히 앉아있는 장면이었 다. 막연히 아니면 본능적인 느낌으로 친누나가 아니라는 것 정도는 알고 있었다. 병약한 어머니를 대신하여 집안일을 도맡아하고 있었다.

'순박하게 생겼군. 이런 사람을 왜 귀신으로 간직하나?'

언젠가 이 사진을 남 교수에게 보여준 적이 있었는데 그때 그가 한 말이 었다. 귀신과 영혼을 만드는 건 전적으로 개개인의 마음 환경에 달려 있다 는 것이었다. 즉 전자든 후자든 되는 것이 아니라 만들어지는 것이라고 못 을 박았다. 죽어버린 자는 우리의 소관이 아니라는 말까지 굳이 덧붙이며 스스로 얽혀드는 짓을 더는 하지 말라고 숫제 설교했다.

'누나가 귀신이라니요?'

단호히 머리를 가로저으며 애써 그의 눈길을 피했다.

'허, 허. 자신을 한 번 들여다 봐.'

내 심리상태까지 운운하던 남 교수는 차라리 점희 누나의 사진을 버리라 고 강요했다. 영혼으로 간직할 수는 없더라도 악몽에 시달리게 하는 무엇을 지니고 있어서는 안 된다는 것이었다.

죄도 없는 쓰레기통을 흘겨보았다. 사진을 도로 끼워 넣은 수첩을 가방 맨 밑바닥에 넣다간 손을 부르르 떨었다. 남 교수의 충고에 빌붙지 않더라도 절대로 돌이키고 싶지 않은 어제를 오늘 위로 부추기게 하는 주범이 이것일 수도 있었다. 그리하여 마음으로 이미 누나를 귀신으로 만들어 놓았는지도 몰랐다. 버릴 수는 없었다. 스스로를 좀 더 괴롭히기 위해서인지도 몰랐다.

인터넷을 열어 애견들의 무료분양 사이트를 찾아댔다. 강아지 공장으로 여겨지는 그런 곳이 검색되면 무조건 화를 벌컥거렸다. 족보 있는 어미강아지들을 가둬놓고 새끼만 낳게 한다는 소린 일찍부터 듣고 있었다.

침대에 벌렁 드러누웠다. 무료분양 받기를 원하는 집을 가까스로 찾고는 했지만 막상 전화를 하면 있는 강아지도 어떻게 해야 할 상황이라고 한 것이었다. 유기견 센터가 미어터지는 이유를 알 것 같기도 했다. 사람부터 우선 먼저 먹고 살아야 하지 않겠느냐고 반문하는 그들을 감히 비난할 수도 없었다.

'지금 뭘 어쩌자는 거야? 제정신이야?'

일인칭이 발끈하고 나섰다. 내 속을 뻔히 알면서 시비를 걸고 있었다. 남 교수가 알아차리기 전에 말괄량이를 제자리에 데려다 놓으라고 야단을 했다. 알맹이 없는 소리는 아니었다. 생각 없이 일을 저질러놓기는 했어도 지금 그렇게 하기만 하면 없었던 일로 끝날 수 있었다.

구구절절 옳은 말이었다. 입으로 대충 맞장구 정도는 쳐 줄 수가 있었다.

빗소리가 잠귀를 긁곤 했다. 충동적으로 몸을 일으켰다. 뒤집혀져 있던 반팔티를 그대로 주워 입고는 급히 밖으로 달려 나갔다. 기다리고 있었다는 듯 소나기가 바람으로 발광하며 우산을 낚아채 버렸다. 정신 나간 사람처럼 맨몸으로 빗속을 뚫고 나갔다.

'말괄량이, 량이야, 량이야, 어디 있니?'

학교 숲속까지 단숨에 미쳐 버린 난 말괄량이를 묶어두었던 정확한 지점을 찾아 헤매기 시작했다. 가로등은 빗물에 빛을 마구 흘리고 있었지만 나무에 가려져 숲속까지 끼쳐오지 못했다. 비를 과식해 버린 발밑의 흙들은 질컥거리며 물을 게우고 있었다. 완벽한 어둠에 갇혀버린 채 미세한 낑낑거림이라도 감지하기 위해 귀를 곤두세웠다.

눈앞의 물줄기를 손으로 거둬내는데 발밑의 느낌에서 종이박스의 그것과 흡사한 촉감이 감지되었다. 비를 너무 많이 먹어버려 형체가 물크러져 버린 박스를 손으로 조심스레 더듬으며 말괄량이를 찾았다. 주변의 나무로 번갈아 손을 뻗치다간 리더 줄이 끊어져 있다는 사실을 더듬어냈다.

'잘했다. 영리한 놈.'

비로소 안도의 한숨을 내쉬었다. 행복한 착각에 빠져버린 내 의식 속엔 분홍색 새끼들의 몸을 핥아대는 말괄량이의 모습이 그려지고 있었다. 홀가분해진 얼굴로 발길을 숙소로 돌렸다. 불현듯 뇌리에 스치는 께름칙한 느낌이 두려움으로 전이되어 전신을 훑었다. 촉각이 일시에 연구동으로 곤두섰다.

"으아! 이럴 순 없어. 이 멍텅구리 쌔꺄아, 어디 갈 데가 없어서 여길 기어드니? 여기가 어디라고? 어디라고 기어드냐 말야?"

말괄량이가 흠뻑 젖은 몸으로 연구동 현관문 앞에서 낑낑거리고 있었던 것이다. 내게 꼬리까지 흔드는 놈을 보는 순간 가엾고 반가워서 그냥 비명을 지르고 말았다. 앞뒤 없이 불거져 나온 눈물은 볼 위로 흘러내리고 있었다. 놈은 이미 내 품에 안겨 있었다. 가슴으로 맞닿는 놈의 팔딱거림에 맞추어 갈 곳 없는 한숨이 자꾸만 터져 나왔다.

'저기 데려다 놔. 그 방법밖에 없어.'

일인칭이 지하층을 가리켰다.

'으음, 음 그래? 그게 정답인지도 모르지.'

대꾸 대신 끙끙 앓았다.

바람에 빼앗겨 버린 우산이 이곳에 있을 리 없었지만 두리번거렸다. 말괄량이를 앉은 채 빗속으로 뛰어들었다. 모텔에 숨겨 들어와선 곧바로 목욕부터 시키고 드라이기로 털을 말려주고 하면서 부산을 떨었다. 순백의 긴 털이 보송보송한 느낌으로 살아나는 것을 보면서 마음이 어지간히도 뿌듯했다. 놈도 기분이 좋은지 발라당 드러누워 두 다리를 위로 치켜들고 몸통을 좌우로 요리조리 돌려대고 하면서 애교를 부려댔다.

'이게 무슨 냄새지?'

복도에서 들려온 소리였다. 직감적으로 말괄량이의 냄새가 복도에 남아 있는 것이라고 판단했다. 사람의 발소리가 끊기기만을 기다렸다가 방문을 살며시 열고 나와선 화장용 스킨을 손에다 조금씩 쏟아 여기저기 끼얹어댔다.

많은 일들이 있었던 하루였다. 결과적으로 참 좋은 날이었다. 내일도 오늘 같으면 더 바랄 것이 없을 것 같았다.

침대에 드러누워선 말괄량이를 배 위에 올려놓았다. 이곳의 지냄에 대한 수칙을 주입시켜 두어야 했다. 절대로 소리 내어 짖지 말아야 하며 볼일은 꼭 화장실에서 보아야 한다는 것 정도였다.

단번에 알아들었다는 듯 놈은 방바닥으로 훌짝 뛰어내렸다. 뒷발로 똑바로 서더니 꼬리까지 뱅글뱅글 돌리며 춤을 추는 것이었다. 손뼉으로 박자 맞추기를 해주자 덩달아 앞발로 흉내를 내며 몸을 전후좌우로 요리조리 흔들며 잘도 까불어대고 있었다. 족보 있는 놈답게 말 그대로 수준급으로 영리한 놈이었다. 오랜만에 걱정 없는 웃음을 입가에 그려댔다.

다음 날 아침부터 속이 좋지 않았다. 기분은 아주 괜찮았다.

"허 참. 하절기에 특히 음식 조심해야지."

또 배를 움켜잡고 문으로 달려가자 남 교수의 염려 섞인 투덜거림이 내 등으로 날아온 것이었다.

복통은 계속 배를 쥐어짜고 있었지만 복도로 나와선 픽 웃었다. 화장실 거울 속의 내 얼굴은 백지장으로 잔뜩 찌푸린 채 식은땀을 흘리고 있었다. 실없는 내 웃음은 갈 곳을 잃은 채 입가에 엉거주춤 머물러 있었다. 간밤에 냉장고에 있던 우유를 일부러 꺼내선 창틀 바깥쪽의 넓지 않은 그 공간에 두었다. 잘도 쉬어버린 하얀 액체를 빵과 함께 아침으로 먹었다.

'이렇게까지 해야겠니?'

허연 변기에 얼굴을 박고는 구토까지 해대자 일인칭이 시비를 걸었다.

'생명을 살리는 일이다.'

굳이 대꾸해 주었다.

'살리지 못하면? 지금 넌 한 가지 생각밖에 못하고 있어. 남 교수가 알게 되는 날엔 당장 아웃이야 아웃.'

일인칭은 흥분했다.

'절대로 놈을 실험실로 보내진 않을 거야.'

내게 단단히 주입시켰다. 여러 가지를 생각하고 할 마음의 여유가 없었다. 위와 아래로 배설하고 보니 몸은 한결 가벼워지고 있었다. 이제는 남 교수가 어떤 판단을 내리게 될지 그것만 기다리면 되는 일이었다.

"어, 어맛? 여긴 어떻게?"

화장실 밖으로 나오다 남 교수와 딱 마주친 거였다. 엉겁결에 튀어나와 버린 엉터리없는 말을 주워 담을 수는 없어서 버릇처럼 뒷걸음질을 쳤다.

"택시 불러났으니까 바로 병원으로 가 봐."

소변기 앞에 서며 그가 걱정하고 있었다.

"아, 아뇨. 이젠 괜찮습니다."

일차적으로 너무 고마워서 말문이 딱 막혔다. 말괄량이의 생명연장 작전이 성공적으로 진행되고 있다는 직감이 전신을 내리훑고 있어서 미치도록 좋았다. 택시까지 불러줄 것이라곤 미처 생각지도 못했다. 어찌할 바를 모르고 서 있는 내게 여름철 식중독은 쉽게 낫지 않는다고 염려하면서 월요일에 보자고 하곤 연구실로 멀어져 갔다. 그의 등에다 대고 기어이 웃음을 비비고 말았다.

애견용품 백화점을 찾아갔다. 족보 있는 강아지와 고양이들의 분양도 알선하고 하는 곳이었다. 휴대폰을 열어 말괄량이의 사진부터 보여주며 영리하다는 사실에 초점을 맞추어 열심히 설명했다. 목을 가로저으며 요즘은 분양받겠다는 가정이 전혀 없다는 것이었다.

월요일의 이른 아침이었다. 태양은 아직 열기를 내뿜지도 않고 있는데 열대야에 지친 날씨는 영 후덥지근하기만 했다. 사람들은 더위를 피해 산과 바다와 강이나 계곡을 찾아 잘도 떠나고 있었다. 그들이 강아지와 함께 떠나는 장면을 연상하다 말고 쓴웃음을 빼물고 말았다. 반려동물들의 출입제한 구역이 여전히 너무 많았다. 놈들을 집에 남겨두고 여행이건 휴가든 떠난 사람들은 당일치기로 끝내야만 하는 것이었다.

전기자극 실험의 첫날이었다. '또우니'에 이어 우리 과에선 두 번째의 임상실험인 셈이었다. 남 교수는 특유의 냉정한 표정으로 색다른 감회에 젖는 눈치였지만 내겐 특별한 느낌 같은 건 일어나지 않았다.

말괄량이에 대한 해부는 임상실험이 없는 이번 주말로 일단 미루어져 있었다. 만삭인 말괄량이를 하루빨리 안전한 곳으로 보내야 한다는 생각만이 의식의 중심부를 초조히 차지하고 있었다.

"서로 인사 나누도록 해."

남 교수는 낯선 여자를 내게 소개시키고 있었다.

"여자 분이었어요?"

별 생각 없이 반문하며 실험대상의 얼굴에서 눈을 쉽게 떼지 못하고 있었다. 얼굴형은 우선 너부데데했다. 안색은 영 우중충한 회색이었는데 흔한 말로 눈을 씻고 보아도 밝은 기색이라고는 찾아볼 수가 없었다. 일단 머리를 깊이 꾸벅이며 인사를 청했다.

"송 군 잠깐 밖으로 나갈까?"

그녀가 무반응을 보이자 남 교수가 내 팔을 복도로 이끌었다. 부속병원 정신과 의사인 한 교수의 환자라는 말부터 해 주었다. 재발할 때마다 스스로 목숨을 끊으려 했다는 새로운 사실도 언급하고 있었다. 전기자극 실험으로 확실하게 치료해 놓을 것이라고 장담했다.

원래 실패를 모르는 남 교수였다. 오늘따라 성공적 결과만을 점치는 그의 의욕이 부담스럽기만 했다. 수의학과에서 비공식적으로 실행될 실험이어서 기대에 미치지 못한다고 해서 탓할 사람도 없었다.

두 사람을 기다리고 있던 피험자의 표정은 흡사 사진처럼 방금 전과 똑같았다. 은근히 질리며 전기막대로 눈을 가져갔다. 그녀에게 자극을 주어보고 싶은 건방진 충동이 일어난 것이었다. 변화 없음으로 일관할 수 있을지 그것이 스스로에게 괘씸하도록 궁금한 것이었다.

"잠깐, 읽어 둬."

전기막대를 집어 들며 남 교수는 종이 한 장을 내 앞에 내밀었다.

실험 도중 실험대상에게 어떠한 불상사가 야기되더라도 실험자나 실험보조에게 그 책임을 묻지 않겠다고 하는 서약문이 적혀있는 종이였다.

"불상사가 발생할 수도 있습니까?"

본능적으로 반문했다. 주제 모를 두려움이 가슴 바닥에서 회오리쳐 올라왔다.

"의례적인 것이니까 마음 쓸 거 없어."

남 교수는 종이를 거둬가며 일상적인 표정을 지었다. 이어 피험자에게 무언의 눈짓을 보냈다.

카메라 기능을 열어두기 위해 휴대폰을 꺼냈다. 실험과정을 사진으로 찍어두거나 동영상으로 촬영하기 위해서였다.

피험자는 어깨를 움씰함과 동시에 조금 들던 겨드랑이를 도로 바짝 붙였다. 두어 번 정도 같은 동작을 반복했다. 얼굴표정은 한번 찡긋하는 정도로 끝났다.

앞서 남 교수가 그녀의 양팔 밑 오목한 그곳에 전기막대를 딱 두 번 반복하여 들이댔다가 떼고는 했던 것이다.

반사적으로 체머리를 흔들었다. 이미 내 의식은 시간의 먼 거리에 있는 그곳으로 달려가고 말았다.

'같이 놀자. 누야, 응? 심심해서 죽것다.'

열 살인 난 마루 끝에 걸터앉아서 콩나물을 다듬고 있는 점희 누나 옆에서 떼를 쓰고 있었다.

'죽것다꼬? 니 참 쪼껜 기 참말로 못하는 말이 없다. 쪼께마 더 기다리라. 이거 다 해놓고 놀아 주께.'

'싫어, 빨리 놀자. 이래도 안 놀아 줄 끼가?'

기다릴 줄 몰랐고 뭐든지 내 고집대로 해야만 했다. 누나를 간질이기 위해 겨드랑이 속으로 손을 넣었다.

초점 잃은 멍한 내 눈앞에서 남 교수의 모습이 얼른거렸다. 한심하다는 눈으로 나를 보다간 피험자에게로 끌어가고 있었다.

또다시 그녀는 움씰거렸다. 그 동작의 반경은 방금 전의 그것보다 좀 더 컸다. 눈가에 떠오르던 웃음 한 조각이 찡긋하는 그것에 엇나가기도 했다. 앞뒤 없이 입언저리를 부르르 떨기도 했다. 움츠린 양어깨 사이로 집어넣었던 목을 재빨리 올리는가 하면 상체를 요리조리 비틀기도 했다.

남 교수는 반복해서 전기자극을 가하고 있었다.

그녀는 이제 눈으론 찡긋하며 입으로는 헤헤거리고 있었다.

누나도 그것과 판에 박은 듯 똑같았다.

나도 모르게 웃음을 헤 빼물고 말았다.

그녀의 얼굴에 있던 웃음이 거짓말처럼 사라지고 말았다. 돌아오지 말았으면 좋았을 우울한 회색빛의 그 표정이 보는 이의 마음까지 어둡게 조명하고 있었다.

남 교수 쪽으로 목을 넌지시 돌렸다. 그의 손에 있는 전기막대에 초점이 유혹되고 말았다. 전기자극을 왜 중단했는지 물어보고 싶었다. 차라리 계속해 달라고 부탁하는 편이 나을 것 같았다. 빼앗아서 직접 해 버리고 싶은 충동마저 일어났다.

"오늘은 여기까지만 하지."

그는 전기막대를 손에 든 채 피험자에게 함께 나가자고 했다. 내겐 이곳을 깨끗하게 정리해 둔 후 실험실로 가서 개복준비를 해 두라고 지시했다.

"에엣, 말괄량이를요?"

숫제 킹 짖었다. 눈앞이 아찔해 왔다. 후들거리는 다리로는 몸을 지탱할 수 없어서 머리로 벽을 짚었다. 물론 이번 토요일이면 다 들통이 나게 되어 있었다. 어차피 빼돌려놓았으니 놈이 실험대에 눕게 될 일은 전혀 없었다. 그 날짜를 가지고 앞뒤 없이 변덕을 부려대듯 미루었다 당겼다 하는 그의 그 저의가 두려운 것이었다.

'다 알고 있는 건 아니겠지?'

내가 먼저 일인칭에게 물었다. 놈을 당장 데려오라고 할 것만 같아 오금이 저렸다. 고독히 체머리는 흔들었다. 휴대폰을 꺼냈다. 놈을 맡아 줄 집이 있었다면 연락이 와도 수십 번은 더 왔을 터였다. 역시 부재중 전화 같은 건 없었다.

"준비 다 되었나?"

피험자를 배웅하고 돌아온 남 교수는 내 코앞으로 바짝 다가와 물었다.

"아, 아뇨 아 예. 뭐."

어이없이 더듬거리며 지하층으로 방향을 딱 잡았다.

텅 빈 말괄량이의 우리 앞에서 허연 얼굴로 식은땀을 흘리고 있었다. 모텔로 달려가 놈을 안고 와야 하는 데 그러고 싶은 마음은 절대로 없었다. 임시조교 자리에서 물러날 각오는 해야 했다. 애초부터 스스로를 위한 대비책 같은 건 없었다.

휴대폰을 꺼내 남 교수의 번호를 눌렀다. 그 얼굴을 보기가 두려웠거니와 목소리로 보고할 자신도 없어서 '말괄량이가 사라졌습니다.'라고 하는 문자를 보냈다.

'올라와.'

그의 답이 곧바로 내 휴대폰이 도착했다.

"잘못했습니다. 어제 제가 문을 닫지 않은 것 같아요. 갑자기 또 배가 뒤틀려서 화장실 가느라고 그만 깜박했습니다."

진땀을 빼면서도 없는 말을 적시에 잘도 만들어 지껄이고 있었다. 각본에 없었던 말이었다. 병원에서 장염 진단을 받았다는 말까지 곁들였다.

"그래? 제 발로 달아날 놈이 아닌데. 찾아오겠지. 돌아올 거야. 배탈은 좀 괜찮아진 거야?"

견공들의 공통분모인 뛰어난 귀소본능을 믿어보겠다는 듯 남 교수는 담담한 얼굴로 중얼거렸다. 식중독이건 장염이건 완전히 나을 때까지 약은 잘 챙겨먹어야 한다고 덧붙였다.

"꼭 찾아오겠죠?"

모텔에 있는 말괄량이를 떠올리며 대담하게 맞장구까지 치고 있었다. 아무리 생각해도 예상밖의 성과였다. 남 교수의 실험 손아귀에서 완벽하게 벗어난 놈을 위해 쾌재라도 부르고 싶었지만 미안해서 참기로 했다.

귀에 익은 목소리에 걸음을 멈추었다. 소리가 날아온 도서관으로 통하는 샛길 쪽으로 목을 돌렸다. 작년에 졸업한 선배가 저만치서 다가오는 것이었다. 불거진 양쪽 광대뼈 위의 그 두 눈빛은 여전히 맑게 살아 있었다.

"나 밥 좀 사 줘라. 라면만 계속 먹었더니 밥이 너무 그립다. 그리워."

다짜고짜 밥 타령부터 하며 선배는 정문 밖의 밥집으로 앞장섰다. 도서관 귀신이이라는 별명이 붙어버릴 정도로 공무원시험 준비에 혼을 다 쏟고 있었지만 올 상반기의 응시에도 실패했다는 소문이 돌았다.

"뭐, 뭐 그러죠."

그를 따라가면서 기꺼이 목을 끄덕였다. 배부른 사람이 그에게 밥을 사면 동정심을 발휘하는 것이겠다. 하루 세끼를 라면으로 때우고는 한 적이 많아서인지 선배를 보면서 내 고달픔이 가미된 그의 아픔이 느껴지고 있었다.

"네 방에 가서 딱 한 시간만 자자."

기껏 밥 한 공기를 비운 선배는 잠자리 타령을 전개하고 있었다. 팔다리를 쭉 뻗어놓고 자보는 것이 소원이라는 말까지 곁들이며 깍지 낀 양손의 양팔을 머리 위로 치켜들어 좌우로 기지개를 켜기도 했다.

"제게 방이 어디 있다고요?"

말괄량이부터 떠올리며 무조건 발뺌을 했다.

"어떡하니? 네가 저 모텔 장기투숙객이라는 걸 눈치 채고 말았는데. 아니니? 아니면 할 수 없고."

선배는 몸을 돌려 학교로 방향을 잡으려고 했다. 그 모텔에 드나드는 것을 우연히 목격했다는 것이었다. 잔디밭 신세를 지면 문제없다고 하며 내 어깨를 토닥거리기도 했다.

"같이 가요."

도리 없이 모텔로 앞장섰다. 말괄량이 이야기를 줄기차게 엮어대며 놀라지 않도록 해 달라고 거듭 부탁했다. 고자질을 하고 할 선배는 아니어서 비밀을 지켜달라는 말은 굳이 하지 않았다.

"화아! 후배야 대단하다. 실험동물을 빼돌리다니 너 진짜로 더위 먹었니? 대책은 있는 거니?"

한참을 떠들어대던 선배는 놈이 새끼라도 낳는 날이면 식구가 늘어날 것인데 어떻게 감당할 것이냐고 눈을 부릅떴다.

"맡아줄 집을 빨리 찾아야죠. 선배님도 좀 알아봐 주세요."

조교자리에서 잘리는 날에는 또다시 독서실이나 피시 방을 전전하게 될 것이었다.

"하, 나까지 더위 먹으란 말이니? 그런 재주 없다. 있어도 못 도와준다."

답답하다는 얼굴로 돌변한 선배는 제 앞가림도 못하는 주제에 지금 무슨 짓을 벌려놓았느냐고 감정 없이 화를 벌컥거리다간 단호히 최선책을 내놓았다. 말괄량이를 도로 제자리에 안아다놓으라는 것이었다. 동물실험 없이는 동물들의 질병을 퇴치할 수 없다고 주장했다. 나아가 사람을 위하여 실험동물의 희생은 불가피하다는 말까지 덧붙였다.

할 말은 없었다. 지구상의 모든 동식물은 사람을 위하여 존재하는 것이었다. 태초부터 그래왔다. 조물주의 절대적 특권으로 우리에게 그런 권리를 부여했다고 철석같이 믿고 있는 사람들은 더욱 많았다.

"말괄량이는 꼭 살려두고 싶어요."

그를 제치고 앞장서며 소원이라도 빌 듯 말했다.

큰 실수를 하는 것이라고 떠들어대는 선배에게 잠깐 기다리라고 하곤 방 안으로 먼저 들어갔다. 두 다리로 선 채 손을 내미는 놈을 덥석 안아 올렸다. 손님이 왔다는 사실부터 알려주었다. 짖으면 절대로 안 된다고 주입시키며 그 이유까지 충분히 설명해 주었다.

"예쁘다. 예뻐도 너무 예쁘다. 꼬리 같은 건 치지도 마라. 이 오빠 널 부양할 능력이 없단다."

말괄량이한테 첫눈에 반해버린 선배는 혼이 나간 얼굴로 중얼거렸다. 내게로 목을 돌려 딱하다는 눈초리로 흘겨대기도 했다. 실수하고 있다는 말만으론 부족했던지 어리석다 못해 어이없도록 무모한 짓을 한다고 몇 번씩이나 짖어댔다. 냉정하기로 유명한 남 교수의 성격까지 들먹이며 그의 연구를 방해하고도 무사할 줄 아느냐고 협박까지 했다.

"너무 그러지 마세요."

그냥 실없이 웃었다.

몇 가닥의 빗줄기가 선만 보이고 사라졌다. 시커멓게 몰려왔던 먹구름은 몸을 풀다 말고 저만치로 몰려가 버렸다. 더욱 투명해진 태양의 빛살에 팔월 중순의 더위가 농익고 있었다.

전기자극 실험의 둘째 날이었다.

학교 정문을 지나 나무그늘로 들어서자 매미들의 요란스런 합창이 머리 위로 쉼 없이 쏟아져 내렸다. 들뜬 기다림을 호소하며 짝을 찾아 나선 수 매미들의 본능적인 목청 뽑기였다. 또는 5년 길게는 17년 동안이나 징그 러운 벌레로 암흑과 침묵의 시간을 모질게 버텼으니 죽어지냈던 그 시간의 전설을 마음껏 풀어내고 있는지도 몰랐다.

정해진 시간보다 10분 일찍 연구실에 도착했다. 어제 청소며 정리정돈 을 다 해둔 덕택에 딱히 할 일은 없었다. 의미 없이 두리번거리다간 책상 위에 놓여 있는 책 한 권을 발견하곤 제자리에 꽂아두기 위해 다가갔다.

정신과 의사였던 프로이드의 저서인 '꿈의 해석'이었다. 그는 환자의 꿈 을 끈질기게 연구 분석하여 치료에 활용했으며 그 과정을 이 책에 고스란 히 담아놓았다. 인간심리에 깊은 관심을 보이고 있는 남 교수가 필독하는 도서이기도 했다.

동물들도 수면 도중에 꿈을 꾸는지 앞뒤 없이 궁금해지고 있었다. 그냥 할 일 없는 코웃음만 치고 말았다. 놈들이 꿈을 꾼다고 하더라도 쉽게 알 아낼 수 있는 일이 아니었다.

책장에서 메모지가 빠져나왔다. 눈이 당겨지는 그곳에 '도스토예프스키 와 아버지 살해'라고 쓴 글씨가 흘림체로 긁적여져 있었다. 왼쪽 가슴이 결 리고 있었다. 프로이드의 논문 제목이었다. 의사였던 문호의 아버지는 십 대소녀들을 번갈아 성폭행하다가 동네 주민들로부터 몰매를 맞고 죽었다. 도스토예프스키 나이 열여덟에 벌어진 사건이었고 마음의 중심이 되어 주 었던 어머니는 열여섯 살에 이미 잃고 만 상태였다. 십대에 겪었던 몸과 마음의 혼란을 한풀이하듯 문호는 작품으로 아버지를 죽여 댔고 프로이드 는 그의 그런 심리상태에 초점이 유혹된 것이었다.

아버지의 죄를 알고 있다고 해서 누구나 다 '카라마조프가의 형제'를 쓸 수 있는 건 아니었다. 억울히 받은 DNA(디엔에이)를 교체할 수도 없거니와 죽을힘을 다해 우연변이임을 호소한다고 해서 남남이 되는 것도 아니었다.

어깨가 한꺼번에 축 늘어졌다. 예의 메모지를 책표지 바로 뒷장에 도로 넣고 책장을 덮고 책꽂이에 꽂아두었다. 물에 빠져 허우적거리다가 간신히 살아남은 것처럼 눈앞의 모든 것이 몽롱하게 보이기만 했다.

"송군 무슨 일 있는 거 아니지?"

피험자인 그녀와 함께 연구실로 들어선 남 교수의 첫마디였다.

"예. 아무 일도 없습니다."

목을 재빨리 벽으로 따돌렸다. 피험자가 의식되어 얼굴을 넌지시 그녀에게로 돌려 턱을 어색하게 조금 끌어내리며 묵례를 보냈다.

그녀는 실험 첫날과 마찬가지로 가벼운 눈인사도 보내주지 않았다. 회색빛 그늘이 얼룩덜룩한 그 얼굴에 낯선 변화의 움직임 같은 것이 감지되고는 있었다. 침울하고 답답한 그 무엇인가의 짓눌림에서 벗어나고는 싶은 모양이었다.

"F2자극을 실험할 차례이지?"

혼잣말로 중얼거린 후 남 교수는 조금은 긴장된 표정으로 전기막대를 피험자의 겨드랑이에 슬쩍 들이댔다.

그녀는 상체를 움씰거리는 것이었는데 그 동작의 반경이 F1의 그것보다 훨씬 컸다. 불현듯 눈가를 찡긋거리며 입 주변을 부르르 떨기도 하고 움츠린 양어깨 사이로 집어넣었던 목을 재빨리 빼 올리는가 하면 상체를 요리조리 비틀고 하는 일련의 동작들이 실험 첫날과 크게 다르지 않았다.

남 교수는 계속해서 전기자극을 가하고 있었다.

"웃어? 웃으라니까."

등까지 좌우로 사정없이 들썩이는 그녀를 향하여 무심결에 소리를 질러 댔다. 내 의식은 또다시 어느 지점으로 쪼르르 달려가 버리고 말았다.

'가, 간지럽다 하지 마. 알았다 마. 요고마 다듬어 놓고.'

누나는 입을 정신없이 씰룩거리면서도 웃음을 너무 잘 참아내고 있었다. 심통이 나서 입을 쭉 내밀었다.

피험자인 그녀의 얼굴에 웃음 비슷한 것이 비치고 있었다. 누나도 웃음을 슬쩍 보이는 것이었다.

입을 제자리로 넣었다.

피험자는 입가에 웃음을 쿡쿡 찍어대기 시작했다. 누나도 같이 킥킥거리고 있었다. 그녀와 누나의 웃음에 최면이 걸려버린 채 의지력을 상실해 버리고 만 내 입에서도 키득거림이 발성되었다.

남 교수의 눈에 주제모를 광채가 번쩍이곤 하는 것을 보았다. 전기자극을 중단했다는 사실도 눈으로는 알아차렸다. 만족감을 나타내듯 혼자 목을 끄덕이는 것도 똑똑히 보았다. 내 어깨를 힘주어 잡으며 일찍 가서 좀 쉬어두라고 말하는 것도 두 귀로 다 들었다.

이윽고 멍청히 서 있었음을 자각하며 알 수 없는 힘에 끌려가듯 목을 옆으로 돌렸다. 똑바로 서 있던 피험자와 얼굴이 마주쳤다. 웃음의 그 흔적조차 찾아볼 수 없었다. 무심결에 눈살을 찌푸리며 눈꺼풀을 치켜들었다. 처음보다 훨씬 더 어두워진 그녀의 얼굴이 눈앞을 가리고 있을 뿐이었다. 스스로의 눈을 의심하며 자꾸 껌벅여 보기도 했다. 아직 내 의식의 망막에 꼼짝없이 남아 있는 방금 전의 그 웃음이 미치도록 그리웠다. 눈에 힘을 불끈 주며 노려보았다. 웃는 것이 무슨 그리 어려운 일이냐고 소리라도 치고 싶었다.

"내일은 30분 일찍 와."

남 교수의 목소리가 귀에 와 닿았다. 전혀 낯설지 않은 차가운 미소까지 입가에다 그리고 있었다.

"예. 아, 알겠습니다."

피아니시시모 음성으로 더듬거리면서도 목은 한사코 피험자의 얼굴로 돌아가고 있었다. 덩달아 마음이 어두워지고 있었다. 나를 밖으로 밀어내고 있는 남 교수의 마음이 느껴졌다.

전신으로 휘감겨오는 더위에 맞서 걷다간 문득 걸음을 멈추었다. 뒤돌아서며 연구실로 눈길을 그었다. 미색 버티컬블라인드가 창을 완벽하게 가리고 있었다. 가시권을 벗어난 거리여서 안이 보인다고 해도 피험자인 그녀의 얼굴표정을 식별할 수는 없었을 것이었다.

'그냥 가던 길이나 가.'

덥고 짜증나는 목소리로 일인칭이 발걸음을 재촉했다.

순순히 몸을 돌렸다. 명암이 너무 뚜렷하던 피험자의 표정이 발걸음을 자꾸만 붙잡고 있었던 것이다. 전기막대로 좀 더 자극하면 그녀의 얼굴을 지배하는 우울한 그늘이 걷히고 밝은 표정이 평소 모습으로 고정될 것만 같은 것이었다. 실험조교에 지나지 않거니와 더욱이 말괄량이를 빼돌린 주제에 뻔뻔스레 함부로 의견을 제시할 수는 없었다.

놈을 무릎에 앉혀놓고는 또 인터넷의 애견사이트를 뒤지고 있었다. 놈을 맡길만한 사람을 계속 찾고 있었는데 나서는 이가 없는 것이었다. 역시 동물들의 삶은 사람들의 가정형편과 직결되어 있었다.

'널 어떡하면 좋으니?'

놈의 눈을 빤히 들여다보며 소리 없이 중얼거렸다. 하루빨리 무슨 대책을 세워야하는데 한숨만 입을 뚫고 나왔다. 금방 시무룩해진 놈의 크고 맑은 눈망울엔 슬픔이 일렁거리기 시작했다.

"우리 명랑공주 표정이 갑자기 왜 이러니? 에끼, 너 답지 않다. 오빠가 있잖아? 이렇게 든든한 오빠가……."

눈치가 너무 빨라서 더욱 애처로운 말괄량이를 오른팔로 껴안고는 아주 편한 자세로 침대에 드러누웠다. 천정을 응시하면 애써 밝은 표정을 연출하는데 눈시울이 뜨거워져 왔다. 놈이 알아차릴까봐 눈꺼풀로 서둘러 물기를 찍어내곤 잠시라도 세상을 닫아버리듯 겨드랑이 속에 숨어 있는 그 하얀 머리를 살살 쓰다듬으며 눈을 감아버렸다.

"엇, 한밤이군."

며칠 전에 만들어둔 열쇠로 방문을 따고 들어오던 선배는 곧장 침대 위의 우리에게로 눈을 보내왔다. 낮 시간만 잠깐씩 이용하기로 한 거였다. 잠이 들다 만 실눈으로도 다 보았다. 한심하다는 얼굴로 놈과 나를 훑어보는 것이었다. 인기척에 눈을 뜨려는 말괄량이의 머리를 살그머니 누르며 더욱 가슴 깊이 안아주었다.

"제가 내려갈까요?"

베개를 집어 방바닥에 내려주며 마음에도 없는 말을 했다. 푹신한 것을 좋아하는 놈을 데리고 딱딱한 바닥으로 내려갈 수가 없는 노릇이었다.

"꼴찌인 나의 서열이 너무나도 서럽도다. 후후, 무슨 말씀? 요래 둘이 사랑을 속삭이는데 끼어들었으면 염치 사촌이라도 있어야지."

혼잣말로 중얼거리며 온몸으로 널브러지듯 드러눕던 선배는 이내 코를 골았다. 고달픈 삶의 비명이 거친 코골이에서 파열되고 있었다.

소리가 거슬리는지 말괄량이는 귀를 세우고는 하면서 선배에게 목을 돌리고는 했다. 나도 잠을 청할 수가 없었지만 그에게 눈을 흘길 수는 없었다. 오후 다섯 시의 햇살에 밖은 아직도 환하기만 했다.

선배의 입에서 신음소리가 새어나오기 시작했다. 고통스런 얼굴로 내 품에 잘 있는 놈의 이름을 마구 불러대는 것이었다. 뭔가를 잡으려는 듯 두 팔로 허공을 허우적거리기도 했다.

"무슨 꿈을 꾸었기에?"

가까스로 잠에서 헤어나는 그를 유심히 보았다. 말괄량이의 이름이 그의 입에서 나올 때부터 귀를 곤두새우고 있었다.

"이놈아, 무사하구나."

말괄량이를 와락 빼앗은 선배는 아이처럼 엉엉 울어버리는 것이었다.

"꿈은 반대라고 하잖아요?"

놈을 슬그머니 도로 빼앗았다.

"프로이드가 그랬니? 꿈은 반대라고?"

아기들만 남겨놓고 말괄량이가 사라져 버리더라고 걱정하며 선배는 손등으로 눈물을 훔쳤다.

"개꿈이에요, 개꿈!"

가슴으로 조여드는 불길한 예감을 재빨리 떨어버리듯 큰소리로 떠들며 엉터리없이 대들었다.

"그래 개꿈 맞다. 틀림없이 개꿈이다."

밖으로 나갈 준비를 하며 방 안을 휘 둘러보았다.

"아기 받아봤어요?"

솔직한 마음으로 불쑥 물었다.

"화, 나한데 그런 감격스런 질문을 하다니? 설마 여기서 아길 낳게 할 작정은 아니지?"

동물들은 새낄 낳을 때 사람의 손을 많이 필요로 하는 것은 아니라고 선배는 주장하면서도 말괄량이가 태어날 아기와 함께 안전하게 지낼 수 있는 곳을 빨리 물색해야 한다고 실컷 짖어댔다.

"계속 알아보고 있는데요……오."

초조해지는 마음을 스스로 달래듯 말꼬리를 길게 끌었다.

"그래 열심히 알아봐라. 그리고 보금자릴 꼭 찾아줘라. 족보 있는 데다 애교박사인 요런 놈이 어쩌다 주인한테 버림받았는지 진짜로 인간들이 밉다. 가정 분양하는 집도 믿지 마라. 돈이 안 되면 그냥 또 버린다. 버려."

선배는 짖어댐의 연장전을 펼치고 있었다.

"욕심 억제장치 칩 같은 걸 만들 수 없을까요?"

잇속이 더럽게 밝은 사람에게 잘못 말괄량이를 보냈다간 새끼 낳는 기계 취급을 받을 것이 뻔해서 우울한 것이었다.

"허허, 어리석은 후배야 현실을 직시해라. 요놈의 세상은 있잖니 하나부터 열까지 더 잘 먹고 더 잘살고 더 잘난 체하기에 그 목적이 있는 것이다. 목적은 욕심을 낳고 그 욕심이란 것의 공통분모는 밑 빠진 항아리에 물 붓

238

기라는 것이다. 칩 박사가 수두룩한 세상에 네가 바라는 고런 걸 누가 못 만들겠니? 그냥 안 만드는 거다. 하루아침에 알거지가 될 테니까 말이다."

선배는 전혀 즐겁지 않은 얼굴로 소리 내어 웃기까지 했다.

"꼭 찾고 말 거에요."

한숨으로 입술을 뚫고 나오려는 실망감을 애써 숨겼다. 가슴으로 놈을 사랑해 줄 그런 집이 틀림없이 어딘가에 있을 것이라고 장담했다.

"가슴? 허허. 그런 거 믿지 마라. 기막히게 예쁜 강아지를 안고 물고 빨고 하는 것도 따지고 보면 그 모든 것이 다 개인적인 힐링인지 필링인지 하는 그것에 목적이 있는 거다. 네 가슴부터 한번 훔쳐봐 봐. 말괄량이의 불행 이퀄 너의 아픔이니까 네 가슴 찢어지지 않으려고 이 야단을 치는 거잖아."

사람이란 동물은 지독하게 자기중심적이라고 열심히 덧대기를 하던 선배는 갑자기 결별선언이라도 하듯 앞으론 독서실에서 먹고 자고 공부하기로 했다고 하며 너무 쉽게 방을 나갔다. 책상에 얼굴을 박고 잤더니 온몸에서 쥐가 나더라고 엄살을 부리며 짧은 낮잠이라도 베개 베고 자 보는 것이 소원이라고 하던 때가 불과 며칠 전이었다.

"그냥 가면 어떡해요."

엉겁결에 뒤따라 나가며 건더기도 없는 소릴 맥없이 중얼거렸다. 선배의 말에 반박할 수도 없어서 스스로에게 코웃음을 쳤다. 선뜻 선배에게 방 열쇠를 내주었던 건 어디까지나 말괄량이에게 혼자 있어야 하는 시간을 조금이라도 줄여주자는 데 있었다. 놈의 출산문제 때문에 말이라도 터놓고 나눌 수 있는 상대가 절실하게 필요했던 것도 이유 중의 하나였다. 그가 열고 나간 반쯤 열린 그 문을 막고 선 채 전진도 후진도 못하고 있었다. 놈의 앞날이 막막하기만 해서 따지고 보면 아무런 책임도 없는 그를 실컷 흘겨 보고 있었다.

"백수한테 방값 내놓으라고 하면 벌 받는다. 넌 침을 꿀꺽꿀꺽 삼킬 수 있는 유산이라도 불거질 수 있지만 이 몸에겐 아무 것도 없다."

선배는 머리 위로 들어 올린 오른손을 적당히 흔들며 잘도 멀어져 갔다.

"그런 게 아니라요."

변명의 축에도 끼지 못하는 못난 소리를 발성했다. 온몸의 기운이 한꺼 번에 다 빠져나가는 기분이었다. 방문을 닫다간 비밀스레 뒷북이라도 치 듯 주제모를 시들한 웃음을 흥흥거렸다. 선배가 생각 없이 흘리고 간 유산 이라는 그 낱말이 아버지를 호출하고 말았다. 정년퇴직하여 연금으로 생 활하고 있는 그였는데 외아들인 내가 손을 벌리기만 하면 지니고 있는 집 을 팔아서라도 기꺼이 도움을 줄 위인이었다.

'싫다, 싫어. 무조건.'

고독히 맹세했다.

'원룸 하나만 있으면 해결할 수 있잖아?'

오늘따라 일인칭은 계산능력을 발휘하고 있었다. 볼록한 말괄량이의 배 를 좀 보라고 눈짓하며 놈과 아기를 살릴 수 있는 유일한 방법이라고 설명 했다.

'그래, 꼭 살려야 해.'

아기 말티즈의 모습이 연한 분홍색 덩어리로 눈앞에서 그려졌다. 작디작 은 코와 입으로 말괄량이의 품속으로 잘도 파고들고 있었다. 설렘을 감추지 못하고 입을 바보처럼 헤 벌렸다. 원룸이나 오피스텔 같은 것을 구하기만 하면 일인용 침대가 한눈에 들어오는 넓지 않은 공간이겠지만 남의 눈치를 보거나 쫓겨날 염려 같은 것도 전혀 없었다.

'시간이 없어. 돈이 필요하다고 바로 문자 보내.'

내 마음이 변할까봐 걱정이 되는지 일인칭은 재촉하고 있었다. 한동안은 통장으로 보내오곤 했던 돈을 도로 돌려보내고는 했다.

'그래. 알겠어. 다른 방법 같은 건 없잖아?'

정말로 어쩔 수 없어서 딱 한 번만 아버지의 도움을 받기로 했다. 휴대폰을 꺼내다간 놈을 번쩍 안아 올렸다. 무턱대고 하늘이 그리워서 창가로 다가갔다. 목을 왼 쪽 옆으로 조금 기울였지만 역시 옆 건물의 허연 벽이 시야를 가로막을 뿐이었다. 보이지 않는 하늘은 태양의 열기로 존재함의 위력을 드러내고 있었다. 목을 창밖으로 뺐다. 드높은 그곳이다 대고 따지라고 하던 남 교수의 말이 생각난 거였다. 그냥 해 본 실없는 소리였을 터였다. 뻔히 알면서도 놈에게 좋은 견주를 찾게 해달라고 중얼거리기 시작했다. 휴대폰의 문자메시지 도착 음이 몇 번씩 울릴 때까지 까마득히 먼 하늘을 훔쳐보곤 하면서 5층 아래의 땅을 흘깃거리고는 했다.

'지금 빨리 실험실로 오도록.'

남 교수의 간단한 문자메시지였다.

'이 시간에 왜 오라고 하시지?'

오후 여섯 시가 지나고 있다는 사실을 휴대폰으로 확인했다. 아직 주변은 밝기만 했다. 목은 한사코 땅으로 떨어지고 있었다.

"왜 이렇게 늦었나? 이거 처리해."

실험실 문을 열고 들어가는 내게 남 교수는 꼼짝 없이 앞만 보며 등으로 지시하고 있었다.

"마, 말괄량이?"

실험대 위에 축 늘어져 있는 하얀 말티즈와 눈이 아리도록 분홍색이 가여운 아기 말티즈의 사체들을 보는 순간 비명부터 질렀다.

"돌아왔어? 놈이?"

남 교수는 동공에 힘을 주며 반문했다.

"아, 아뇨. 아, 아아⋯⋯."

한 박자 늦게야 모텔에서 얌전하게 기다리고 있을 말괄량이가 생각났다. 마음 놓고 내뿜을 수도 없는 안도의 한숨이 신음으로 조제되어 발성되었다. 설명해주지 않아도 말괄량이의 대용품이라는 사실 정도는 알아차릴 수 있었다. 어떤 경로로 이곳까지 왔는지는 알 수 없었다. 알고 싶은 마음은 개미 눈곱만큼도 없었다. 실험연구를 향한 남 교수의 집념이 새삼 놀라워 온몸으로 전율이 느껴질 뿐이었다.

"제대로 처리하게. 늘 하는 말이지만 동물들에겐 영혼이 없어."

영 침울한 표정으로 사체 세 구를 폐기물봉지에 담는 나를 지켜보며 남 교수는 못마땅한 듯 양미간을 찌푸렸다.

'흥, 심리 그것이 곧 영혼 아닌가요?'

동물들에게도 마음의 움직임 내지는 흐름이 있다고 주장하던 그의 말을 떠올리며 소리 없이 불평했다. 마음 이퀄 영혼이라고 믿고 있었다. 무엇보다도 동물들은 마음을 가공하지 않는다고 웅변하고 싶은 것이었다. 놈들의 맑은 눈엔 더러운 세상이 한 조각도 들어 있지 않다고 열심히 떠들고 싶기도 했다.

　해부학의 선구자로 알려져 있는 사람은 갤런이었다. 로마제국 후반기에 생존했던 그는 두뇌 해부를 최초로 시도했다는 타이틀을 안고 있었다. 그때 그는 인간의 영혼이 소재하는 곳은 두뇌라고 주장했다. 혼을 한 번 찾아보자고 인간의 두개골을 열어보진 않았을 것이었다. 대뇌 안의 빈 공간인 뇌실의 림프액이 그 역할을 중요히 담당한다는 이론까지 내놓은 것을 보면 넋 내지는 혼에 관심이 적지 않았다는 것 정도는 눈치 챌 수 있었다.

　번역서로 이 사실을 처음 접했던 그때 난 곧장 의과대학 해부학실험실을 노크했다. 물론 남 교수의 도움 덕택에 그편 학생들의 그런 시간에 끼어들 수 있었다. 40대 남자의 두뇌였는데 아주 얇게 잘라나가는 것을 지켜보면서도 경이로움이 자극되지는 않았다. 첫눈에 그 단면이 파인애플의 그것과 유사하다고 했다면 혼자만의 감상일 수는 있었다. 눈을 몇 번씩 씻고 보아도 혼이 있을만한 공간 같은 건 찾아볼 수 없었다.

　실망할 필요는 없었다. 대다수의 사람들은 마음을 꿈틀거리게 하는 곳은 가슴이라고 믿고 있을뿐더러 나 역시 그쪽으로 귀를 새우고 있었다.

　말괄량이를 피신시켰던 그 숲으로 들어섰다. 이마에서 흘러내린 땀방울을 손으로 훔치며 걸음을 멈추었다. 방금 전까지 발정난 수매미들의 소리가 시끄럽더니 인기척에 놀랐는지 갑자기 조용해졌다.

　준비해온 작은 부삽으로 땅을 파기 시작했다. 눈에선 눈물이 노골적으로 줄줄 쏟아져 내렸다. 남 교수는 분명 제대로 처리하라고 했다. 다시 말해서 실험용 동물의 사체 처리법을 준수하라는 뜻이었다. 환경보호 차원이었고 무슨 일이 있어도 꼭 지켜야 하는 일이었다.

이제는 하얀 종이뭉치를 꺼냈다. 거죽만 남은 어미말티즈 품에 아기 둘을 꼭 안겨서 돌돌 말아 싼 것이었다. 실험연구가 없는 그런 곳으로 가라고 중얼거리며 구덩이 속에 조심히 뉘었다.

'동물들에겐 영혼이 없어.'

'견공들은 있어요.'

속귀 깊은 곳에서 불거진 남 교수의 말에 갈등 없이 반박한 것이었다. 희고 작은 뭉치를 언제까지나 내려다보고 있었다. 생명이 마감되기 직전까지 실험에 시달려 왔을 것이었다. 어떤 약물이 투여되고 또한 수시로 채혈당하고 했던 구체적인 내용은 알 수가 없었다. 분명한 것은 작은 몸집의 이것들이 오염 덩어리가 되어 있을 것이라는 점이었고 이러한 사실을 뻔히 알면서도 흙으로 보낸다는 건 고의로 땅을 오염시키겠다는 뜻이었다.

'찾았어? 어디서 찾았니? 머리야 가슴이야?'

나의 일거수일투족을 다 알고 있거니와 의식의 밑바닥까지 한눈에 훔쳐보는 일인칭이 촉각을 곤두세웠다.

'찾았다기보다 느꼈어. 따뜻함 그래 맞아. 안을 때마다 가슴 깊은 곳에 와 닿는 따뜻함 그것으로 놈들의 영혼을 느꼈어.'

말괄량이를 안을 때마다 온몸으로 녹아드는 그 촉감으로 놈의 영혼을 느꼈다고 거듭 강조했다.

'그건 고독한 사람만이 느낄 수 있는 마음의 교류겠지. 놈들이 살아 있을 때만 가능한 것이고.'

일인칭도 남 교수와 똑같은 말을 하고 있었다.

'어쨌든 느꼈어. 놈의 영혼을.'

고집을 부리듯 절실하게 짖었다. 외롭지 않다고 대들 자신이 없었다.

기어이 하얀 그 덩이를 흙으로 덮기 시작했다. 견공들의 영혼 유무에 대하여 실험연구를 해 본적도 없어서 논문으로 발표할 만큼 확신이 서 있는 건 아니었다. 냉정한 마음으로 깊이 생각해보면 혼자만의 고집일 수도 있었다. 사실 내 두 눈으로 똑똑히 보지 않은 것은 잘 믿지 않는 성격이었다.

약간 도톰한 생흙 무더기가 눈썹 아래에 생겨났다. 놈들의 삶은 이것으로 완전히 마무리가 된 것이다. 땅을 오염시켰다는 미안함 같은 건 모기눈물 만큼도 생기지 않았다. 다만 죽어도 어미 곁을 떠나고 싶지 않았을 새끼들의 그 끝 모를 두려움과 죽어도 새끼 곁을 지켜주고 싶었을 그 어미의 지독하게 평범한 모성을 좀 헤아려 주고 싶었다.

어깨를 축 늘어뜨리고는 숲을 빠져나가고 있었다. 덩달아 목 밑으로 떨어지는 턱을 은근슬쩍 위로 치켜들었다. 겹겹이 쌓인 나뭇잎 사이로 하늘을 기웃거렸다. 잘 보이지도 않거니와 정말로 존재한다고 믿지도 않는 주제에 두 눈으로 무섭게 쏘아보았다.

"저녁 전이지? 먹으러 갈까?"

실험실 내부를 마저 정리하고 있는데 남 교수가 다가오고 있었다. 지루하던 여름날의 해는 서쪽으로 완전히 기울어져 붉은 기운만 건물들 사이로 감돌고 있었다. 여느 때와 마찬가지로 점심도 그와 함께 먹었다.

"전 점심을 늦게 먹어서요."

물론 허기를 느끼고는 있었지만 말괄량이한테 달려가고 싶은 것이었다. 놈과 함께 빵조각을 뜯어먹으며 좀 쉬고 싶을 뿐이었다.

"허허, 그래? 같이 좀 먹어주지."

그는 굳이 내 손을 꼭 잡고는 앞장섰다.

"사실은 오늘 약속이 있어서요."

손을 슬그머니 빼내곤 시간에 쫓기는 사람처럼 껑충거리며 뛰었다. 어느 구석에 이런 용기가 숨어 있었는지 알다가도 모를 일이었다. 방문을 여는 순간 쪼르르 달려 나와 꼬리를 흔들어댈 놈의 모습만이 간절하게 그리운 것이었다. 이마에서 둥글린 땀방울이 물줄기가 되어 얼굴을 타고 내리고 있었다. 더는 망설이고 있을 수가 없었다. 오로지 놈을 위하여 아버지의 휴대폰으로 돈이 필요하다는 문자메시지를 넣고 말 작정이었다.

방 안을 샅샅이 뒤지다 기어이 눈을 허옇게 떴다. 숲에 묻은 놈들을 떠올리며 정신 나간 사람처럼 체머리를 흔들기도 했다.

"제 방에 누가 왔었나요?"

카운터로 달려가선 동공으로 온몸의 힘을 다 모으며 물었다. 현실적으로 터무니없는 상상인 줄 뻔히 알면서도 일차적으로 선배에게 혐의를 두고 있었다. 직감으로 원격조정된 내 손끝은 이미 휴대폰으로 그의 번호를 줄기차게 눌러 대기도 했다.

"아뇨. 뭐, 왜 그러세요?"

초저녁의 시간을 방해당한 상대는 마지못해 눈을 마주쳐 주었다간 주눅이 든 표정으로 성의 없이 반문했다.

이제는 학교로 달리고 있었다. 말괄량이 무아지경에 빠져버린 나였다. 숲속에 고이 재운 놈들의 실상이 말괄량이와 동일시되어 땀방울이 피눈물로 스민 망막의 일렁거림 속에서 흔들리고 있는 것이었다.

빗줄기를 한바탕 켜기 위한 요란한 전주곡인지 이른 아침부터 하늘은 화난 불꽃을 사납게 튀겨대며 탁탁거리기 바빴다. 이어지는 드높은 곳의 호통에 놀란 세상은 숨을 죽이고 있는지 이내 창밖은 쥐죽은 듯 조용해지곤 했다.

들뜨이는 가슴을 누르며 서둘러 옷을 주워 입었다. 학교로 가기 전 유기견 센터로 달려갈 작정이었다. 사방팔방으로 말괄량이를 찾는 소문을 내두었던 덕택인지 어젯밤 늦은 시각에 같은 과 세내기에게서 전화가 온 것이었다. 주말마다 자원봉사로 나가는 그곳에서 연락이 왔는데 배불뚝이 말티즈가 새로 들어왔다는 정보였다. 이런 연락을 처음 받는 건 절대로 아니었다. 번번이 단번에 달아오른 희망에 정신이 나가 무작정 가슴이 터질 듯 감동으로 부풀어 오르고 있었다.

현관문을 나서다 말고 하늘로 눈을 들었다. 마른번개의 주범인 검은 구름이 눈꺼풀로 덮쳐왔다. 변덕스럽기로 정평이 나버린 요즘 날씨였다. 도로 올라가 우산을 챙겨들고 나오려다 그냥 나섰다.

말괄량이가 사라졌던 그날 학교 숲속까지 단숨에 달려갔던 것이다. 놈들을 묻은 그곳에 도착해선 무릎부터 꿇었다. 두 눈으로 똑똑히 확인하기 전에 미안하다고 수백 번은 더 주문을 외었다. 말괄량이일 확률과 아닐 확률은 소수점 같은 것을 따질 필요도 없이 50대 50이었다. 도드라진 그 흙을 떨리는 손으로 파헤치기 시작했다. 정신을 좀 차리며 흙을 도로 돋우어 주곤 몸을 일으켰다.

'돌아왔어? 놈이.'라고 하던 남 교수의 말이 불현듯 생각난 것이었다. 깊이 곱씹어보지 않아도 그가 내게 그렇게 말한 이유는 뻔했다. 뜸도 들이지 않고 흔들리며 의심했던 말괄량이의 생존 여부에 대하여 살아 있음으로 의식 속에 확실하게 재정비해 두며 끓었던 무릎을 폈다.

필사적으로 왈왈대는 견공들을 훑어보곤 하면서 말괄량이를 찾고 있었다. 맑은 눈망울을 두려움으로 굴리며 갇혀 있는 놈들은 내일을 기약할 수 없었다. 오늘 당장 그 시간이 끝날 수도 있었다. 아이처럼 엉엉 울어버리고 싶은 충동이 일어났다. 언제는 귀여워 죽겠다고 사랑스러워 미치겠다고 야단법석을 떨며 뽀뽀 세례를 퍼붓거나 배를 간질여대고 했을 견주들이 오늘 이렇게 애들을 버려도 되는 일인지 도대체 괘씸한 것이었다.

'말괄량인 잘 지내고 있을 거야.'

가여운 놈들을 뒤로 하고 밖으로 나왔다. 스스로를 위로하듯 중얼거리곤 버릇처럼 휴대폰을 꺼내 또 선배의 번호를 눌렀다. 여전히 착신이 금지되어 있다는 안내만 충실하게 나올 뿐이었다. 자기 한 몸 제대로 붙일 데 없는 그가 놈을 데려갔을 리 없겠지만 만약의 경우 데려갔더라도 이렇게 잠적해 버릴 이유는 절대로 없는 것이었다.

역시 카운터를 의심해야만 했다. 밖에서 잠가두곤 했던 방문을 딸 수 있는 사람 중의 한 사람이기도 했다. 중간에 사람이 바뀌는 바람에 어설픈 확인으로 단서를 놓쳐버리고 말았다.

그 사이 열을 내뿜기만 하던 허연 시멘트 바닥이 흠뻑 젖어 있었다. 검은 구름이 한줄기의 소나기로 뭉쳐있던 응어리를 푼 모양이었다. 비구름에 가려졌던 하늘이 훤한 얼굴을 있는 대로 다 드러내고 있었다. 난데없는 깍깍거림이 머리 위를 날아다녔다. 흑백의 확실한 대비가 더욱 깔끔한 느낌을 선사하는 새였다. 길조라고 하는 의식의 고정관념 덕택인지 나뭇가지 사이를 오가는 까치들을 힐긋거리면서 주제모를 기대감이 엉겼다.

연구실 문을 열려다 말고 한걸음 뒤로 물러났다. 분명 대화하는 소리가 안에서 흘러나오고 있었다. 방문객과 이야기를 나누는 남 교수의 장면을 연상하며 좀 기다려 주기로 마음을 정했다.

"왜? 들어가지 않고?"

남 교수의 목소리가 저만치에서 울렸다. 복도에서 머뭇거리고 있는 내게 오늘따라 여유 있는 웃음을 보이며 다가왔다.

"예? 안에 손님이 와 계셔서요."

당황히 몸을 돌리며 초라하게 말을 더듬었다.

"올 사람이 없는데?"

그는 연구실 문을 거리낌 없이 열어젖혔다.

"분명 소리가 났는데요."

남 교수 등 뒤로 눈길만 딸려 보내며 한눈에 다 들어오는 내부를 수색하 듯 두리번거렸다. 실험대상만 눈을 감은 채 소파에 얌전히 앉아 있을 뿐 방문객의 흔적 같은 것이 느껴지지 않았다. 블라인드가 가리고 있는 창문 으로 눈을 돌리다간 무심결에 코웃음을 날렸다. 두 사람이 동시에 등장해 도 말 그대로 눈 하나 깜짝하지 않고 무관심으로 일관하는 피험자가 혼자 떠들어댔을 것이라곤 상상조차 할 수 없는 일이었다. 결국은 내 귀를 스스 로 의심해야만 했다.

"계속 그렇게 서 있을 건가?"

퉁명스레 물으며 남 교수는 전기막대를 내게 내밀었다. 전기자극을 맡으 라고 하며 신호에 맞추어 실수 없이 해야 한다고 강조했다.

"제가 어떻게요?"

엉겁결에 상체를 뒤로 좀 뺐다. 갑작스레 부여된 주요역할에 무작정 감전되어 버린 엉터리없는 반작용 현상이었다.

"안할 텐가. 이런 기회 자주 오는 것이 아닌데."

전기막대를 도로 당겨갔다.

"아뇨. 해 보겠습니다."

의식과 행동의 엇박자에서 헤어난 난 전기막대를 빼앗듯이 받아 쥐었다.

"시작하지? F1부터."

남 교수는 오른쪽 검지를 한번 끄덕였다.

"시작합니다."

피험자의 귀를 의식하며 일부러 큰소리로 발성했다.

그녀는 여전히 눈을 감고 있었다. 수면상태가 아니라는 것 정도는 직감으로 알아차릴 수 있었다. 눈꺼풀을 내리고 있는 그녀에게 전기자극을 가해야 한다는 사실이 스스로 비겁하게 느껴지는 것이었다. 오른손 집게손가락을 폈다간 도로 오므리며 침을 꿀꺽 삼켰다. 도움을 구하듯 남 교수 쪽으로 눈을 돌렸다. 냉정한 표정으로 전기막대를 향하여 목을 끄덕였다.

덩달아 목을 한번 끄덕이곤 피험자에게 F1버튼의 전기자극을 한번 가했다.

그녀는 판에 박은 듯 지난번과 똑같은 반응을 보였다. 누가 보고 생각해도 당연한 동작이었다. 새로울 것이 전혀 없는 실험대상의 현상들을 남 교수는 진지한 표정으로 예의주시하고 있었다. 달라진 것이 있다면 지금의 그녀는 눈을 감고 있다는 사실이었다.

"F2 다섯 번."

남 교수의 목소리에는 약간의 짜증이 느껴졌다.

웃으며 나타날 점희 누나의 모습을 기다리며 그녀의 겨드랑이에 전기막
대를 들이대기 시작했다. 한 번, 두 번, 세 번······.

피험자는 웃고 있었다. 동작도 지난번 그것과 다르지 않았다. 이번에는
어른의 배냇짓으로 보이고 있었다. 직감적인 느낌으로 시작된 그 은유는
확신으로 발전하고 있었다. 누가 보아도 자극에 의한 반응이라기보다 무
조건 웃고 있는 것으로 여겨지는 것이었다. 표현을 전이시키자면 웃기 위
하여 웃고 있다는 냄새까지 느껴지고 있었다.

'사람의 마음이라는 건 공식 없이 복잡하고도 미묘한 것이잖아. 우울증
환자의 그 암울한 속사정을 더욱더 어지러울 것이고 말이다.'

일인칭이 정신 바짝 차리라고 충고했다.

귀에 담지는 않았다.

'제발 눈을 좀 떠세요. 눈을요.'

기다림에 지친 아이가 되어 피험자의 그 눈을 원망스레 바라보았다. 내
망막엔 키득거리던 점희 누나의 모습만이 안타까이 맺혀 있었다.

"계속해. 계속."

남 교수의 화난 음성이 귓전에 와 닿기는 했다. 의미 없는 잡음일 뿐이었다.

실험대상은 눈을 감은 채 계속 웃고 있었다. 이제 난 전기막대를 내밀지
도 않고 있었다. 남 교수의 다음 지시가 있었던 것도 아니었다.

'효과가 나타나고 있는 거 같은데?'

혼잣말로 중얼거렸다. 뜸도 들지 않은 판단인지는 모르지만 자극 없이
웃음을 보이고 있는 그녀를 보면서 효과를 점치지 않을 수 없었다.

'그래? 좀 달라진 것 같기는 한데.'

일인칭도 목을 갸웃거렸다.

남 교수의 그것으로 여겨지는 헛기침 소리가 귓속으로 들어왔다. 은밀함이 느껴지는 소리로 바뀌었다.

피험자가 조심스레 눈을 뜨고 있었다. 남 교수의 눈치를 은근히 살피더니 내게로 넌지시 목을 돌리기도 했다. 앉은자리에서 또다시 예의 그 우울한 표정으로 돌아가 버리기는 했다.

이제까지는 단 한 번도 타인을 의식한 적이 없었던 그녀였다. 눈을 의심했다. 연구실 안은 우물 바닥에 잠겨버린 듯 무겁고도 암울한 침묵이 흘렀다. 숨이 막혔지만 마음 놓고 숨소릴 낼 수도 없었다.

"다시 F2, F2 계속해."

기대감이 잔뜩 담긴 남 교수의 목청이 절실하게 울렸다.

"아, 예 에 엑 엑……."

앞뒤 없이 대답하다간 급한 날숨에 들킨 침에 사레가 들리고 말았다. 난데없는 기침에 목구멍이 긁히며 그 표정이 마냥 어둡기만 한 피험자를 노려보았다. 때 아닌 씩씩거림까지 입을 뚫고 나왔다. 전기막대를 초의 간격으로 그녀의 겨드랑이에 들이댔다가 떼고는 했다.

피험자는 몸을 요리조리 돌리며 웃어댔다.

이내 그 웃음에 전염되고 말았다. 망막 뒤로는 이미 웃음이 만발하던 점희 누나의 그 모습을 보고 있었다. 남 교수 쪽으로 슬쩍 눈길을 보냈다. 휴대폰으로 피험자의 사진을 찍는 그의 입가에도 회심의 미소 비슷한 것이 번져가고 있었다.

이제 웃음에 취해 버린 피험자는 눈물까지 찔끔거리고 있었다. 웃음이 만발하던 점희 누나의 눈가에도 눈물이 맺히고 있었다.

덩달아 키득거리던 나도 이미 손등으로 눈물을 훔쳐내고 있었다.

"송 구 우 운……"

나를 부르는 남 교수의 음성이 울림과 동시에 뒷머리가 띵해오고 있었다. 얼굴을 찌푸리며 목을 그에게로 돌렸다.

아버지의 모습이 그 안면 위로 겹쳐지고 있었다.

'점희야아.'라고 아주 나지막한 목소리로 누나를 부르고 있었다.

뭔가가 내 손을 빠져나갔다. 느낌은 있었지만 그것으로 그만이었다.

웃음이 뚝 끊긴 피험자의 얼굴엔 침울함이 재발했다. 웃음의 흔적이라도 찾아야 했다. 그 얼굴을 구석구석 검색했다. 아주 밝았던 사람의 얼굴에 하루아침도 아니고 눈 깜박할 사이에 갑자기 어둠이 내릴 수는 없었다.

'사람이니까 가능할 수도 있어.'

일인칭이 요긴하게 속삭였다. 귀가 당겨지지는 않았다.

남 교수의 음성과 아버지의 목소리가 귓전에서 아니 속귀에서 동시에 울리고 있었다. 양손으로 두 귀를 다 막았다.

'점희야아, 송구운, 점희야아, 송구운, 점희야아…….'

하나가 된 두 목소리가 더욱 시끄럽게 귀를 들쑤셔댔다.

"그, 그만하세욧?"

소리를 지르다간 내 목청에 내가 놀랐다.

남 교수의 손이 내 어깨에 닿아 있음을 자각했다. 지난번과는 달리 두어 번 툭툭 치고 있었다.

"죄, 죄송합니다. 정말 잘 하겠습니다."

서둘러 허리를 굽혀댔다. 바닥에 떨어져 있는 전기막대도 얼른 주워들었다. 자꾸만 가슴이 저렸다.

"그만, 오늘은 여기까지."

남 교수는 판에 박힌 말을 하곤 피시 앞으로 갔다.

가슴에서 발효된 주제모를 해방감에 사로잡혀 하마터면 안도의 한숨을 터뜨릴 뻔했다. 몰려나오려는 날숨을 가까스로 억제하며 멀쩡한 얼굴로 전기막대를 제자리에 가져다 놓았다. 왼쪽으로 돌아서다 말고 그곳에 서 있는 피험자와 얼굴을 마주치고 말았다. 상대가 흠칫 놀라는 바람에 덩달아 엉겁결에 한 발짝 뒷걸음질을 쳤다. 점희 누나의 얼굴이 되어 따라왔다. 재빨리 돌아섰다.

내 등 뒤에 숨어있었던 누나는 목을 잔뜩 움츠린 채 앞으로 나오고 있었다. 아버지가 서재로 따라 들어오라고 한 것이었다. 잘못의 내용은 집안일을 하다 말고 철없는 나와 키득거리며 놀았다는 그것이었다.

겁에 질린 채 종아리를 걷고 있을 누나의 모습이 눈앞을 스쳤다. 아버지의 거친 호흡소리가 새어나왔다. 억제된 누나의 울음소리도 그것 속에 뒤섞이고 있었다. 불똥이 튈까봐 슬금슬금 뒷걸음질을 치고 있었다.

'빨리 정신 차려.'

일인칭이 소릴 죽여 소리치고 있었다.

'피곤하다. 좀 쉬고 싶다.'

그냥 좀 주저앉고 싶은 충동을 느끼며 소파로 눈을 돌렸다.

'아예 소파에 드러누워 버리지 그러니? 당장 잘리고 싶으면 말야.'

한층 더 지친 목소리로 일인칭은 비아냥거리고 있었다.

더는 엄살을 부릴 수가 없었다. 실험연구에 신들려버린 남 교수 앞에선 피곤한 기색조차 보일 수가 없었다. 비생산적인 잡생각에 에너지를 다 빼앗겨 버린 탓이라고 야단을 칠 것이 분명했다.

언제든지 지시를 내려달라는 듯 똑바로 서 있었다. 내 마음이 전달되었는지 실험실로 가서 준비를 해 두라고 했다. 종양실험을 해오던 그 흰쥐를 해부할 것이라고 구체적인 내용까지 요약했다. 사용할 기구들을 철저히 챙겨놓으라고 하는 명령어인 당부의 말도 빼놓지 않았다. 암 덩이가 갑자기 커지고 있어서 더는 미루어둘 수가 없다는 것이었다.

이제 곧 한 줌밖에 되지 않는 작은 생명이 실험대 위에서 마지막 생명을 파르르 떨 것이었다. 실험실로 향하던 발길을 창문으로 당겨갔다. 목을 밖으로 내밀지 않아도 하늘은 두 눈 가득히 들어왔다. 요즘 소나기가 내리곤 해서인지 하얀 구름으로 분을 얇게 펴 바른 그 큰 얼굴은 맑고 푸르기만 했다. 맑음 그것에 반해버렸는지 쏘아볼 엄두가 나지 않았다.

'실험귀신이 붙어버린 거 아니니?'

기어이 영 못마땅하다는 눈초리로 일인칭은 남 교수를 흘깃거리고 있었다. 가만히 놔둬도 죽을 목숨인데 굳이 배를 갈라가며 어떻게 해 버릴 필요는 없지 않느냐고 불만을 제기하고 있었다.

'그건 좀 심하다. 흰쥐 한 마리 가지고 뭐 그렇게까지 유난을 떨 필요는 없잖니?'

무심결에 타이르다간 머리를 가로저었다.

역시 하늘이 저지른 실수였다. 처음부터 인간에게 동물들을 다스릴 권리를 주는 것이 아니었다. 지금이라도 늦지 않았다고 사정하며 거둬들이라고 생떼라도 쓰고 싶었다. 드높은 그곳의 존재여부를 의심하는 주제에 이러는 자신이 또한 우습기도 했다. 보려고 마음만 먹으면 이렇듯 잘 보이는 하늘은 묵묵히 변함없는 맨얼굴로 내려다볼 뿐이었다.

"잠깐만요."

사지가 핀에 고정되어 꼼짝하지도 못하는 놈에게 메스를 들이대는 남 교수를 보며 나도 모르게 소리를 질렀다. 생체실험 장면을 처음 목격하는 것이 아니었다. 신경세포 작용을 연구하기 위해선 살아 있는 놈들을 어떻게 할 수밖에 없는 노릇이었다. 멀쩡한 얼굴로 참관하고 돕고는 했다. 오늘따라 별안간 속이 울렁거려서 보고 있을 수가 없었다.

"또 배탈이 난 거야?"

헛구역으로 입을 틀어막는 내게 남 교수는 퉁명스런 말투로 물었다.

"아뇨. 괜찮습니다."

재빨리 입에서 손을 떼며 실험대 위에 시선을 고정했다.

"죽어가는 것을 지켜보는 것도 공부다."

냉정함이 지나쳐 잔인하게 들리는 그의 말이었다.

'죽어가는 것' 볼멘소리로 소리 없이 되씹었다. 정확하게 표현하면 되씹힌 것이었다. 의식의 깊은 곳에 잠복하고 있던 장면 하나가 불현듯 눈앞으로 당겨져 왔다. 뻐근해지는 가슴에 손을 얹으며 얽혀들지 말아야 한다고 스스로 다짐했다. 의지력을 총동원하여 실험대에 초점을 고정했다.

무심한 그는 말갛게 눈을 뜨고 있는 흰쥐의 목 밑에 메스를 들이대더니 세로로 일직선을 긋듯 칼날을 배 쪽으로 단숨에 당겼다. 날카로운 쇠붙이가 내리긋는 선 따라 뱃가죽은 얇은 피륙처럼 갈라지고 뱃속이 한눈에 열렸다. 단말마적인 특유의 '찌익' 비명도 초의 순간에 끝났다.

'못할 짓이다. 꼭 이래야만 하는 것일까? 수많은 동물들의 전제군주인 인간으로 태어난 것을 또한 감사해야 하는 것일까?'

일인칭은 숫제 목을 절레절레 흔들었다.

문으로 슬금슬금 달아나기 시작했다. 팔딱거리는 놈의 심장으로 목이 한 사코 끌려가고 있었으니 다리와 동공의 완벽한 불목이 아닐 수 없었다. 가여움 같은 건 느껴지지 않았다. 다만 메스꺼웠다. 종양실험을 한 놈이었으니 몸속 어딘가에 암 덩이가 있을 것이었다. 멀쩡하던 놈의 몸속에다 고의로 암세포를 만들고 키우고 했으니 마땅히 제거해 주어야 했다. 실험이라는 명분을 내세워 작은 생명을 실컷 우롱했으니 속죄하는 마음으로 살려주는 것이 도리였다.

'빨리 죽어버려.'

피아니시시모 음성으로 놈에게 화를 냈다. 실험의 손아귀에서 벗어날 수 있는 유일한 방법이라고 힌트까지 주었다. 잘난 인간들에게 보란 듯이 죽어주라고 재차 놈의 명줄을 재촉했다. 살아 움직이는 심장을 그가 꺼내고 있었을 땐 그냥 실실 웃고 있었다. 사람이라는 사실이 짜증이 났다.

떠돌이 구름 한 덩이가 별안간 머리 위를 시커멓게 덮치더니 물줄기로 몸을 풀기 시작했다. 바람까지 가세하여 굵직한 빗줄기는 사선으로 휘몰아치며 땅을 두들겨대고 있었다. 불과 이삼 분 전까지만 해도 코앞의 날씨는 맑음 그것이었다. 물줄기 저만치의 가시권 그곳은 여전히 훤하기만 했다. 지금쯤 출산했을 말괄량이가 밝은 그곳에서 잘 지내고 있을 것이라는 점괘를 내보았다. 엉터리없는 행복한 착각이 아니기를 간절히 빌고 또 빌었다.

날씨의 얼굴이 앉은자리에서 잔뜩 찡그림과 활짝 펴기를 반복해도 사람들은 이제 놀라지 않았다. 그것뿐만이 아니었다. 지구가 너무 뜨거워지고 있어서 예상하지 말아야 할 앞날이 다가오고 있는 데도 느끼는 바가 없는 것이다. 역시 하늘의 축복을 한 몸에 받은 인간답게 면역력이 뛰어나서 한두 번 겪으면 그대로 적응이라고 하는 항체가 생겨버리는 까닭인지는 모르겠다. 현실이 살만한 모습이거나 빳빳한 낯짝을 들이대거나 해도 무조건 어울려야 한다고 스스로에게 다짐했다.

'말만 하지 말고 좀 단단해져 봐.'

초를 치듯 일인칭은 툴툴거리고 있었다.

'난 독종이야. 알잖아 너도.'

목에 힘을 주었다.

'흥, 독종? 제발 그런 품종들 흉내라도 내며 좀 살아보자.'

약해빠진 주제에 차돌인 척 한다고 덧붙이며 일인칭은 내게 핀잔을 주었다.

F3 버튼의 실험이 있는 날이었다.

남 교수는 이미 내게 지시를 내려두고 있었다. 50초 간격으로 피험자의 겨드랑이를 전기막대로 자극했다가 떼고는 하라는 것이었다. F2 버튼까지는 한 두어 번 정도의 횟수부터 시작하여 웃음을 넌지시 염탐해보곤 했다. 임시조교인 주제에 그의 지시에 이의를 제기하듯 혹은 수정해 줄 것을 간청하듯 그에게로 목을 돌리며 눈빛으로 말했다.

내 눈에다 초점을 딱 맞추며 목을 짧게 가로저었다.

전기막대를 집어 들고는 피험자에게로 다가갔다. 웃기 시작하는 그녀를 보면서 놀란 동공을 크게 둥글렸다. 침울한 그녀의 표정이 눈에 가득 들어올 뿐이었다. 순간적인 환각이었음을 스스로 인정해야만 했다.

'F3 버튼을 실험할 필요가 있을까?'

영감처럼 불쑥 불거진 의문이었다. 피험자는 F2 버튼에서 이미 밝은 모습을 보여주었다. 전기자극이 끝나면 바로 재발해 버리긴 했어도 눈물을 찔끔거릴 정도로 많이 웃기도 했다. 굳이 F3 버튼으로 자극의 강도를 높여야 할 필요까지는 없을 것 같았다. 이제 그녀에게 필요한 것은 웃음 그것에 대한 자생력 회복이라고 하는 직감적 판단이 대뇌에 차지게 엉기는 것이었다.

F2 버튼의 전기만 효과적으로 자극하면 피험자의 우울증은 치료될 것만 같았다. 전기막대가 여자들의 호신용으로 사용된 지는 오래되었다. 성급한 기대로 끝날 수도 있겠지만 기분전환용으로 활용하게 될 날도 머지않은 것만 같았다. 무모한 도전일 수도 있었던 이번 실험도 성공적 결말이라고 하는 감동적인 점괘가 벌써부터 불거지고 있었다. 실험 마지막 날 피험자가 자기 겨드랑이에 전기막대를 들이대곤 하면서 웃어댈 장면을 연상하며 소리 없이 후후거렸다.

"도대체 무슨 잡념이 그리도 많나? F3 버튼!"

남 교수의 목소리가 굵직하게 울렸다.

"알겠습니다. F3 버튼."

자동화가 되어버린 손으로 그녀의 겨드랑이에 전기막대를 마구 들이밀어 댔다.

화들짝 놀라며 얼굴인상을 있는 대로 찡그리며 그녀는 한쪽 구석으로 달아났다. 다가가기도 전에 그만하라고 눈빛으로 애원하고 있었다.

낯익은 표정이었다. 그 얼굴에 최면이 걸려버리며 멈칫 섰다. 속귀 깊은 곳에선 '하지 마라니까. 아부지한테 혼난다. 혼나.'라고 하는 점희 누나의 목소리가 절박하게 울리고 있었다. 눈은 피험자에게 고정시켜 둔 채 누나에게 홀려버린 난 멍하니 서 있었다.

"계속해."

남 교수는 재촉했다. 절실한 명령어로 이어졌다.

그녀에게 다가갔다. 등으로는 구석진 딱딱한 그 벽을 밀어대면서 두려움이 뒤엉킨 두 눈을 내게로 홉뜨고 있었다. 손이 저려왔다. 점희 누나는 부엌 바닥에 쪼그리고 앉은 채 양팔을 겨드랑이에 바짝 붙이며 간질이기도 전에 온몸으로 파르르 경련을 일으키고 있었다. 팔이 저려왔다.

F2 버튼의 전기자극으로 돌아가고 싶었다. 그녀와 누나를 두려움에서 구해줄 유일한 방법이었다. 좋은 결과에 그 목표를 두고 실험연구에 혼을 쏟고 있는 남 교수였다. 지시를 조금 어기더라도 만족스런 결과로 이어진다면 오히려 칭찬해 줄 것만 같은 생각이 알차게 들고 있었다.

동정을 살피듯 남 교수 쪽으로 눈을 은근히 돌렸다. 표정하나 변하지 않고 이쪽을 지켜보고 있었다. 새삼스러울 것도 없이 철저하게 냉정한 얼굴이었다. 지독하리만치 차갑기까지 한 그 안면을 노골적으로 흘겨보다간 목을 바로 했다.

피험자에게 전기막대를 마구 들이댔다.

코너에 몰린 채 실험동물보다 더 처절하게 발작적으로 고통을 호소했다. 비명을 토해내기에 이르렀다. 상체를 젖혔다 오므리기를 반복하며 흡사 온몸으로 퍼드덕거리고 있었다.

오른쪽 어깨가 뻑뻑해지고 있었다. 목으로 뻗질리고 있었다. 남 교수 쪽으로 목을 간신히 돌렸다. 정색을 하며 계속하라는 메시지를 눈빛으로 보내고 있었다.

전기막대를 왼손으로 옮겨 잡았다. 피험자는 온몸으로 진저리를 쳤다. '악악' 하는 소리를 비참하게 토해내면서 미친 듯이 체머리를 흔들기도 했다.

겁이 덜컥 났다. 피험자인 그녀는 흡사 정신이 나가 버린 사람 같았다. 계속 간지럼을 태우자 점희 누나는 숫제 미쳐버리고 있었다.

'그만해. 그만하란 말이다.'

일인칭이 소리치고 있었다. 동공에 힘을 모으며 남 교수 쪽으로 목을 천천히 돌렸다. 아버지가 그곳에 서 있었다. 씩씩거리며 그의 가슴에다 전기막대를 들이댔다.

"이 친구 이거 큰일 났군."

남 교수는 뒤로 물러나며 책상을 쾅 두드렸다.

"죄송합니다. 몸이 좋지 않아서요."

전기막대를 책상 위로 던져놓고는 연구실 밖으로 달아났다.

"허허, 참. 허, 허. 병원에 가 봐."

뒷덜미로 따라 나온 그의 말이었다.

'병원? 무슨 병원? 이렇게 멀쩡한데.'

지금 내 손으로 닫고나온 연구실의 문을 향하여 고독히 툴툴거렸다. 그 흔한 감기도 걸려 본 적이 없다고 후렴까지 달았다.

'바로 병원으로 가보는 것이 낫겠다.'

기어이 일인칭까지 심각한 목소리로 마음을 털어놓고 있었다. 사실은 오래전부터 병원에 가보자고 남몰래 꼬드기고 있었다.

'그래, 맞아. 미쳐가고 있는 쪽은 바로 나야, 나라고. 아니, 이미 미쳐버렸는지도 몰라. 아니 이미 미쳐버렸어.'

스스로를 인정하며 실컷 떠들고 나니까 속이 후련해지고 있었다. 잘난 얼굴을 앞뒤 없이 발딱 들고는 세상에 미치지 않은 사람 있으면 손들고 나와 보라고 뒤풀이까지 혼자서 해댔다.

몸을 자꾸 뒤척이다간 잠을 깨고 말았다. 간밤에 술을 많이 마신 탓인지 심한 갈증과 함께 속까지 쓰려오고 있었던 것이다. 막연하게나마 이른 새벽녘으로 여겨졌다. 침대 옆 스탠드로 손을 뻗었다간 그냥 당겨오며 몸을 일으켰다. 꼼짝없이 그곳에 있는 정사각형의 작은 냉장고로 다가가 문부터 열었다. 물병을 꺼내 벌컥벌컥 들이키며 단전 아래의 부분이 탱탱하게 부풀어 있다는 사실도 자각했다. 불은 아직 켜지 않았다. 계속 어둠 속에 갇혀 있고 싶은 것이다.

'달아나자.'

의식의 깊은 곳에서 은밀히 자구책을 내놓고 있었다. 되돌려 생각하고 싶지는 않지만 어제 실험실에서도 중간에 도망쳐 버린 꼴이었다. 이미 남 교수는 다른 조교를 구할 궁리를 하고 있거나 이미 구했을지도 몰랐다. 이럴 땐 내 발로 물러나 주는 것이 도리였다.

'2학기 등록은 포기해야겠지?'

벌써부터 일인칭은 각오를 단단히 하고 있었다.

병원 상담도 그냥 되는 것이 아니었다.

'자꾸 누나의 시간으로 얽혀들고 있잖아?'

바보처럼 중얼거렸다. 물론 남 교수의 이론대로 귀신이건 영혼이건 그것을 만들어내고 홀리고 하는 주체는 바로 나였다. 어리석은 발뺌인지는 모르지만 자극이 있을 때만 나타나는 현상이라고 곧바로 내게 반기를 들었다. 증거를 대라고 한다고 물리적인 자극이 없었던 이제까지는 아무런 문제없이 잘 지내왔다고 말할 수도 있었다.

피험자와 점희 누나의 외모를 분석해 볼 때 닮은꼴은 아니었다. 실험첫날부터 누나에게로 돌아가곤 했던 건 순전히 개인적인 환상으로 연출된 독선적인 행위에 지나지 않는 것이었다. 최선을 다하여 의지력을 발휘하면 피험자에게만 집중력을 발휘할 수도 있을 것 같았다. 스스로 만든 귀신에 홀리고 할 내가 아니라고 다짐도 해보았다.

'잘 생각해 봐. 견뎌낼 자신이 있는지?'

일인칭이 걱정하고 나섰다.

'견뎌낼 자신?'

반문하다 말고 본능적으로 머리를 흔들었다. 또한 아무 것도 생각하고 싶지 않았다. 오늘을 살아가기에도 숨이 가쁜 판국인데 어제를 자극받고 하는 일에 더는 끼어들지 말아야 했다.

가방을 침대 위에 올려놓고 옷가지들을 주섬주섬 챙겨 넣기 시작했다. 남 교수의 안면이 눈앞을 가로막고 있었다. 실험조교를 빨리 구하지 못하면 이번 실험에 차질이 생길 수도 있었다. 말괄량이를 빼돌린 것도 여간 미안한 일이 아니었다. 그러고 보면 피험자인 그녀에게도 마음이 쓰이는 건 어쩔 수가 없었다. 일체의 잡념에 저항하듯 옷들을 그냥 가방 속에 마구 쑤셔 넣었다.

다음 학기는 이미 휴학할 계획을 세워두고 있었다. 그동안의 조교역할로 다른 아르바이트 자리를 구할 동안의 생활비는 충분할 것이었다.

골목으로 연결되는 모텔 뒷문으로 몸을 빼냈다. 뜸들이지 않고 버스 정류장이 있는 곳으로 방향을 잡다간 얼른 도로 들어오고 말았다. 저만치서 오고 있는 남 교수를 본 것이었다. 다행히 목을 아래로 하고 있어서 이쪽을 본 것 같지는 않았다. 이 골목길은 버스정류장에서 학교로 향하는 지름길이었다. 비로소 그에게 승용차가 없다는 사실을 깨달았다. 경제적인 이유인지 운전면허를 딸 시간적 여유가 없어서인지 그 이유까지는 알 수가 없었다.

'정말로 딱 오늘 하루만 더 도와드리자.'

가방을 방에 갖다 놓곤 학교로 발걸음을 당겨가기 시작했다. 이유까지 대라고 한다면 꼭 집어서 답변해줄 말은 없었다. 흔해빠진 승용차도 없이 다니는 그를 보면서 불현듯 안됐다는 느낌이 들었다면 준비해두지도 않았던 오지랖이 하늘에서 영감처럼 뚝 떨어진 건지도 몰랐다. 어제 고통을 자극한 장본인으로서 피험자인 그녀에게 일어날 오늘의 변화 그것도 궁금해지고 있었다고 덧붙인다면 잔인한 발상인지 모르겠다. 그냥 우울증이 완전히 치료되는 그녀의 모습을 보고 싶은 것이었다. 모르긴 해도 오늘은 F2 버튼의 전기자극으로 되돌아갈 것만 같은 밝은 예감이 뇌리를 스치는 것도 이유 중의 하나였다.

연구실의 문을 여는 순간 후덥지근한 실내의 공기와 함께 땀 냄새가 훅 끼쳐왔다. 역겹지는 않았다. 에어컨이 고장 난 것이었다. 걸어오면서 이마에 흘러내리던 땀은 손수건으로 훔쳐내곤 했다. 등과 다리의 살갗에 휘감기고 하던 땀은 찬 기운이 아니면 쉽게 해결되지 않을 것이었다. 남 교수와 피험자의 얼굴에도 더위에 지친 기색이 감돌고 있었다.

"예엣! 또요오?"

F3 버튼의 전기자극을 지시하는 남 교수에게 대들 듯 눈을 흡떴다. 어제 이미 실험했고 치료의 기미는커녕 역효과가 나지 않았느냐고 따지고 싶었다. 거듭 생각해도 그녀가 웃음을 보였던 F2 버튼의 전기자극을 주는 것이 마땅할 것 같았다. 목을 그에게로 돌려 변경해줄 것을 눈으로 요구했다.

"전기자극에 대한 면역력 강화실험!"

내 마음을 바로 읽어버린 남 교수는 턱을 목으로 조금 끌어내리며 베이스 음성으로 진지하게 발성했다.

"화! 알겠습니다."

수수께끼에서 풀려나는 기분이었다. 역시 실험연구에 대한 남 교수의 열정은 단순한 내 두뇌로는 판단하기 어려울 정도였다. F2 버튼에서 웃음을 확인한 이상 전기자극을 통한 우울증의 치료 가능성은 활짝 열린 셈이었다. 면역력 강화실험까지 해 두면 여러 모로 활용도가 높아지는 것이었다.

피험자인 그녀는 어제와 같은 반응을 보였다. 물론 점희 누나의 고통스런 표정도 현재라고 하는 시간 속에 맞물리고 있었다. 무심결에 진저리를 치며 누나에게 이제 그만 나타나라고 소리쳤다. 전기자극을 중단했다.

깊은 우물 안이 되어버린 연구실에선 누구의 숨소리도 들리지 않았다. 단 몇 초의 흐름이 있은 후 피험자가 어깨를 추썩이는가싶더니 헛구역질을 해대기 시작했다. 반사적으로 구급상비약 케이스로 눈을 돌렸다.

"생물학적인 변화가 일어나고 있어."

일단 남 교수는 새로운 발견이라도 한 표정으로 돌변했다. 피험자에게 고정시켰던 눈을 내게로 당겨오며 그냥 지켜보라고 명령했다. 그 냉정함에 차라리 경이를 표하고 싶었다. 임상실험을 자주 할 수 있는 것이 아니고 보면 한 가지 실험을 통하여 얻을 수 있는 건 다 얻고 싶은 욕심이 생길 수는 있었다. 이 모두가 다 사람을 위한 일이라고 하는 명분까지 있어서 이해하지 못할 것도 없었다. 이해한다고 다 용납이 되는 건 아니었다. 등이라도 토닥여주기 위해 그녀에게로 다가갔다.

점희 누나가 기다리고 있었다. 툭하면 입을 스스로 틀어막으며 뒷담이 있는 쪽으로 달려가는 것이었다.

'누야 배탈 났나? 옴마한테 말해 갖고 약 사올게.'

속에 있는 것들을 있는 대로 다 게워내는 누나에게 울먹이는 소리로 물었다.

'아이다. 아이다. 인자 괘얀타. 옴마한테 절대로 말하모 안 된다.'

투박한 누나의 손이 단번에 입을 틀어막았다.

어떻게 알았는지 어머니가 달려왔다. 누나를 향하여 눈을 허옇게 뜨더니 머리채를 잡고 마구 흔들어대는 것이었다. 몸이 약한 탓으로 누워 지내다시피하는 어머니였다. 어디에서 그런 힘이 불거져 나오는지 도무지 알 수가 없었다.

'옴마, 누야 배탈 났다. 배탈.'

어머니의 팔을 붙들고 늘어졌다.

마지못해 누나에게서 떨어진 어머니는 중심을 잡지 못하고 몇 번 휘청거리다가 그 자리에 털썩 주저앉고 말았다. 정신이 나가버린 그 얼굴 위로 소리 없는 눈물이 흘러내리고 있었다. 속눈썹의 위쪽이 무조건 뜨거워져 왔다. 이윽고 몸을 일으킨 어머니는 설움에 북받치는 꺽꺽 울음을 뿌리며 금방이라도 쓰러질 듯 맥없이 몸을 흔들며 안방으로 멀어져 가는 것이었다. 급기야 어머니의 그 울음에 아픔이 감전되고 말았다. 눈물을 손등으로 훔치며 어머니의 뒤를 몇 발짝 따라가다간 몸을 사납게 돌려 누나를 노려보았다. 입을 씰룩거리며 이쪽을 쏘아보는지 어쩌는지 하더니 얼굴을 저쪽으로 돌려버리는 것이었다. 한마디로 너무 미웠다.

키보드 두드리는 소리가 남 교수 쪽에서 들려왔다. 피험자인 그녀에게 전기막대를 들이댔다. 물론 F3 버튼이었다.

구역증이 가라앉던 피험자는 별안간 배를 움켜잡았다. 만삭이었다. 눈을 비비댔다. 멀겋게 뜬 눈을 내게 고정하는 그녀는 점희 누나였다. 입가에 게거품까지 부걱거리고 있었다. 고통스런 얼굴로 방 안을 마구 뒹굴면서도 불룩해진 배를 마치 보물단지라도 되는 것처럼 부둥켜안고 있었다. 그 배에다 대고 주문이라도 외듯 미안하다는 말을 줄기차게 그리고 아주 절실하게 해대면서 그랬다.

결혼식을 하루 앞둔 누나였고 상대는 아랫마을의 절름발이였다. 누나가 절름발이와 눈이 맞아버렸다는 소문이 일찍부터 돌고는 있었다. 소문 때문인지 아니면 다른 이유가 있었는지 모르지만 결혼날짜가 너무 빨리 잡히고 만 것이었다. 툭하면 다투고는 하던 어머니와 아버지 사이가 예전처럼 조용해지고 있기도 했다.

'옴마, 옴마, 누야가 죽는다. 누나가……'

안방으로 달려가선 무조건 소릴 질렀다.

'이 몹쓸 것이 쥐약을? 다민아 비누, 비눌 갈아 먹여.'

맨발로 달려온 어머니는 눈을 허옇게 뜨며 간신히 중얼거리다간 그 자리에서 정신을 잃어버렸다.

화장실로 달려갔다. 손 씻는 비누를 집어 들기는 했는데 어떻게 해야 하는지는 도무지 알 수가 없었다.

'옴마, 누야, 옴마, 누야.'

비누를 통째로 누나의 입에 들이대고 두 사람을 번갈아 불러대고 하다간 학교로 달렸다. 교장실 문을 왈칵 열었다. 밑도 끝도 없이 떠들어대긴 했어도 집의 사정이 급하게 돌아가고 있다는 것 정도는 눈치 챌 수 있었을 것이었다. 조용히 하라는 말과 함께 반응이 영 시들했고 발걸음이 느리기만 했다.

누나는 정말로 조용해져 있었다. 멀겋게 뜬 그 눈이 아버지의 얼굴에 꽂히는 듯했다. 반쯤 열린 입으로 무슨 말인가를 하려고 애를 쓰고 있었지만 입술만 맥없이 떨리고 있었다. 배는 여전히 꼭 끌어나고 있었다.

"빨리 구급차 불러. 구급차!"

등에 심한 아픔이 느껴짐과 동시에 남 교수의 다급한 목소리가 울렸다.

점희 누나는 사라지고 없었다. 눈앞에 엄청난 일이 벌어져 있었다. 피험자에게 전기자극을 계속 가하고 있었는지의 기억은 전혀 없었다. 입가에 게거품을 문 채 널브러져 있는 그녀의 모습을 보면서 체머리를 흔들었다. 들고 있던 전기막대를 던져 버렸다.

이일대학교 부속병원의 의료진은 최고의 의술을 인정받고 있었다. 그곳

응급실에서 피험자인 그녀는 결국 사망진단을 받고 말았다. 사인은 전기쇼크였다.

"전 아니에요. 딴생각에 빠져 있었어요. 전기자극은 중단한 상태였어요."

말이 나오는 대로 마구 지껄여댔다. 막연한 추측일 뿐 전기막대를 사용하지 않았다는 확신은 절대로 없었다. 주체할 수 없는 두려움이 전신에서 휘몰아쳤다. 슬슬 뒷걸음질을 치기 시작했다.

'날더러 뭘 어쩌란 말이오?'

기다리고 있었다는 듯 속귀에서 불거진 아버지의 말이었다. 어머니가 점희 누나의 죽음을 떠올릴 때마다 그렇게 발뺌을 했다. 구정물을 뒤집어쓰고 만 기분이었다. 소년기를 거치면서 머리털 하나라도 그와는 닮기를 거부했다.

"어디 조용한 데 가서 쉬고 있어. 수습한 뒤 연락할 테니까."

남 교수의 손이 어깨에 닿고 있었다. 그 손의 촉감이 그토록 따뜻할 수가 없어서 내게 스스로 괘씸함이 느껴지고 있었다. 가슴 깊은 곳의 저릿함으로 전이되었다. 피험자의 가족과는 직접 부딪치지 않는 것이 최선책이라고 강조할 때는 눈물까지 핑 돌았다. 말로는 다 표현할 엄두조차 낼 수 없는 걱정거리를 무표정으로 숨기며 사태수습은 혼자 다 하겠다고 하는 것이었다.

'아버지를 닮지 않는다면서?'

달아나려는 내 발걸음을 일인칭이 붙잡았다.

'무서워, 무서워 죽겠어.'

목을 자꾸 흔들어댔다. 내 손으로 엄청난 일을 저지르고 말았다는 사실
이 믿기지 않는 눈앞의 현실로 벌어져 있었다. 아무 생각도 나지 않았다.
남 교수가 내 등을 병원 밖으로 떠밀어내는 대로 순순히 발을 옮기고 있을
뿐이었다. 전신으로 일종의 해방감이 느껴졌다.

"어, 네가 여긴 웬일이니? 어디가 어떻게 아픈 거야? 얼굴을 보니 병이
나도 단단히 났구나."

수다스러울 정도로 한꺼번에 많은 질문을 해대며 하필이면 선배가 눈앞
을 딱 가로막는 것이었다. 직감적인 느낌이었지만 요즘 사정이 나쁘지 않
아 보였다.

"서, 선배! 무슨 일로 여길……?"

그의 가슴에 쓰러져 버리듯 상체를 들이밀었다.

"왜 이러니? 전화할게. 지금은 이 선배 바쁘신 몸이란다."

중환자실 면회이기 때문에 정해진 시간 어기면 병실에 들어갈 수 없다고
덧붙이며 서둘러 나를 밀어냈다.

"자, 잠깐만요?"

저만치로 달아난 그를 불러 세웠다.

"말괄량이는 그만 잊어?"

전진을 계속하면서 팔만 '저요' 하는 자세로 들어 올렸다.

'설마, 선배가 놈을?'

본능적으로 뒤쫓아 갔다. 무서운 눈으로 그를 노려보았다. 사실은 문병
끝날 때까지 기다리겠다고 말할 참이었다. 달리 할 말이 있는 것은 아니었
다. 그냥 그를 붙들고 함부로 발설하지 못할 엄청난 과오를 한숨으로 실컷

내쉬어보고 싶었을 뿐이었다. 그는 놈이 사라져버렸다는 사실을 모르고 있어야 했다.

"말괄량이 어딨어요? 당장 내놔요."

그의 앞을 가로막고 섰다.

"간밤에 꿈자리가 사납더니 졸지에 유괴범이 되는구나."

선배는 여유 있게 설명했다. 내가 말괄량이를 찾고 다닌다는 소문이 우리 과의 선후배 사이에 쫙 퍼져 있어서 귀가 있는 사람이면 저절로 주워듣게 되어 있다는 것이었다.

'지금 말괄량이를 생각할 때는 아닌 것 같다.'

일인칭이 콕 찔렀다.

'그래. 내가 지금 놈 걱정을 하고 있을 때니?'

무심코 맞장구를 치다말고 입을 급히 욱여넣었다. 나 역시 사람 우선의식에 사로잡혀 있었던 것이다. 당연한 노릇이었지만 인정하고 싶지는 않았다.

말괄량이를 지키지 못했다. 놈이 잘 지내고 있을 것이라고 믿고 싶지만 자구책일 뿐이었다. 사람을 죽여 놓고 놈을 그리워한다는 건 스스로 진단해도 정신상태의 이상증세가 아닐 수 없었다.

해는 아직 하늘 가운데 있었다. 너무 밝아서 오히려 겁이 났다. 뭔가를 피해 달아나듯 급히 걷다가 어딘가로 미친 듯이 달렸다. 제바람에 털썩 주저앉고 보니 말괄량이 대용품을 묻은 그곳에 와 있었다. 비로소 거리낄 것이 없는 통곡을 터뜨리며 맺혔던 울음을 풀어내기 시작했다. 한사코 눈앞에서 돌아나는 피험자인 그녀에게 가슴이 저리도록 미안해서 이곳에서 가습으로 울어줄 수는 있어도 그 모습을 되새길 수는 없었다.

발길 닿는 대로 쏘다녔다. 남 교수는 조용한 곳으로 가서 지내라고 했지만 혼자 있을 수가 없었다. 피험자였던 그녀가 눈을 멀겋게 뜨고 나타나 정신없이 웃다간 고통스런 얼굴로 돌변하여 노려보곤 하는 것이었다. 번번이 점희 누나의 얼굴이 겹쳐지고는 했다. 내 의식의 파라비오시스(Para-biosis: 두 개체의 몸 일부가 붙어 버림)현상이 눈만 감으면 기다렸다는 듯 나타났다. 눈을 뜨고 있으면 빤히 들여다보이는 망막 안쪽의 동영상으로 내 의식을 홀리고는 했다.

두 여자를 피해 사람들 속으로 숨어 다녀야 했다. 세상의 여자들이 다 그녀들로 보이고 있었다.

복잡한 의식을 술에 푹 절여버리기 위해 병나발을 불어댔다. 또한 두 그녀는 한 몸이 되어 나타나곤 났다.

불현듯 남 교수가 그리웠다. 일찍부터 그는 귀신과 영혼의 차이점을 알고 있었다. 이제는 그에게로 돌아갈 수도 없는 입장이었다. 비로소 그의 이론에 공감한다고 한다면 죄의 무게에 치여 한없이 나약해진 한 인간의 마지막 발버둥이라고 비웃을지도 모르겠다.

시골이어서인지 하늘의 별들은 밝은 눈을 비벼대며 빛을 산란하기 바빴다. 시골집이 저만치로 다가왔다. 지붕을 기와로 이고 있는 한옥의 형체를 간직한 채 변한 것은 없어보였다. 밤에 보아도 많이 낡았다는 사실은 감지할 수 있었다.

이제는 정말 갈 데가 없었다. 아버지의 지금을 확인하러 온 것일 뿐 절대로 그를 찾아온 건 아니었다. 뒷담 쪽으로 가선 기어이 담벼락을 넘고 있었다. 적막이 감돌고 있음을 확인하곤 자신도 모르게 코웃음을 쳤다.

'이제 자야지. 어딜 가려고?'

분명 내 귀에 걸려든 그의 목소리였다. 안방이 있는 앞마당으로 가다말고 주먹을 불끈 쥐며 몸을 뒤로 돌렸다. 도란거리는 말소리가 더 흘러나오지 않아도 여자와 함께 있다는 사실을 알아차릴 수 있었다. 어머니는 오래전에 이 세상을 떠났다. 일찍부터 그에게 엄청난 것을 기대하지는 않았다. 죽음보다 지독한 고독을 씹으며 초라하게 늙어가고 있었다면 죗값을 치른다고 고소히 여길 수는 있었겠다.

다음날 새벽 일찍 점희 누나의 무덤을 찾았다. 이름 모를 풀들이 허리 위로 자라나 있었다. 무섭고 미안해서 한 번도 찾을 엄두조차 내지 못하고 있었다. 기억의 늪으로 빨려 들 듯 또다시 누나의 겨드랑이에 간지럼을 태우고 있었다. 진한 그리움이 의식의 밑바닥에서 회오리쳐 올라왔다. 가슴으로 눈물을 쏟으며 잘못했다고 언제까지나 용서를 빌고 또 빌었다.

피험자에게도 꼭 미안하다고 말을 해야 했다. 남 교수는 전화를 받지 않았다. 문자메시지로 그녀의 무덤이 있는 곳을 물었다. 일은 무사히 잘 마무리되었다는 내용과 함께 무덤 같은 건 없다고 답이 왔다. 화장을 했으면 그 유골의 가루를 뿌린 장소라도 알고 싶다고 했다. 더 이상은 아무런 내용을 보내주지 않았다.

시야 가득히 저수지의 검은 수면이 들어왔다. 드디어 내게 생명형을 선고한 것이었다. 일인칭도 전혀 이의가 없었다. 스스로 생을 마감할 수밖에 없었던 점희 누나의 넋과 어느 날 갑자기 삶을 빼앗겨버린 피험자의 혼과 곧 육체의 집을 떠나게 될 내 혼을 한자리에 초대했다. 넋으로 넋이 되어

버린 넋들을 위하여 묵념을 올렸다.

준비해둔 큼직한 돌을 허리에 매달았다.

내가 내게 내린 생명형으로 모든 귀신의 고리는 끊어야 했다. 어깨가 따뜻해져 왔다. 끔찍한 일이 벌어지고 말았던 그날 남 교수가 내 어깨에 남겨둔 것이었다. 그에게도 그런 면이 있었던 것이다. 덕택으로 엿보고 말았다. 내 죽음이 그의 실험연구에 대한 회의감으로 이어질 수 있다는 사실이었다. 소리 없이 흔적도 없이 아주 사라져 주는 방법만이 그의 실험열정을 지켜 줄 수 있을 것이었다. 이미 문자를 남겨두었다. 휴학할 것이며 조용한 곳으로 여행을 떠날 것이라고 하는 내용이었다. 오로지 사람들을 위하여 실험연구에만 몰두하는 그의 냉정한 열정을 더는 방해할 수가 없었다.

가장 깊은 곳이라 여겨지는 곳까지 헤엄을 쳤다. 나를 위하여 또한 비로소 타인을 위하여 부력을 중단했다. 이윽고 나만을 위한 삶에서 완전히 헤어날 수 있는 것이었다. 이목구비로 물이 난입되어 오기 시작했다. 내게만 얽혀들어 옆의 사람에겐 눈길조차 주지 않았다. 바로 그때 누군가가 일인칭의 몸뚱이를 낚아채선 수면 위로 밀어 올리는 것이었다. 다시 물속으로 들어가기 위해 발버둥을 쳤다. 괘씸한 훼방군의 정체를 알아볼 여유도 없이 몸뚱이는 낚싯밥을 물어버린 물고기가 되어 한사코 끌려가고 있었다.

월척을 한 낚시꾼은 뜻밖에도 남 교수였다.

오늘따라 동공은 악귀에 단단히 씌었다. 남 교수와 나란히 서 있는 사람은 틀림없이 피험자인 그녀였다. 놀란 동공을 자꾸 껌벅이며 비실비실 뒷걸음을 쳤다. 뒤따라 상륙한 훼방꾼이 나를 부축하며 붙어 섰다. 도서관 귀신이라는 별칭이 붙어버린 바로 그 선배였다.

촌스럽게 아연실색하지 않았다. 대뇌의 판단이 영감처럼 번쩍했다. 애초부터 전기막대 그것은 그냥 막대기였을 뿐 전류는 흐르지 않았던 것이다. 눈앞에선 주제모를 명암이 자꾸만 교차하고 있었다.

"F2 버튼까지는 전류가 흘렀어."

내 속을 바로 읽어낸 그가 시원하게 말해주었다.

"허, 허, 허 허허허……."

허파로 웃었다. 누가 뭐라고 해도 내가 바보였다. 피험자는 우울증환자였다. F2의 전기자극에서 웃음을 보였으므로 F3 버튼으로 나아갈 이유 같은 건 전혀 없었던 것이다. 나아갔더라도 반응이 피험자의 고통스런 그것이었다면 남 교수는 반복명령 같은 건 내리지 않았을 것이었다. '인간을 위하여'라고 하는 그것에 실험연구의 목적을 두고 있는 그가 그런 명령을 내릴 순 없는 일이었다. 생물학적 변화 어쩌고 하는 것에 쉽게 넘어갔던 건 역시 유년기로 돌아가곤 했던 내게 문제가 있었던 것이다.

피험자였던 그녀는 직업적인 연기자인지는 아직도 모르지만 그 연기는 완벽했다. 짜인 실험 각본에 맞추어 내 아픈 불씨를 건드렸고 부채질했고 급기야는 활활 타오르게 했다. 굳이 따지고 보면 약간의 실수는 있었지만 놀라울 지경이었다. 남 교수의 실험 각본은 완벽할 정도로 치밀하고 교활했다. 덕택에 일인칭은 물벼락을 맞은 초라한 개꼴이 되어 버렸다. 전신으로 회의의 진저리를 무섭게 쳤다.

남 교수가 바싹 다가왔다. 여름이라는 사실을 깜박 잊지는 않았을 터였는데 오한 진저리를 치는 애완동물을 동정하듯 널따란 수건으로 나를 감쌌다. 이어 감개무량한 목소리로 언어의 함축성을 발휘했다.

"되었어. 자넨 이제 되었어."

남 교수가 발성한 두 낱말만으로도 실험대상의 정확한 번지수는 알아차리고도 남았다. 뭐가 되었다는 것인지 그런 건 알고 싶지도 않았다.

"당신의 그 잔인한 실험수단에 찬사를 보낼까요? 왜? 날 실험했나요? 내 발로 기어들어간 주제에 따지는 것도 우습긴 하네요. 혼자 힘으로 등록금 마련해 보겠다고 남의 자리 좀 어찌했다고 그게 그렇게 죽어야 할 만큼 잘못됐나요?"

수건을 떨쳐내며 그를 쏘아보았다. 실험의 덫에 치인 줄도 모르고 잘난 체를 어지간히도 해대며 급기야 내게 생명형을 선고하지 않았던가. 이번엔 나오지도 않는 웃음을 허파로 튀겨냈다.

"실험수단이라고는 표현하지 말게. 무엇보다도 자넬 위한 실험이었어."

남 교수는 당당하게 짖어댔다. 슬그머니 나타난 전임조교는 오래전부터 세워왔던 나에 대한 실험계획을 보조하고 있었음을 비로소 털어놓기도 했다.

실험심리를 위하여 속임수 작전이 필요하다는 것 정도는 이미 알고 있었다. 마음대로 실컷 속였고 잘도 속아주었으면 그것으로 끝내야 하는 것이었다. 최소한 내가 저수지 가운데까지 가기 전에 중단시켜야 했다.

"나를 위한 실험이었다고요?"

급기야 웃음 복통을 일으키고 말았다.

"그런 모양새로 웃지 말게. 자넬 끝까지 지켜주었어."

남 교수는 나를 지켜주었다고 또 당당하게 짖었다.

"아무도 모르게 혀를 깨물어버렸다면 뭐라고 변명할 건가요?"

"그럴 가능성도 실험계획에 다 넣어 두었어."

276

그는 나를 구하기 위한 실험이었음을 다시 한 번 강조했다. 당장 믿기 어려우면 믿지 않아도 된다고 여유 있게 웅변했다. 앞으로는 점희 누나가 나타나면 영혼으로 맞이할 수 있을 것이라고 결론까지 확실하게 밝혔다. 요약하여 내게 있어서 오늘의 발목을 잡고는 했던 건 바로 어제였다는 것이었다.

"아뇨. 들쑤시지 않았으면 그대로 묻어둘 수 있었어요. 계획적으로 밀어넣었잖아요? 지나간 시간 속으로."

아무 탈 없이 잘 살고 있었음을 자랑하며 코웃음을 쳤다.

"다가올 시간들은 만만치 않다. 모든 것이 불확실하다. 어제와 오늘이 언제 어떻게 내일의 모든 것을 한순간에 무너뜨릴 수도 있다. 반드시 준비해 두어야 한다. 대비해 두는 것만이 스스로를 지킬 수 있는 유일한 길이다.

정색을 한 그는 숫제 본론을 강의하고 있었다.

'또 그 준비타령?'

일인칭이 맥없는 소리로 투덜거렸다. 아직도 뭐가 뭔지는 알 수 없지만 남 교수의 강의에 끌려들고 있는 눈치였다.

"마, 말괄량이……?"

직감적으로 놈의 이름을 부르며 선배에게로 머리를 돌렸다. 처음부터 그쪽에다 혐의를 두었어야 했다. 은근히 내 눈을 피해 머리를 남 교수 쪽으로 돌리는 그 순간 초의 여유도 두지 않고 그의 멱살을 잡고 흔들었다. 학교 숲에 묻었던 놈들의 모습이 눈물에 잠긴 망막의 파문 위로 아롱거리고 있었다.

"잠깐, 잠깐만 내 말 좀 들어 봐."

그러나 선배는 무슨 말인가를 더 하지 않고 또 남 교수의 눈치만 살폈다.

'사람을 위하여'라고 하는 취지하에 동물실험을 해대는 남 교수였다. 잘난 내 영혼 하나 구하기 위해 만삭이었던 말괄량이는 어김없이 죽음으로 내몰리고 말았다. 온몸으로 물인지 맑은 눈물인지를 줄줄 흘리며 이렇게 멀쩡하게 서 있는 건 오직 사람으로 태어났다는 그 이유 하나밖에 없었다.

"이건 아니잖아요? 언제 날 구해 달라고 했나요?"

하늘에다 대고 노골적으로 소리쳤다. 끝까지 배를 움켜잡고 있던 점희 누나의 모습이 미치도록 아파서 꺽꺽 소리도 숨이 막혀 나오지 않았다.

"시골집으로 가 봐."

남 교수가 아주 간단히 말했다.

새벽안개가 깊지 않은 산골짜기에 하얀 다리를 놓고 있었다. 아버지의 집 앞에 서 있었다. 또 하나의 하루를 여는 새벽이어서 더없이 상쾌하고 안개가 흰색이어서 무턱대고 좋았다.

조금씩은 틈새가 생겨 버렸지만 육중한 느낌마저 드는 나무대문 저쪽에 선 나를 느낀 말괄량이가 두 발로 서선 반가움으로 낑낑거리고 있었다. 까불어대는 아기 둘의 모습도 틀림없이 가슴으로 느낄 수 있었다.

'이제 자야지. 어딜 가려고?'

며칠 전 그때도 나를 느낀 놈이 밖으로 나오려고 한 것이었다.

더 이상 아플 것이 없었다. 내가 나한테 미안했다.

넋으로 어쩌고 하면서 어지간히도 잘난 체를 해댔다. 이래저래 보아주었던 그들에게 무조건 미안해서 편도선에 얹힌 웃음을 어이없이 기침하기 시작했다.

"칵, 칵, 칵칵칵칵⋯⋯."

하얀 무덤

이해선 지음

발행처·도서출판 **청어**
발행인·이영철
영　업·이동호
홍　보·천성래
기　획·남기환
편　집·방세화
디자인·이수빈 ㅣ김영은
제작부장·공병한
인　쇄·두리터

등　록·1999년 5월 3일
(제321-3210000251001999000063호.)

1판 1쇄 발행·2020년 1월 10일

주소·서울특별시 서초구 남부순환로 364길 8-15 동일빌딩 2층
대표전화·586-0477
팩시밀리·0303-0942-0478

홈페이지·www.chungeobook.com
E-mail·ppi20@hanmail.net
ISBN·979-11-5860-718-0(03810)

이 도서의 국립중앙도서관 출판시도서목록(CIP)은 서지정보유통지원시스템 홈페이지
(http://seoji.nl.go.kr)와 국가자료공동목록시스템(http://www.nl.go.kr/kolisnet)에서
이용하실 수 있습니다.(CIP제어번호: CIP2019048029)